Fritz Peter Heßberger

Phantasiewelten

Phantastische Erzählungen

-

Satiren

Inhalt

Der Autor:

Fritz Peter Heßberger, Jahrgang 1952, geboren in Großwelzheim, heute Karlstein am Main, studierte Physik an der Technischen Hochschule Darmstadt; 1985 Promotion zum Dr. rer. nat.; von 1979 bis zum Eintritt in den Ruhestand 2018 als wissenschaftlicher Angestellter in einer Großforschungsanlage tätig.

Bibliographische Information der Deutschen Nationalbibliothek:

Die Deutsche Nationalbibliothek verzeichnet diese Publikation in der Deutschen Nationalbibliographie; detaillierte bibliographische Daten sind im Internet über http://dnb.d-nb.de abrufbar

© 2023 Fritz Peter Heßberger
Herstellung und Verlag
BoD – Books on Demand, Norderstedt

ISBN 978-3-7528-1474-3

Der Palast in der Wüste

Der Unfall

Etwas gelangweilt saß Peter in dem einigermaßen komfortablen Reisebus, der über eine holprige Wüstenpiste in Richtung Timbuktu rollte. Abwechselnd las er in einem Buch, Adalbert von Chamissos 'Reise um die Welt', das nicht gerade zu der Landschaft paßte, die sie durchquerten oder hörte Musik mittels seines alten MP3 – Spielers. Er hatte in einem Preisausschreiben eine sogenannte 'Abenteuerreise' gewonnen, die aus zwei Etappen bestand, einer in Genua startenden Kreuzfahrt, welche über Barcelona, Valencia, Alicante und Oran nach Algier führte und einer Busfahrt durch die Sahara von Algier über Timbuktu, wo ein dreitägiger Aufenthalt vorgesehen war, nach Bamako. Von dort aus sollte der Rückflug, mit Zwischenaufenthalt in Casablanca, nach Frankfurt erfolgen. Der Gewinn war ihm anfangs wegen der Unruhen in Mali etwas unangenehm gewesen. Auf dem Reisebüro wurde ihm allerdings das Versprechen gegeben, die geplante Route sei sicher. Die Bedenken wurden dadurch zwar nicht ausgeräumt, aber es sollte ja eine Abenteuerreise sein und so sah er sich schon im Kampf gegen die islamistischen Rebellen oder auf der Flucht durch die Wüste, wenn er vor sich hindöste, weil er zu müde zum Lesen war oder keine Lust hatte Musik zu hören. Der Reisebus war eine Spezial- konstruktion, trotz seiner Größe geländegängig, also den Straßen- verhältnissen gut angepaßt. Etwa vierzig Reisende waren in ihm unterwegs, unterteilt in zwei Klassen. Die Passagiere Erster Klasse saßen vorn, ihr Bereich war durch Plexiglasscheiben zum Fahrer und den Sitzen des Ersatzfahrers und der beiden Reisebegleiter, sowie zu den Passagieren der Zweiten Klasse abgetrennt. Zwischen den Sitzreihen befand sich allerdings ein schmaler Durchgang. Zehn Personen reisten Erster Klasse, darunter eine Gruppe von vier Männern und drei Frauen, vermutlich ein Film- oder ein Phototeam, denn bei jedem Stopp wurden ein Umkleidezelt für die Frauen, offenbar Photomodelle, aufgebaut und ausgiebig Modeaufnahmen gemacht. Dies führte bei einigen Mitreisenden zu einer gewissen Verärgerung, weil dadurch ihrer Meinung nach die Aufenthalte unnötig in die Länge gezogen wurden und sie in der prallen Sonne oder im stickig heißen Bus warten mußten, denn die Klimaanlage war bei Stopps ausgeschaltet. Die Mitglieder dieser Gruppe störten sich nicht am Unmut der anderen, sie beachteten sie nur wenig, pflegten auch keinerlei Umgang oder Unterhaltung mit ihnen. Abends wurden Zelte aufgebaut. Auch hier gab es zwei Arten, größere, mit Feldbetten ausgestattete Zelte für jeweils zwei Personen für die Passagiere Erster Klasse und kleinere für die Reisenden Zweiter Klasse. Hier mußten sich jeweils vier Leute ein Zelt teilen und in Schlafsäcken auf dem Boden liegen. Die Zelte waren geschlossen, das heißt, Boden und Zeltwand waren miteinander verbunden, so daß Schlangen, Skorpione und anderes Getier nicht eindringen konnte. Es erübrigt sich fast zu erwähnen, daß die Zelte der Passagiere Erster Klasse von den Reisebegleitern errichtet wurden, die Passagiere Zweiter Klasse ihre Zelte selbst aufbauen mußten. Einmal waren sie auch ohne zu biwakieren die Nacht hindurch gefahren, die Passagiere der Zweiten Klasse mußten im Sitzen schlafen, da nur in der Ersten Klasse die Sitze zu Liegesitzen ausgeklappt werden konnten.

Sie hatten bereits die malische Grenze überquert, gegen Mittag das Städtchen Tessalit passiert. Am späten Nachmittag durchfuhren sie eine breite Schlucht. Der Bus mußte allerdings bald seine Geschwindigkeit drastisch reduzieren, da die Straße von Steinen übersät war. Plötzlich war ein lautes Krachen zu hören. Ein Felsblock schlug in den vorderen Teil des Busses ein, zertrümmerte ihn vollkommen, während der hintere Teil, in dem Peter saß, völlig unbeschädigt blieb. Das Fahrzeug selbst schwankte bei dem Aufschlag, kippte aber nicht um. Nachdem sich die Passagiere von ihrem ersten Schrecken erholt hatten, verließen sie fluchtartig den Bus. Die meisten standen dann draußen, schwiegen starr vor Entsetzen. Einige beherzte, darunter Peter, kletterten in den Bus um die Verletzten zu bergen. Eine der Frauen aus der Film-Photo-Gruppe, eine dunkelhäutige Schönheit, schrie hysterisch. Sie hatte sich ein Getränk aus dem Kühlschrank geholt, der hinten in einer Art unterem

Stockwerk neben der Toilette stand und über eine Treppe erreicht werden konnte. Sie befand sich gerade auf dem Rückweg zu ihren Platz als der Felsblock einschlug. Die anderen aus der Gruppe waren unter den Toten, sie selbst blieb unverletzt. Insgesamt hatte das Unglück zwanzig Todesopfer gefordert, darunter die beiden Fahrer und die beiden Reisebegleiter, fünf Personen waren schwerverletzt, der Rest hatte nur unwesentliche Blessuren davon getragen oder war wie Peter unverletzt geblieben.

Man beriet nun kurz, was zu tun sei. Es wurde beschlossen den Laderaum aufzubrechen, Schlafsäcke, Feldbetten und die Zelte herauszunehmen und letztere aufzubauen. Man fand auch Verbandszeug, Medikamente und Wunddesinfektionsmittel, so daß eine mitreisende Krankenschwester die Verwundeten zumindest notdürftig versorgen konnte. Man legte die Verletzten dann in die Zelte auf die Feldbetten. Alle versuchten natürlich mit ihren Mobiltelefonen Verwandte oder Freunde anzurufen und diese um Hilfe zu bitten. Die meisten mußten allerdings feststellen, daß sie keine Netzverbindung hatten. Viele wußten auch gar nicht, wo sie sich befanden. Auch hatten die Angerufenen meist keine Ahnung, wen sie nun um Hilfe bitten sollten. Peter hatte auch keine Netzverbindung. Er öffnete seinen Rucksack, nahm eine Karte heraus, setzte sich auf einen Felsblock, entfaltete sie, begann sie genau zu studieren.

„Hast du herausgefunden, wo wir sind?" sprach ihn jemand an.

Peter blickte auf. Es war Jeff, ein Amerikaner. Er kannte ihn ein wenig. Sie hatten bisher im gleichen Zelt übernachtet.

„So ungefähr; vor vier Stunden haben wir Tessalit passiert. Wir sind nicht allzu schnell gefahren, haben zwischendurch auch eine kurze Pause eingelegt. Ich schätze einmal, wir befinden uns achtzig Kilometer südlich von Tessalit, also hier."

Er zeigte auf die Karte. Jeff betrachtete sie, insbesondere die am Kartenrand angegebenen Koordinaten.

„Ja, das könnte hinkommen. Mein Navi zeigt $19^0 30'$ nördlicher Breite an. Ich habe bereits einen Hilferuf abgesetzt, werde jetzt noch einmal die Koordinaten bestätigen."

Er grinste.

„Die meisten hier führen sich doch auf wie aufgeschreckte Hühner, rufen Freunde in New York oder Berlin an. Die meisten von denen wissen wahrscheinlich gar nicht einmal wo Mali überhaupt liegt."

Peter lächelte.

„Du hast das wahrscheinlich besser gemacht."

„Na klar, ich habe mir vor Reiseantritt die Nummer der amerikanischen Botschaft, Notfallservice, in Bamako besorgt. Und an die habe ich meine Meldung abgesetzt."

Peter grinste.

„Hoffentlich können die etwas mit den Koordinaten anfangen oder wissen, wo Tessalit liegt."

„Du hältst uns Amerikaner wohl für blöd. Das ist aber für euch Krauts, zumindest für die Intelligenten unter euch, typisch."

Es dunkelte rasch. Es fand sich etwas Holz, genug um ein Lagerfeuer zu entfachen. Man nahm das Abendessen ein, unterhielt sich. Die Stimmung schwankte zwischen Euphorie und Depression. Typisch dafür war folgende Szene.

„Wenn alle Stricke reißen", sagte einer, „dann können wir ja den nächsten, der hier vorbeikommt, bitten Hilfe zu holen."

Worauf ein anderer anmerkte.

„Wahrscheinlich sind wir bis dahin alle verdurstet."

Peter hielt nach der dunkelhäutigen Schönheit Aussicht. Sie hatte sich inzwischen wieder beruhigt, saß abseits. Die Film-Photo-Gruppe hatte bisher auf die Passagiere Zweiter Klasse herabgesehen, jeden Kontakt abgelehnt. Das rächte sich jetzt. Niemand kümmerte sich um sie.

Gegen acht Uhr meldete sich Jeff zu Wort.

„Tolle Nachricht, Leute. Unsere Jungs sind fix. In Timbuktu wird bereits ein Hilfszug zusammengestellt. Er wird noch vor Mitternacht aufbrechen und gegen Mittag hier eintreffen. So lange müssen wir eben noch aushalten. Aber das ist doch kein Problem ?"

Die Menschen legten sich getrost schlafen.

Der geheimnisvolle Palast

Peter erwachte in einem weichen Bett, trug noch seine Unterwäsche.
„Habe ich unsere Rettung nicht mitbekommen ? Wo bin ich eigentlich ?" fragte er ich.
Verwundert schaute er sich um. Das Zimmer wirkte äußerst komfortabel. Auf einem Sessel lagen seine Oberkleidung und sein Rucksack. Er erhob sich, lief erst einmal zum Fenster. Das Haus stand offenbar in einem größeren, fast parkähnlichem Garten, der von einer Buschreihe begrenzt wurde. Dahinter erstreckte sich die Wüste. Dann schaute er sich im Zimmer um. Eine Sitzgarnitur, bestehend aus einem kleinen Tisch und drei Sesseln, auf einem von ihnen lagen seine Sachen, ein Sofa, ein Fernsehapparat, ein Schreibtisch, ein Kleiderschrank. Darin befanden sich einige Hosen, Hemden, Unterwäsche, Socken und Schuhe. Abgetrennt vom übrigen Raum gab es in einer Nische einen Kühlschrank und eine Anrichte, auf der eine Kaffeemaschine sowie einige Kaffeepads und Tütchen Zucker, zwei Tassen mit Untertellern und Löffeln standen. Im Kühlschrank erblickte er zahlreiche Getränkeflaschen, Bier, Wein, verschiedene Fruchtsäfte, Wasser, sowie einige kleine Dosen mit Kondensmilch. Eine Tür führte ins Badezimmer, in dem sich auch eine Toilette befand. Er beschloß erst einmal zu duschen. Danach ging er zum Kleiderschrank.
„Die Sachen sind offensichtlich für mich gedacht", sagte er sich, „alles andere würde ja auch keinen Sinn machen."
Er zog sich an, Kleidung und Schuhe paßten. Dann untersuchte er seinen Rucksack. Bargeld, Kreditkarte, Reisepaß, Impfbuch, Reiseunterlagen, die Landkarte, alles war vorhanden. Er nahm ihn zu sich, verließ dann das Zimmer. Der Flur, in dem sich Türen zu drei weiteren Räumen befanden, führte zu einer Galerie. Über eine Treppe gelangte er nach unten in eine kreisrunde Halle, die ihn an eine Hotellobby, allerdings ohne Empfangsschalter, erinnerte. Von da aus konnte man in einen Hof, in zwei Flure, auf eine Terrasse und in eine Küche gelangen. Da er hungrig war, suchte er erst einmal die Küche auf. Sie war mit einem Kühlschrank, einer Spülmaschine, einem Herd, einem Mikrowellenofen, einem Backofen, einem Schrank, der Geschirr, Töpfe, Besteck und auch Lebensmittel, die keiner Kühlung bedurften und einer Spüle ausgestattet. Auf einer kleinen Anrichte standen eine Kaffee-

maschine, ein Wasserkocher, ein Toaster und ein Eierkocher. Weißbrot fand er im Schrank, Wurst, Käse, Margarine, Erdnußbutter, Eier, Marmelade im Kühlschrank.

„Das sind doch genau die Sachen, die ich morgens mag", sagte er sich.

Er bereitete sich erst einmal ein Frühstück zu, begab sich dann auf die Terrasse, ließ sich an einem der dort stehenden Tische nieder, begann zu essen.

„Wenn ich nur wüßte, wo ich gelandet und wie ich hierher gekommen bin. Es ist alles so komfortabel hier. Das scheint so ein richtiges Nobelhotel zu sein. Seltsam ist nicht nur, daß ich nicht weiß wie ich hierher gekommen bin, sondern auch, daß außer mir offensichtlich niemand anwesend ist. Ich kann mir nicht vorstellen, daß alle anderen noch schlafen. Es ist doch bereits kurz nach neun Uhr. Und außerdem muß es doch auch Personal geben."

Was blieb ihm aber anderes übrig als gelassen zu sein.

„Nun, schlecht habe ich es nicht getroffen", resümierte er schließlich, „warten wir ab, was geschieht."

Nach einiger Zeit trat eine Frau hinzu, die dunkelhäutige Schönheit aus der Film-Photo-Gruppe.

„Guten Morgen", grüßte sie freundlich, „darf ich mich zu Ihnen setzen ?"

Peter wunderte sich über diese Frage, da die Mitglieder dieser Gruppe bisher jeden Kontakt mit den anderen gemieden hatten, dachte aber auch, er könnte von der Frau vielleicht Näheres über die Umstände erfahren, die ihn hierher verschlagen hatten. Er antwortete daher.

„Selbstverständlich, bitte nehmen Sie Platz. Mein Name ist Peter."

Sie setzte sich.

„Ich heiße Laura, schön, endlich hier einmal einen Menschen zu treffen. Sie gehörten doch auch der verunglückten Reisegruppe an. Können Sie mir sagen, wie wir hierhergekommen sind und wo sich die anderen befinden ?"

„Tut mir leid, ich weiß es nicht. Ich schlief gestern Abend in einem Zelt ein, erwachte dann heute Morgen in diesem Palast in einem komfortablen Zimmer. Wie ich hierhergekommen bin, das weiß ich nicht. Und Sie wissen es sicher auch nicht, wie ich Ihrer Frage entnehme."

„Nein, ich schlief gestern Abend in einem Zelt ein, erwachte heute

Morgen in diesem Palast in einem komfortablen Zimmer, wahrscheinlich ähnlich Ihrem Zimmer. Es gab da sogar einen Schrank, in dem zahlreiche hübsche Kleider, Hosen, Blusen, Unterwäsche, Schuhe und so weiter aufbewahrt waren. Und alle Sachen paßten. Bei Ihnen war es offenbar ähnlich, denn Sie tragen nicht die Sachen, die Sie im Reisebus anhatten. Man könnte daraus schließen, daß sie hier auf unsere Ankunft vorbereitet waren, uns also erwarteten."

Peter runzelte die Stirn.

„Also uns gezielt entführten, denn weitere Personen aus der Reisegruppe sind offenbar hier nicht anwesend."

„Ja, das habe ich mich auch schon gefragt. Nun ja, ich duschte erst einmal, zog mich an, ging nach unten, vernahm den Duft von frischem Kaffee, fand die Küche, bereitete mir ein Frühstück zu, sah dann Sie auf der Terrasse sitzen, aber sonst keinen Menschen. Es müßte doch Personal geben und, falls wir wirklich entführt wurden, auch Wachen."

„Mir ist das alles unklar. Möglicherweise wurden wir entführt um ein Lösegeld zu erpressen. aber warum haben sie dann mich genommen. Ich bin Physiker, arbeite in einen Forschungslabor in Deutschland. Ich habe nur eine mittelmäßige Stelle. Ich bin nicht reich. Die Reise habe ich in einem Preisausschreiben gewonnen. Viel Lösegeld können sie von mir nicht erhalten."

„Sie sagten, sie arbeiten in einem Forschungslabor. Vielleicht sind sie an Ihrem Wissen interessiert, kennen vielleicht irgendwelche geheimen Produkte, die noch nicht im Handel erhältlich sind und die sie nun vermarkten wollen. Vielleicht haben Sie Kenntnisse über neue und geheime Waffen."

Peter schüttelte den Kopf.

„Nein, nein, ich habe reine Grundlagenforschung betrieben. Mit meinem Wissen ist mit Sicherheit kein großes Geld zu verdienen. Und wie sieht es bei Ihnen aus ?"

„Bei mir sieht das ähnlich aus. Ich bin Filmschauspielerin, aber kein großer Star. Ich besitze auch nicht so viel Geld, daß sich eine Entführung lohnt. Wissen Sie, Carlo, ein Regisseur, mit dem ich schon einige Filme gedreht habe, rief mich vor vier Wochen an, sagte, er wolle eine Fahrt durch die Sahara nach Timbuktu unternehmen um Ausschau nach möglichen Kulissen für einen neuen Film zu halten. Er sagte, er handele von einem jungen Franzosen, der so vor einhunderfünfzig Jahren wegen eines Vergehens, er war natürlich das Opfer einer Intrige, in ein Straflager in Algerien eingeliefert wurde. Er konnte entkommen, floh in die Wüste, wurde von Tuaregs aufgegriffen und in Timbuktu als Sklave an einen reichen Handelsherrn verkauft. Während einer Handelsreise rettete er ihm bei einem Überfall von Räubern das Leben, wurde reich belohnt, erhielt seine Freiheit, eine große Geldsumme und eine hübsche Sklavin zur Frau. Carlo bot mir auch gleich die weibliche Hauptrolle an, fragte, ob ich Lust hätte mitzukommen. Er sagte auch, es reisten zwei ihm bekannte Photographen und zwei Models zu Modeaufnahmen in einer Wüstenkulisse und in Timbuktu mit. Sie hätten auch Interesse an mir als Model. Ich hatte Bedenken, fragte ihn 'Timbuktu ? Das liegt doch in Mali. Ist das nicht gefährlich wegen der Unruhen dort ?' Er antwortete 'ach, nein, die Gegend, durch die wir fahren, ist sicher. Ich habe mich genau erkundigt. Glaubst du etwa, ich würde durch ein Rebellengebiet fahren wollen ? Nein, sei ganz beruhigt.' Ich willigte dann ein. Die Fahrt in der Ersten Klasse verlief ja auch ruhig, war eher langweilig. Es gab ja auch keine Abwechslung außer einige Unterbrechungen für Photoaufnahmen. Wir blieben ja auch unter uns, hatten kein Interesse an Kontakten mit anderen Reisenden. Alles war langweilig, bis gestern. Ich hatte mir gerade ein Getränk aus dem Kühlschrank geholt, befand mich auf dem Rückweg, als ich ein Krachen hörte und ein Felsblock den vorderen Teil des Busses zertrümmerte. Ich überlebte als einzige aus unserer Gruppe. Den Rest kennen Sie ja. Wir hatten bisher jeden Kontakt zu den anderen Reisenden vermieden und nun mieden sie mich. Ich bekam zu Essen und zu Trinken, einen Schlafplatz zugewiesen. Ich legte mich dann auch bald hin, da ich nicht bei den anderen am Feuer sitzen wollte. Die hätten mich ja ohnehin geschnitten. Und dann erwachte ich hier."

Sie nahm einen Schluck Kaffee.

„Vielleicht handelt es sich auch um islamistische Rebellen. Sie sind Deutscher, ich habe auch die deutsche Staatsbürgerschaft. Es könnte sein, daß sie unsere Regierung erpressen wollen, um Geld oder auch um den Abzug der Bundeswehr aus Mali zu erzwingen."

„Die Forderung nach Geld könnte ich verstehen, aber Abzug der

Bundeswehr ? Die richtet hier doch ohnehin nicht viel aus. Aber jetzt im Ernst. Würden islamistische Rebellen uns hier so komfortabel unterbringen und uns unbewacht lassen ?"
„Nein, das kann ich mir jetzt nicht vorstellen. Es könnte natürlich auch sein, daß das Gelände so gesichert ist, daß wir gar nicht herauskommen."
„Es gibt da noch etwas, das gegen islamistische Rebellen spricht, die alkoholischen Getränke im Kühlschrank, sowie dieser durch und durch europäisch wirkende Palast mitten in der Wüste. Wer mag ihn erbaut haben, wem gehört er ?"
„Sind Sie sicher, daß er wirklich mitten in der Wüste liegt ? Ich konnte von meinem Fenster aus nur in eine Richtung schauen. Ich sah in der Tat nichts anderes als Wüste. Aber wie sieht es auf der anderen Seite aus ? Vielleicht steht der Palast am Rande einer Stadt."
„Das habe ich jetzt auch noch nicht überprüft. Schauen wir einfach nach. Ach, übrigens, bevor wir gehen, ich habe da noch etwas. Also, wenn wir hier schon die einzigen sind, dann können wir uns auch duzen. Oder ist Ihnen das nicht recht ?"
„Nein, ganz und gar nicht. Ich bin nicht so förmlich."
Sie brachten das Geschirr in die Küche zurück, gingen nach draußen. Der Palast lag in der Tat in einem parkähnlichen, sehr gepflegten Garten, in dem sich auch ein Swimming Pool befand. Er wurde durch eine dichte, mehr als zwei Meter hohe Buschreihe begrenzt, die keinen Blick nach außen zuließ. Lediglich an einer Stelle wurde sie durch ein etwa vier Meter breites Tor unterbrochen, das etwa die gleiche Höhe wir die Buschreihe besaß und ebenfalls keinen Blick nach außen gestattete. Das Tor war verschlossen. Ein gepflasterter Weg führte von ihm aus zu einem größeren Schuppen, der offensichtlich auch als Garage diente. Er war ebenfalls verschlossen, Fenster gab es nicht.
„Schauen wir uns im Haus um", schlug Laura vor.
Sie gingen zurück, stiegen die Treppe hoch. Sie fanden bald eine zweite Treppe, die weiter nach oben führte, nach zwei weiteren Stockwerken schließlich in einer kleinen Kabine endete, von der aus eine Dachterrasse betreten werden konnte. Die Tür war nicht verschlossen. Von hier oben aus hatten sie einen herrliche Blick in die Ferne, sahen aber nichts außer Wüste.

„Es sieht tatsächlich so aus als seien wir in einem Luxusgefängnis eingeschlossen", bemerkte Laura.

„Wir könnten natürlich über das Tor klettern. Aber wer weiß, wie weit der nächste Ort entfernt ist, fünfzig Kilometer, hundert Kilometer? Und in welcher Richtung liegt er?"

„Vielleicht führt eine Straße dorthin?"

„Aber fünfzig Kilometer oder mehr bei glühender Hitze duch die Wüste marschieren? Das ist hart."

„Wieso denn? Die Beduinen legen viel größere Strecken in der Wüste zurück."

„Wir sind aber keine Beduinen."

„Und nachts?"

„Ich weiß nicht, ob wir die Strecke bis zur nächsten Ortschaft in einer Nacht schaffen. Die Straße ist vermutlich auch nur eine unbefestigte Piste. Wir haben außerdem kein Licht, können in der Dunkelheit von ihr abkommen und uns dann erst recht verirren. Zudem brauchen wir feste Stiefel. Mit den leichten Schuhen können wir unmöglich durch die Wüste laufen."

„Und was schlägst du vor?"

„Abwarten und gelassen bleiben."

Alessandro
„Das ist auch das beste, was Sie tun können."

Eine Stimme schreckte die beiden auf, sie drehten sich um, erblickten einen gut gekleideten Herrn, schlank, mittelgroß, vielleicht fünfzig Jahre alt. Er war ein Weißer. Er lächelte.

„Ach, bitte erschrecken Sie doch nicht. Niemand will Ihnen etwas zuleide tun, ganz im Gegenteil. Fühlen Sie sich hier wie zuhause und genießen Sie den Aufenthalt. Der nächste Ort liegt übrigens zweiundsiebzig Kilometer von hier entfernt. Er ist ein kleines, armseliges Nest, in dem Sie keine Unterkunft finden werden. Fühlen Sie sich also als meine Gäste."

„Und wer sind Sie?" fragte Laura.

„Ach, das spielt doch gar keine Rolle", er grinste, „warum wollen Sie das wissen? Es nutzt Ihnen nichts. Ich könnte Sie ja auch anlügen, sagen ich sei Dr. No. Nennen Sie mich einfach Alessandro."

„Und warum halten Sie uns hier gefangen ?" wollte Peter wissen, „und was ist das überhaupt für ein geheimnisvolles Anwesen mitten in der Wüste ?"

Alessandro verzog das Gesicht.

„Gefangen, was ist denn das für ein häßlichen Wort ! Sie sind meine Gäste, keine Gefangenen. Und mein Anwesen ist keineswegs geheimnisvoll. Es ist weithin sichtbar und ich habe es hier erbaut, weil es mir so gefiel."

„Aber Eure Gastfreundschaft genießen wir nicht freiwillig. Wir wurden hierher entführt", bekräftigte Laura.

„Entführt ! Am Ende sagen Sie noch 'verschleppt' ! Schon wieder solch häßliche Worte. Wurde Ihnen etwa Gewalt angetan ?"

„Wir sind", entgegnete Peter, „ich weiß nicht wie weit von hier, in einem Zelt eingeschlafen und hier in einem Zimmer aufgewacht. Wir sind nicht freiwillig hierhergekommen."

„Seien Sie bitte präzise", erklärte nun Alessandro, „Sie beide sind keineswegs in einem Zelt eingeschlafen und in einem Zimmer erwacht, sondern in unterschiedlichen Zelten und in unterschiedlichen Zimmern. Und daß Sie sich hier befinden, liegt daran, daß ich Sie eingeladen habe."

„Verschiedene Zelte, verschiedene Zimmer ! Das sind doch jetzt Haarspaltereien. Von einer Einladung habe ich nichts mitbekommen."

„Das konnten Sie ja auch nicht, da Sie geschlafen haben."

„Was soll denn diese Haarspalterei schon wieder ?" dachte Peter, „worauf will der Kerl eigentlich hinaus ?"

Er kam allerdings zur Überzeugung, daß ein Konfrontationskurs nichts bringen würde, setzte daher eine freundliche Miene auf.

„Verzeihen Sie bitte, wir mögen zwar unhöflich erschienen sein. Unser Besuch hier, ich denke, ich kann auch für Laura sprechen, kam so überraschend, so unvermittelt, daß wir zugebenermaßen leicht verwirrt sind. Wir bedanken uns natürlich für Ihre Gatfreundschaft, möchten sie aber nicht über Gebühr in Anspruch nehmen."

„Sie brauchen sich nicht zu entschuldigen. Ich verstehe Sie voll und ganz. Auch für mich kam all dies überraschend. Gestern um diese Zeit wußte ich noch gar nicht, daß Sie zu Besuch kommen werden. Aber, auch wenn Ihnen die Situation ungewöhnlich erscheint, Sie sind doch intelligent und geistig flexibel. Sie werden sich rasch an die veränderte Lage gewöhnen. Sie werden meine Gastfreundschaft auch nicht länger als erforderlich in Anspruch nehmen", er lächelte, „sagen wir, bis ihre 'Mission', so möchte ich es einmal nennen, erfüllt ist."

„Sie haben sich jetzt sehr undeutlich ausgedrückt", wandte Laura ein, „was bedeutet konkret 'nicht länger als erforderlich' ? Und was ist unsere 'Mission' ?"

„Das sind zwei Fragen, die miteinander verwoben sind. Was Ihre 'Mission' ganau ist, das werden Sie zu gegebener Zeit erfahren. Wie lange es dauert sie zu erfüllen, das hängt von Ihrer Kooperationsbereitschaft ab und natürlich auch von meinen sonstigen Terminen und Verpflichtungen. Ich denke, vielleicht zwei oder maximal drei Wochen, sicher nicht länger. Es liegt mir ja auch fern, sie unnötig aufzuhalten und ich werde Sie daher kontaktieren wann immer mir es wegen meiner anderen Termine möglich ist. Genießen Sie einfach die übrige Zeit. Sie müssen sich auch nicht langweilen. Ihre Zimmer sind mit einem Fernsehapparat und einer Stereoanlage ausgestattet. Es gibt eine kleine Bibliothek, in der sich auch Musik - CDs und Film - DVDs befinden. Filme können Sie sich auch auf einem Großbildschirm im Kinosaal anschauen. Im Keller finden Sie auch einen Fitness – Raum mit zahlreichen Sportgeräten. Und draußen gibt es neben dem Swimming Pool auch einen Tennisplatz."

Er grinste.

„Und außerdem, Sie sind doch nicht allein, eine gesunde Frau und ein gesunder Mann. Sie werden doch sicher etwas miteinander anzufangen wissen. Und niemand wird sie dabei stören."

„Das ist ja alles schön und gut, aber bereits zwei Wochen sind recht lang", entgegnete Laura, „die anderen aus der Reisegruppe werden uns sicherlich bereits vermissen. Sie werden uns suchen oder es werden Suchtrupps ausgesandt. Auch haben wir bereits die Rückflüge, Peter nach Frankfurt und ich nach Rom gebucht. Ja, und was ist mit der Reisegruppe ? Sie befindet sich doch offensichtlich nicht hier. Warum haben Sie nur uns beide als 'Gäste' in Ihrem Palast aufgenommen ?"

„Das sind viele Fragen, die ich Ihnen leider jetzt nicht im Detail beantworten kann, da ich mich zu meinem Bedauern nun von Ihnen verabschieden muß. Ich habe ja, wie ich bereits erwähnte, noch andere Verpflichtungen. Deshalb nur kurz. Sie wurden ausgewählt, weil sie für die 'Mission' die geeignetsten sind. Den anderen Reiseteilnehmern geht es gut. Der Hilfszug wird gegen Mittag am Unglücksort eintreffen. Und was den Rest betrifft, da müssen Sie sich keine Sorgen machen, das ist alles arrangiert."

Er verabschiedete sich, wollte gehen.

„Eine Frage noch", meinte Peter, „das Anwesen hier ist doch recht groß. Zu seiner Unterhaltung ist sicherlich Personal erforderlich. Und wenn wir längere Zeit hierbleiben sollen, dann brauchen wir auch Lebenmittel und Getränke."

Alessandro lächelte.

„Sie haben Probleme ! Natürlich gibt es hier Personal. Es wird für Nahrungsmittel und Getränke sorgen, Ihre Wäsche und auch Ihre Zimmer reinigen. Es erledigt aber seine Arbeit sozusagen im Verborgenen. Es wäre Ihnen doch sicher lästig, wenn Ihnen ständig Zimmermädchen, Putzfrauen, Köchinnen, Gärtner oder Hausmeister über den Weg laufen würden."

Er wandte sich nun um, ging.

„Jetzt bin ich genau so schlau wie vorher", begann Laura als sie alleine waren, „was bedeutet das denn alles ? Mission ? Welche Mission denn ? Und was heißt, wir seien ausgewählt ? Warum gerade wir ? Also, an mir ist jetzt nichts Besonderes dran. Und wie sieht das bei dir aus ? Sei ehrlich. Und was heißt, alles ist arrangiert ?"

Peter atmete tief durch.

„Hm, woher soll ich das wissen. Ich habe doch auch keine Ahnung, was hier für ein Spiel getrieben wird, was hier vorgeht. Aber laß uns einmal überlegen. Was diese Mission betrifft, kann ich mir zwar nicht vorstellen, was das sein soll, aber sie brauchen hierfür offenbar zwei Menschen, eine Frau und ein Mann, die intelligent und geistig flexibel sind, aber ansonsten nicht unbedingt über spezielle Fachkenntnisse auf irgendeinem Gebiet verfügen müssen. Auch besondere handwerklichen Fähigkeiten benötigen sie offenbar nicht. Ich bin wirklich einmal gespannt, was diese 'Mission' sein soll. Was 'alles arrangiert' bedeutet, so stelle ich mir vor, daß sie nach Beendigung der 'Mission' unseren Transport nach Timbuktu, Bamako, vielleicht auch Algier organisieren und auch die Rückflüge entsprechend umbuchen."

„Das macht Sinn. Und denkt man konsequent weiter, dann werden sie unser Verschwinden gegenüber der Reisegruppe erklären oder haben es bereits getan. Und sie werden auch dafür sorgen, daß wir keine beruflichen Nachteile zu erwarten haben wenn wir später als geplant nach Hause zurückkehren, daher Termine nicht wahrnehmen können oder du verspätet aus dem Urlaub zurückkehrst."

„Das ist wirklich konsequent gedacht. Aber, wer auch immer hinter der Sache steckt, sie müssen die Macht und den Einfluß haben, solches zu arrangieren und durchzusetzen."

Laura grinste.

„Vielleicht haben sie auch die Fähigkeit, die Zeit anzuhalten oder zurückzudrehen. Wie dem auch sei, hier oben in der Sonne wird es mir allmählich unangenehm. Ich brauche etwas zu trinken und will dann eine Runde im Pool schwimmen. Kommst du mit ?"

„Ja, natürlich."

Sie liefen nach unten. Am Pool angekommen zog Laura ihr Kleid aus, streifte ihren Slip ab.

„Es macht dir doch nichts aus ? Oder bist du prüde ?"

„Nein", erwiderte Peter, „ganz und gar nicht."

Er legte seine Kleidung ab, sprang ins Becken. Sie plantschten wohl eine Stunde im Wasser herum, zu körperlichen Berührungen kam es allerdings nicht.

Sie legten sich dann neben dem Pool ins Gras.

„Wo kommst du eigentlich her ?" fragte Peter um ein Gespräch zu beginnen.

„Ich lebe in Rom", entgegnete Laura.

„Nein, das meine ich jetzt nicht. Du besitzt doch die deutsche Staatsbürgerschaft. Ich vermute daher, daß du in Deutschland aufgewachsen bist. Ich nehme an in Franken."

„Wie kommst du denn darauf ?"

„Das höre ich am Klang deiner Stimme."

„Du scheinst wohl auch aus Franken zu stammen ?"

„Ja, geboren bin ich in Marktbreit, lebe aber nun seit fast zwanzig Jahren in Darmstadt, wo ich auch Physik studiert habe."

„Nun, mein Vater war Ingenieur, arbeitete einige Jahre in Indonesien, wo er auch meine Mutter kennenlernte. Als ich vier Jahre alt war zogen wir nach Deutschland, nach Schweinfurt. Dort bin ich auch aufgewachsen. Ich war musikalisch, habe auch ein ausgezeichnetes Gehör, lernte Klavier spielen, brachte es da aber nicht zur Perfektion. Ich absolvierte daher eine Ausbildung zum Tonmeister", sie lächelte, „zur Tonmeisterin, in Detmold. In der deutschen Provinz war es mir aber zu eng, deshalb ging ich nach Rom. Daß ich hübsch bin, das siehst du ja, daher blieb es nicht bei meiner Tätigkeit im Tonstudio. Ich wurde auch Photomodell. Schließlich bot man mir eine Filmrolle an. Ich mache nun alles, lege mich auf nichts völlig fest, arbeite noch nebenbei in meinem erlernten Beruf. Ich werde ihn in ein paar Jahren auch wieder voll ausüben, wenn ich keine Lust mehr zur Filmerei habe. Im Moment genieße ich noch die Glitterwelt, weil es mir Spaß macht, aber auf Dauer wird mir das doch zu öde."

Gespräch am Morgen

„Du bist schon ein bißchen merkwürdig", sagte Laura, als sie am nächsten Morgen beim Frühstück zusammensaßen, „jetzt sind wir schon zwei Tage zusammen und du hast noch immer keinen Annäherungsversuch unternommen. Gefalle ich dir nicht oder stehst du nicht auf Frauen ?"

„Wie kommst du darauf ?"

„Wie ich schon sagte, wir sind hier allein und mehr oder weniger ungestört, wenn ich von diesem komischen Typ, der sich Alessandro nennt, einmal absehe. Und du hast noch immer nicht versucht mich zu berühren. Das habe ich bisher noch bei keinem Mann erlebt."

„Möchtest du das denn ? Würde es die gefallen ?"

„Bei manchen Männern schon, bei anderen nicht."

„Und bei mir ?"

Sie lächelte.

„Du mußt es ausprobieren. Es waren ja zwei Fragen. Ich möchte es schon. Und ob es mir gefällt, das wird sich dann erweisen."

„Und wenn es dir nicht gefällt, dann stehe ich da wie ein begossener Pudel, weil du sagen wirst 'was machst du denn da ? Das bringt doch nichts, so spüre ich überhaupt nichts. Ach, was bist du doch für ein Tölpel. Wenn ich daran denke, was ich für Männer haben könnte. Und mit dir verschwende ich meine Zeit'."

Laura lachte.

„Über großes Selbstbewußtsein verfügst du in der Hinsicht nicht. Das erste mag so sein, das zweite nicht. Im Moment gibt es ohnehin keine Alternative zu dir. Ein bißchen Mühe mußt du dir natürlich geben und dann klappt es auch. Mich ein bißchen begrapschen und an mir herumrumfummeln, das ist zu wenig. Man muß mich schon auf Touren bringen. Und dann erlebst du angenehmste Stunden. Ein Mann muß eben etwas riskieren. Ohne Fleiß kein Preis. Und ohne Mut ..."

Peter schüttelte den Kopf.

„Darum geht es doch gar nicht. Du gehst von falschen Voraussetzungen aus. Wir bleiben doch nur kurze Zeit hier und dann kehrt jeder in seine Welt zurück. Ja, wir leben in verschiedenen Welten. Du bist ein Star und ich nur ein kleiner Laborphysiker. Soll ich mich jetzt in dich verlieben, ein paar schöne Stunden mit dir verbringen und dann den Rest meines Lebens unglücklich sein ?"

„Wie du willst. Ich will und kann dich zu nichts zwingen. Aber hänge jetzt nicht irgendwelchen Träumen von großer Liebe nach. Das hast du irgendwo gelesen, bei romantischen Dichtern. Die große Liebe gibt es in Wirklichkeit nicht, bestenfalls sehr selten. Es ist also ziemlich unwahrscheinlich, daß du deine große Liebe triffst. Vielleicht lernst du einmal eine Frau kennen, die deine große Liebe ist, du aber nicht ihre. Und dann wirst du wirklich unglücklich. Also, höre auf meinen Rat. Genieße das Leben, genieße den Tag und die Glückseligkeiten, die er mit sich bringt und träume nicht von Glückseligkeiten, die erst am Sanktnimmerleinstag eintreten. Denn dann bist du wahrscheinlich schon lange tot."

„Bist du jetzt sauer auf mich ?"

Laura lachte.

„Nein, du bist eben ein spezieller Typ, hast so deine Eigenarten. Wir werden ja wohl auch noch einige Zeit hier zusammen sein. Es ist also noch nicht aller Tage Abend."

„Genau. Und wie heißt es so schön ? 'Lieber ein fränkische Weib als ein zänkisches Weib'."

Laura lachte.

„Das klingt schön, aber es gibt auch fränkische Weiber, die zänkisch sind. Ich gehöre allerdings nicht zu denen. Mit mir kann man über alle Dinge vernünftig reden."

Der Fluchtversuch

Am nächsten Morgen als Peter zum Frühstückstisch kam, Laura war bereits anwesend, wunderte er sich über ihre Kleidung. Sie trug einen langärmeligen Khaki – Anzug und Tennisschuhe, neben ihr lagen ein Rucksack und eine Mütze. Als sie mit dem Essen fertig war, erhob sie sich, lief Richtung Eingangstor. Peter folgte ihr. Das Tor ließ sich öffnen, Laura durchschritt es.

„Was hast du vor ? Wo willst du hin ?" rief er ihr zu.

„Ich will weg. Ich halte es hier nicht mehr aus. Diese Ungewißheit."

„Aber das ist doch Wahnsinn, zu Fuß durch die Wüste. Und die nächste Ansiedlung ist zweiundsiebzig Kilometer entfernt, sagte Alessandro."

„Ach, vielleicht hat er gelogen und sie ist nicht so weit entfernt. Er wollte uns doch sicher davor abschrecken wegzugehen. Ich habe drei Flaschen Wasser dabei und die Straße wird mir den Wag weisen."

„Drei Flaschen Wasser sind viel zu wenig. Das wird doch ein Fußmarsch von mindestens zwei Tagen. Und wer weiß, wie lange die Straße überhaupt befestigt ist. Dann mußt du durch den Sand laufen. Und du hast nur Tennisschuhe an. Bleib !"

„Nein, ich gehe. Das ist mein fester Entschluß."

Peter überlegte kurz. Es war der helle Wahnsinn, was sie vorhatte. Sie lief in den sicheren Tod. Aber er konnte sie nicht zurückhalten. Doch alleine gehen lassen wollte er sie nicht, auch wenn er sich selbst in äußerste Lebensgefahr begab.

„Warte, ich komme mit", rief er ihr zu.

Er lief rasch ins Haus zurück, zog ebenfalls einen Khaki – Anzug und Tennisschuhe an, nahm eine Mütze. Dann füllte er zehn Plastikflaschen mit Wasser, mehr konnte der größte Rucksack, den er fand, nicht fassen.

Sie brachen auf. Sie waren wohl eine halbe Stunde gelaufen, passierten gerade ein Geröllfeld, als eine gelbliche Wolke auf sie zukam.

„Ein Sandsturm, das hat uns gerade noch gefehlt", dachte Peter.
Er zog rasch sein Unterhemd aus, zerriß es in zwei Teile, reichte einen Fetzen Laura.
„Bedecke dein Gesicht damit und wende dich von der Wolke ab."
Der Wind wehte nun so stark, daß Peter sich nicht mehr auf den Beinen halten konnte. Er kniete nieder, den Kopf zur Erde hingewandt. Die Sandwolke zog rasch vorüber. Nach ein paar Minuten war der Spuk vorbei. Peter blickte sich um. Laura lag etwa zehn Meter entfernt auf dem Boden, halb mit Sand bedeckt, das Gesicht nach unten gewandt. Er lief zu ihr hin, rüttelte an ihr. Sie drehte sich um.
„Alles in Ordnung?" fragte er.
„Ich denke schon."
Sie erhob sich, verzog gleich das Gesicht.
„Mein Knöchel", sagte sie, „ich bin wohl beim Fallen gegen einen Stein gestoßen."
„Kannst du laufen?"
Sie richtete sich völlig auf, ging einige Schritte.
„Schlecht."
„Dann ist der Ausflug wohl zu Ende. Gehen wir zurück. In den nächsten Ort kommen wir so nie."
Laura blickte leicht finster.
„Ja, es bleibt uns wohl nichts anderes übrig."
„Unsere Mützen haben wir auch verloren. Bedecken wir den Kopf mit den Unterhemdfetzen."
Sie traten den Rückweg an. Der Sand hatte die Straße bedeckt, die nun nicht mehr zu erkennen war.
„Hoffentlich verlaufen wir uns nicht", dachte Peter, beruhigte sich aber mit dem Gedanken, daß sie nicht viel länger als eine halbe Stunde marschiert waren und das Anwesen also bald erblicken mußten.
Laura humpelte, Peter mußte sie stützen. Sie waren bereits eine Stunde unterwegs, der Palast war aber noch immer nicht zu sehen.
„Haben wir die falsche Richtung eingeschlagen?" fragte Laura.
„Nein", beruhigte sie Peter, „du hast dir den Knöchel verstaucht und wir müssen auch durch den Sand waten, da die Straße bedeckt ist. Wir kommen also nur langsam voran."
Peter war sich aber gar nicht so sicher. Vielleicht hatten sie sich bereits

verirrt.

„Wenn ich wenigstens einen Kompaß hätte", dachte er.

Endlich, nach vier Stunden erblickten sie in der Ferne ein Gebäude.

„Hoffentlich ist es keine Fata Morgana", dachte Peter.

Es war tatsächlich der Palast. Es dauerte aber noch mehr als zwei Stunden bis sie das Anwesen erreichten. Die Sonne sank bereits.

„Tut mir leid", sagte Laura, „es war eine dumme Idee wegzugehen. Ich habe uns beide in höchste Lebensgefahr gebracht."

„Schon gut", erwiderte Peter, „wir sind ja jetzt in Sicherheit."

„Ich bin völlig erschöpft. Ich gehe auf mein Zimmer, lege mich ins Bett. Zu Essen brauche ich heute nichts mehr. Ich will nur noch trinken und schlafen."

Auch Peter fühlte sich müde, aber nicht vollkommen erschöpft. Er verspürte auch Hunger. Er ging auf sein Zimmer, duschte, zog frische Kleider an, holte sich dann aus der Küche etwas zu Essen und eine Flasche Bier, setzte sich auf die Terrasse.

„Wie konntet ihr nur so etwas Dummes tun ? Das hätte euch das Leben kosten können."

Peter blickte auf. Alessandro stand vor ihm. Er setzte sich ohne zu fragen.

„Von Ihnen hätte ich mehr Vernunft erwartet."

„Laura wollte weg", verteidigte sich Peter, „sie ließ sich nicht zurückhalten. Ich konnte sie doch nicht alleine gehen lassen. Dann wäre sie jetzt tot. Denken Sie doch nur an den Sandsturm !"

Alessandro zuckte mir den Schultern.

„Es war doch ihre Entscheidung wegzugehen. Sie haben sie gewarnt. Wieso haben Sie sich wegen ihr in Lebensgefahr begeben ? Sie kennen diese Frau kaum. Was geht diese Laura Sie an ? Aus purer Menschen-freundlichkeit haben Sie das nicht getan."

„Ja, aber ich konnte sie doch nicht einfach ihrem Schicksal überlassen."

„Na und, sie ist doch eine völlig fremde Person für Sie. Und Sie sind ihr nichts schuldig. Denken Sie doch auch daran, wie sie und ihre Begleiter sich im Reisebus euch Passagieren Zweiter Klasse gegenüber benommen haben, hochnäsig, herablassend. Sie wollten mit euch doch gar nichts zu tun haben."

„Ja, aber das spielt doch jetzt keine Rolle. Ich konnte sie doch nicht in den Tod laufen lassen."

Alessandro erhob sich nun, sagte, daß er sich nur etwas zu trinken holen wolle, gleich wieder zurück käme.

„Ihnen gefällt die Maus", fuhr er dann mit einem Grinsen fort, „Sie sind in sie verliebt. Deshalb sind Sie mit ihr gegangen. Sie hätten sich für Ihre Liebe geopfert. Sie sind schon ein komischer Vogel. Sie will mit Ihnen schlafen, Sie zieren sich, bringen irgendwelche Ausreden, sagen, Sie wollten sich nicht in sie verlieben, dabei sind Sie es schon längst, und so sehr, daß Sie Ihr Leben für sie auf Spiel setzen."

„Ich sehe da keinen Widerspruch. Gerade weil ich in sie verliebt bin, achte ich sie, will sie nicht mißbrauchen. Ich weiß, daß meine Liebe zu ihr keine Zukunft hat. Sie lebt in einer anderen Welt, der ich nicht angehöre und auch nie angehören werde. Wir werden einfach auseinandergehen, wenn unsere 'Mission', wie Sie es nennen, hier erfüllt ist. Und ich will doch nicht mit einem schlechten Gefühl von ihr scheiden."

Alessandro lachte schallend.

„Sie glauben wohl, daß es nur dann erlaubt ist miteinander zu schlafen, wenn man verheiratet ist. Das haben Ihnen irgendwelche Kuttenbrunzer so tief eingeimpft, daß es selbst der Verstand nicht mehr eliminieren kann. Und dann glauben Sie an die große Liebe, die meist tragisch endet. Sie haben zu viele romantische Bücher gelesen. Das alles gibt es in Wirklichkeit nicht. Werfen Sie all diesen Ballast über Bord, möglichst bald, am besten noch heute."

Alessandro nahm einen tüchtigen Schluck Bier.

„Die Sache ist doch ganz einfach. Sie wollen mit ihr schlafen und sie mit Ihnen. Also tun Sie es."

Er trank die Flasche leer, holte sich eine neue aus der Küche, brachte auch eine für Peter mit.

„Ich muß Ihnen einen Vorwurf machen. Sie sind ja auch mit daran schuld, daß Laura weg wollte. Es war nicht nur die Ungewißheit über eure 'Mission'. Es war auch der Frust darüber, daß sie hier mit einem Mann zusammenleben muß, der zwar freundlich zu ihr ist, aber sie als Frau bisher völlig ignorierte, so daß sie annehmen mußte, daß Sie sie als Frau nicht schätzen oder sogar ablehnen. So etwas ist bitter und es entwickelte sich daraus eine für sie unerträgliche Situation. Verstehen Sie ?"

„Nein, nicht so richtig. Weiber fühlen sich doch heute schon angemacht, wenn man sie freundlich grüßt und viele fühlen sich bereits sexuell belästigt, wenn man ihnen in den Mantel hilft oder die Tür offenhält."

„Mit welchen Frauen haben Sie denn Umgang ? Oder haben Sie das schlechten Presseerzeugnissen entnommen ? Natürlich gibt es solche Fälle, aber das ist doch nur eine Minderheit. Die meisten Frauen sind normal und Laura ist es auch", er grinste, „vielleicht sogar ein bißchen übernormal."

Peter schüttelte den Kopf.

„Wo kommen Sie denn her ? Ich habe da ganz andere Erfahrungen gemacht."

„Das ist Ihre Ansicht. Darüber müssen wir jetzt nicht diskutieren. Es spielt hier ja auch gar keine Rolle. Bei Laura brauchen Sie da keine Bedenken zu haben. Sie wartet noch immer darauf. Aber ein bißchen Mühe müssen Sie sich schon geben und stellen Sie sich nicht so tolpatschig an."

Er erhob sich dann.

„Ich möchte Sie nicht länger aufhalten. Sie waren fast den gesamten Tag in der Wüste unterwegs, sind jetzt sicherlich müde, wollen schlafen gehen."

Er verschwand im Haus.

Gespräche mit und über Alessandro

Laura saß beim Frühstückstisch als Alessandro zu ihr trat, Peter war noch nicht anwesend.

„Guten Morgen", grüßte er freundlich, „ich hoffe, Sie haben Ihr gestriges Abenteuer in der Wüste gut überstanden."

Er setzte sich.

„Ich kann ja verstehen, daß Sie wegen gewisser Dinge etwas frustriert sind, aber das ist doch kein Grund zu solch einer Überreaktion und rechtfertigt sie auch nicht."

„Aber bevor Sie mir jetzt Vorwürfe machen", entgegnete ihm Laura leicht gereizt, „erklären Sie sich bitte doch erst einmal. Wir sind jetzt den fünften Tag hier. Sie sagten, wir hätten eine Mission zu erfüllen. Aber was ist das für eine Mission ? Darüber haben Sie bisher noch kein einziges Wort verloren. Das ist doch eine unerträgliche Situation."

Alessandro schüttelte den Kopf.

„Ich verstehe Ihre Worte nicht. Sie haben doch alles, was Sie zum Leben brauchen, außer einem feurigen Liebhaber vielleicht. Aber ist das so unerträglich ? Peter ist in der Beziehung wohl etwas schwierig, vertritt seltsame Auffassungen. Aber die sind möglicherweise nur Ausreden. Ich nehme an, er ist etwas schüchtern, traut sich nicht so recht, weil er mit Frauen bisher eher schlechte Erfahrungen gemacht hat. Möglicherweise ist es auch so, daß er sich nicht vorstellen kann, daß eine so hübsche, attraktive und intelligente Frau wie Sie überhaupt Interesse für ihn empfinden sollte, sich mit ihm anbändeln will. Und er glaubt daher, daß Sie mit ihm nur spielen wollen, ihn reizen, anregen und wenn es dann ernst wird sagen 'ätsch', ihm eine lange Nase zeigen und sich zurückziehen. Sie müssen sich schon ein bißchen Mühe geben um sein Vertrauen zu gewinnen. Es sei denn, Sie wollen gar keinen intimen Umgang mit ihm. Das wäre jetzt aber auch keine Katastrophe, Sie kommen auch so gut miteinander aus. Aber dann haben Sie gar keinen Grund frustriert zu sein. Sollten Sie allerdings nur mit ihm spielen wollen, er es gemerkt hat und Ihnen daher ausweicht, dann haben Sie gar kein Recht frustriert zu sein. So etwas ist ein Übel, da können Sie auch nicht auf meine Unterstützung zählen. Und kommen Sie mir jetzt bitte nicht mit dem Argument, in dieser Beziehung müsse der Mann die Initiative ergreifen und den ersten Schritt tun. Das sind antiquierte Ansichten und das wissen Sie auch genau. Im Gegenteil, wenn Ihnen ein Mann zusagt, dann ist es schon Ihr Recht, ja sogar Ihre Pflicht den ersten Schritt zu tun. Unterlassen Sie dies, dann geben Sie damit zu verstehen, daß Sie im Grunde kein wirkliches Interesse an ihm haben."

„Also, das ist jetzt wirklich eine wilde Spekulation. Vermutlich wollen Sie mir damit nur ausweichen. Sie sind mir bisher die Antwort auf meine Frage, was unsere Mission ist schuldig geblieben."

Inzwischen war Peter hinzugekommen.

„Sie kommen im rechten Augenblick, wir sprechen gerade über Ihre

Mission", meinte Alessandro, „Laura beschwerte sich darüber, daß Sie bereits den fünften Tag hier sind und noch nichts über Ihre Mission wissen. Fünf Tage sind eine sehr kurze Zeitspanne, nicht einmal ein Wimpernzucken in kosmischen Zeiträumen und selbst in einem Menschenleben weniger als ein Augenblick."

„Das sehe ich jetzt nicht so", erklärte Peter, „in fünf Tagen können sich Dinge ereignen, welche den Lebensweg völlig verändern."

Alessandro lächelte.

„Fünf Tage ? Nein, dazu sind keine fünf Tage notwendig. Dazu genügt ein einziger Augenblick. Aber das ist gar nicht der Punkt um den es mir geht. Bei Ihnen verhält es sich doch so. Sie warten jetzt den fünften Tag auf die Beantwortung einer Frage und Sie gehen davon aus, daß diese Antwort wichtig für Sie ist, Ihrem Lebensweg möglicherweise eine neue Richtung gibt. Aber über sicheres Wissen verfügen Sie nicht. Vielleicht ist dies auch völlig bedeutungslos. Und gerade diese Unsicherheit führt zu Frust, den Menschen, ganz allgemein gesagt, abbauen wollen, unter anderem auch dadurch, daß Sie beginnen auf ihren Mitmenschen herumzuhacken, mit ihnen wegen Nichtigkeiten Streit anfangen. Dazu ist es bei Ihnen bisher nicht gekommen. Im Gegenteil, ich habe den Eindruck, diese Unsicherheit hat Ihren Zusammenhalt gestärkt."

Er blickte Laura an.

„Weshalb hätte Peter sonst gestern mit Ihnen in die Wüste gehen sollen ?"

„Na, schön", fragte Laura, „aber was hat das mit der Mission zu tun ?"

„Nun, Sie leben hier in einem Zustand der Unsicherheit mit dem Sie zurechtkommen müssen ohne durchzudrehen, ohne ständig sich selbst oder andere zu quälen. Dazu benötigen Sie Geduld, Gelassenheit, Selbstdisziplin. Sie können diese Zeit, in der Ihnen keine Pflichten auferlegt werden, doch auch genießen. Sie können auch über Ihr bisheriges Leben nachdenken, ob Sie alles in Ihren Leben richtig gemacht haben."

Er grinste.

„Vielleicht sind Sie bereits mitten in Ihrer Mission."

Er pausierte einen kurzen Augenblick.

„Sehen Sie, Laura, was haben Sie denn für Filme gedreht ?" meinte

Alessandro, „doch nur billige Sachen, mit Nacktszenen und Liebesszenen. Dabei sind Sie doch begabt. Ich kann Ihnen da besseres anbieten, wirklich anspruchsvolle Rollen. Ich habe da ein Projekt im Visier. Er basiert auf dem Roman eines völlig unbekannten Autors", er grinste dabei Peter an.

„Sie kennen ihn ?"

Der verstand. Er hatte sich vor Jahren auch einmal als Schriftsteller versucht, einen Roman zustande gebracht, sogar einen Verlag gefunden, aber keine Leserschaft.

Alessandro trank einen Schluck Wein.

„Er handelt von Menschen, die von Außerirdischen auf einen fremden Planeten verschleppt werden und dort im Auftrag der Entführer die menschliche Kultur darstellen müssen. Sie treffen dort auch auf intelligente Wesen von einem weiteren Planeten, die auch entführt wurden."

Er blickte dabei Peter an.

„Sie kennen die Handlung ? Sie könnten als Berater fungieren. Zum Schauspieler taugen Sie nicht."

Alessandros Mobiltelefon piepste. Er schaute auf die Anzeige.

„Ich muß mal kurz weg."

Er erhob sich ging.

„Das trifft sich gut", meinte Laura, „ich brauche eine Abkühlung, gehe mal kurz in den Swimming Pool. Kommst du mit ?"

„Nein, ich bleibe, warte auf Alessandro. Er kommt sicher bald zurück. Und wenn niemand da ist, dann geht er wahrscheinlich. Wer weiß, wann er dann wiederkommt. Ich habe den Eindruck, die 'Mission' besteht darin, daß er einiges mit uns besprechen oder auch über unser Verhalten erfahren will. Und je eher er alles besprochen und erfahren hat, desto eher können wir den Ort hier verlassen."

Alessandro kam wenige Minuten später zurück.

„Wo ist Laura ?" fragte er.

„Im Pool, sie sagte, sie brauche eine Abkühlung."

„So ist das eben mit den Weibern. Läßt man sie auch nur einen Augenblick unbeaufsichtigt, dann sind sie weg und treiben meist nichts Gutes. Macht nichts, ich wollte ohnehin mit Ihnen etwas besprechen, was sie nicht unbedingt hören muß."

Er nahm einen großen Schluck Wein.

„Sie sind doch nicht dumm. Im Gegenteil, Sie sind hochintelligent. Doch was sind Sie ? Nur ein kleiner Laborphysiker. Dabei sind Sie doch wesentlich kompetenter als die Leute für die Sie arbeiten müssen. Und Sie wissen doch selbst, daß Sie keine Aufstiegschancen haben. Wollen Sie Ihr Leben verplempern ? Nein, da kann ich Ihnen etwas besseres bieten, eine Stellung in einer Denkfabrik, in der Sie Ihre Fähigkeiten zur Entfaltung bringen können. Und keine Angst, Sie werden kein Lohnschreiber für andere sein. Sie dürfen selbständig arbeiten und denken. Und die Bezahlung ist wesentlich besser als in Ihrer bisherigen Stellung. Dann können Sie sich auch ein Verhältnis mit Laura leisten. In Wirklichkeit wollen Sie das doch. Sie haben ihr gegenüber doch nur Hemmungen, weil Sie sich ihr unterlegen fühlen, materiell meine ich, nicht geistig."

„Und die Beratertätigkeit beim Film, die Sie vorhin erwähnten ?"

„Das läßt sich arrangieren. Schließlich bin ich der Boß."

„Das widerspricht sich aber. Sie sagten, ich könne selbständig denken und arbeiten, aber ich muß für Sie arbeiten, also tun was Sie wollen."

„Das haben Sie jetzt mißverstanden. Fast jeder muß für irgendjemanden arbeiten. Nur wenige sind völlig unabhängig. Ich gebe zwar die Richtlinien vor, aber Sie werden bei der Ausführung genügend Freiheit haben. Sie dürfen da ergebnisoffen arbeiten. Das heißt, ich werde Ihnen nicht vorschreiben, was bei Ihrer Arbeit herauskommen soll", er grinste, „sonst brauchte ich Sie ja gar nicht einstellen."

„Das sehe ich aber jetzt nicht so", wandte Peter ein, „in unserer Gesellschaft müssen politische Aussagen immer von Fachleuten, so genannten Experten, begründet werden, die als unabhängig gelten, auch wenn sie in Wirklichkeit gekauft sind. Das macht sich der Öffentlichkeit gegenüber besser, verleiht politischen Aussagen mehr Glaubwürdigkeit, gerade in demokratischen Staatswesen."

„Nein, das verlange ich von Ihnen nicht. Aber begründen müssen Sie Ihre Ergebnisse schon. Billige Propaganda oder ideologisches Gefasel dürfen Sie mir nicht abliefern."

Laura kehrte vom Pool zurück.

„Tut mir leid", meinte sie, „aber ich ging davon aus, daß sie länger wegbleiben würden und die Erfrischung tat mir gut. Der gestrige Tag

29

steckt mir noch immer in den Knochen."

„Schon gut, Sie brauchen sich nicht zu rechtfertigen. Ich konnte inzwischen mit Peter ein interessantes Gespräch führen. Wissen Sie", er wandte sich jetzt wieder an beide, „ich habe von bestimmten möglichen Angeboten gesprochen. Ich sagte bewußt 'möglichen Angeboten', denn es handelt sich noch nicht um etwas Konkretes. Um so etwas zu tun muß ich in der Lage sein Ihre Fähigkeiten und Ihre Persönlichkeiten richtig einzuschätzen. Dies ist mir aber aufgrund der bisherigen wenigen Gesprächen mit Ihnen gegenwärtig noch nicht möglich. Aber für heute soll es erst einmal gut sein. Ich muß noch nachdenken. Verbringen Sie also einen schönen Tag miteinander."

Er verabschiedete sich.

„Er hat also ein interessantes Gespräch mit dir geführt", Laura lächelte, „darf man erfahren worüber oder ist es geheim?"

„Geheim ist es nicht, aber ich möchte trotzdem nicht darüber sprechen, es wäre indiskret."

Lauras Lächeln steigerte sich.

„Ich verstehe, ich denke, er hat mit mir ein ähnliches Gespräch geführt bevor du kamst. Ja, es wäre plump jetzt darüber zu reden. Es besteht ja auch gar keine Notwendigkeit dazu. Und es gibt da auch noch eine andere Sache über die ich mit dir reden möchte. Aber laß uns vorher nochmals in den Pool gehen. Dieser Marsch von gestern steckt mir wirklich noch in den Knochen. Und nach den Strapazen ist es angenehm und wohltuend einfach im Wasser zu liegen und zu entspannen."

Laura lag dann auch tatsächlich die meiste Zeit am flachen Rand im Wasser, drehte nur ab und zu eine Runde, während Peter im Pool herumschwamm. Einmal, während sie so da lag, bedeutete sie Peter durch ein Zeichen zu ihr zu kommen. Als er ihr nahe war erhob sie sich, umarmte und küßte ihn.

„Danke für das, was du für mich getan hast", hauchte sie.

„Was habe ich denn für dich getan?"

„Du hast mich gestern nicht im Stich gelassen."

Sie löste dann ganz rasch ihre Umarmung, legte sich wieder ins Wasser, während Peter weiterschwamm.

„Er hat sich nicht geziert", dachte sie, „es hat ihm offenbar gefallen mich zu berühren, ich spürte es. Und ich fühlte mich auch überaus wohl dabei. Aber damit sollte ich es für heute belassen. Ich bin noch zu erschöpft um es genießen zu können."

„Also, mir kommt die Sache schon sehr seltsam vor", begann Laura als sie später nebeneinander auf einer Decke im Gras lagen, „wer ist dieser Alessandro eigentlich ? Er hat mir doch diese Filmrolle angeboten und dir eine Beratertätigkeit. Das heißt doch, daß er ein Filmproduzent sein muß, vermutlich nicht ausschließlich. Es klang ja auch so als habe er mehrere Unternehmungen. Ich bin Filmschauspielerin, zwar kein großer Star, aber ich kenne mich schon im Geschäft aus. Ich kenne auch die wichtigsten Filmproduzenten. Aber einen Alessandro ?"
„Es könnte doch sein, daß er hier einen Decknamen benutzt."
„Das ist mir schon klar, doch der Mann ist mir völlig unbekannt. Ich müßte ihn doch auf einer Party oder einer sonstigen Veranstaltung schon einmal gesehen haben. Ich bin mir sicher, ich habe ihn vorher noch nie getroffen."
„Du meinst, er ist ein Schwindler ?"
„Ich habe sonst keine Idee."
„Aber das Anwesen hier; er muß doch reich sein. Und wenn er auch noch viele Unternehmungen besitzt, warum sollte er dann vorgeben, er sei Filmproduzent ?"
„Ich habe mich vielleicht eben etwas falsch ausgedrückt. Er hat ja nicht konkret gesagt, daß er Filmproduzent ist", wandte jetzt Laura ein, „er hat mir lediglich eine Rolle angeboten, genau gesagt, die Möglichkeit eine Rolle zu erhalten erwähnt. Vielleicht agiert er im Hintergrund, finanziert den Film nur, will ansonsten ungenannt bleiben. Das würde auch erklären, warum ich ihn nicht kenne. Aber als Geldgeber hat er natürlich Einfluß, kann bei der Besetzung einer Rolle mitsprechen. Das ist allerdings nur eine Spekulation. Mir gefällt die Sache ganz und gar nicht. Vielleicht ist er ein Freund oder ein Vetter des Besitzers dieses Anwesens. Er weiß, daß der Besitzer in nächster Zeit nicht hierher-kommen wird und nun treibt er ein Spiel mit uns."
„Das wäre aber ein äußerst gefährliches Spiel, wir sind ja nicht freiwillig hier, sondern wurden nachts im Schlaf entführt. Das bedeutet aber, daß Alessandro unsere Verschleppung hierher arrangiert hat. Das

31

kann man nun drehen wie man will, aber es bleibt eine gesetzeswidrige Tat, ein Verbrechen. Und Alessandro muß damit rechnen, daß wir ihn anzeigen."

„Alessandro anzeigen ? Wer ist er eigentlich ? Der ist doch sicherlich bereits über alle Berge wenn wir zur Polizei kommen. Und der Besitzer des Anwesens ? Der kennt wahrscheinlich keinen Alessandro. Und er hat garantiert auch einflußreiche Freunde hier im Land. Bei einer Untersuchung wird nichts herauskommen. Da bin ich mir sicher."

„Aber was ist mit der Erklärung unseres Verschwindens und der Organisation unser Rückflüge."

„Sei doch jetzt nicht naiv und glaube was dieser Alessandro uns erzählt hat. Es bleibt uns nichts anderes übrig als die Konsequenzen zu ziehen."

„Und die wären ?"

Laura grinste.

„Zum einen, daß wir hier die Zeit genießen, zum anderen, daß wir zusammenbleiben – auch nachts."

„Ja, aber die Betten sind doch viel zu schmal", wandte Peter ein.

Laura atmete tief durch.

„Mann, du bist umständlich. Wir tragen einfach ein Bett aus einem der freien Räume in dein Schlafzimmer."

Und so geschah es dann auch, allerdings erst einige Tage später.

Am Abend, Laura hatte sich bereits in ihr Zimmer zurückgezogen, Peter saß noch bei einem Bier auf der Terrasse, tauchte Alessandro erneut auf. Er hatte auch eine Bierflasche in der Hand, setzte sich ohne zu fragen ob er störe. Er hielt es wohl für sein Recht, jederzeit mit Peter oder auch Laura zu reden.

„Wissen Sie, Sie betrügen sich selbst", begann er, „Sie reden davon, daß sich Laura nicht mißbraucht fühlen soll, daß Sie ihre Ehre bewahren wollen, sie nicht verletzen. Das sind doch alles nur Ausreden, ebenso wie Ihr Argument, daß sich eure Lebenswege wieder trennen werden. Sie haben sich in Laura verliebt, wollen aber nicht um ihre Liebe kämpfen, nicht weil Sie zu feige sind, sondern weil Sie die Mühe scheuen. Ja, es macht schon Mühe. Ohne Fleiß kein Preis. Aber Sie gehen all dem aus dem Weg. Sie leben in Ihrer kleinen Welt, wollen

Ihre Ruhe haben. Sie sind zwar frustriert, weil Sie nur eine mittelmäßige Stellung bekleiden, aber Sie tun nichts um das zu ändern. Und andienen wollen Sie sich aber auch nicht. Und so ist es auch bei Laura. Sie sagen, Sie werden wieder auseinandergehen und im Grunde ist Ihnen das ganz recht. Man kann all dies natürlich auch umkehren. Sind Sie sicher, daß sich Laura nicht in Sie verliebt hat, eine dauerhafte oder zumindest längerfristige Beziehung mit Ihnen wünscht? Für Sie ist das allerdings keine Chance, sondern eine Gefahr. Sie befürchten nämlich, daß sie in Ihre Welt eindringt und Ihr wahres 'Ich' erkennt, das Sie verborgen halten wollen. Sie möchten auch keinen Menschen um sich haben, mit dem Sie sich auseinandersetzen müssen. Das wollen Sie ganz und gar nicht, das stört Ihre Ruhe. Ja, ich weiß wie Sie über Beziehungen denken: eine Frau schafft Probleme, die man ohne sie nicht hätte und auch gar nicht haben muß. Und deshalb sind Sie auch bereit bei ihr zu schlafen, aber nicht mit ihr zu schlafen."
Er nahm einen großen Schluck Bier.
„Im Grunde genommen ist Ihnen Ihre Situation doch ganz recht. Alles ist unverbindlich. Sie sind nicht allein, haben hübsche Gesellschaft, eine intelligente, gebildete Frau, mit der Sie sich gepflegt unterhalten können. Sie wollen gar nicht mit ihr schlafen, weil das Ihrer Logik widerspricht. Für Sie bedeutet miteinander schlafen nicht einfach Befriedigung sexueller Lust, sondern körperliche Vereinigung, die auch eine geistig-seelische Vereinigung nach sich zieht. Mann und Frau verschmelzen zu einer Einheit. Und das ist für Sie gefährlich. Sie möchten zwar Gesellschaft, aber nur unverbindliche, keine Vereinigung. Sie wollen getrennt bleiben, Ihre Ruhe haben."

Der Tag am Pool

Laura saß in einem Sessel am Pool und las in einem Buch als Peter nach dem Frühstück in den Garten kam, eine gepolsterte Strandmatte unter dem Arm.
„Was liest du denn da?"
„Das Buch heißt 'Die Reise nach Timbuktu', stammt von Rene Caillie, einem französischen Gelehrten oder wie man ihn bezeichnen mag, der im Jahre 1828 auf seiner Durchquerung Westafrikas Timbuktu

besuchte. Er berichtete als erster Europäer von der Stadt."

„Und das interessiert dich ? Wo hast du denn das Buch her ?"

Sie blickte ihn giftig an.

„Wie denkst du eigentlich von mir ? Glaubst du etwa ich sei ein Dummchen, nur gut fürs Bett, weil ich Filmschauspielerin bin und meist niveaulose Filme drehe ? Nein, ich interessiere mich auch für geistige Dinge, für Musik, aber niveauvolle, nicht dieses Rapper-gezappel oder das Technogedröhn. Und ich intersssiere mich auch für Literatur."

Peter war nun peinlich, was er gesagt hatte. Er strich ihr über das Haar, küßte sie auf die Stirn."

„Entschuldige, ich wollte dich nicht kränken. Du bist mir wirklich sympathisch."

Es lag ihm auf der Zunge noch zu sagen.

„Ich liebe intelligente Frauen, insbesondere wenn sie hübsch und lieb sind. Mit Dummchen kann ich nichts anfangen."

Aber er fand solche Worte in der gegenwärtigen Situation eher unpassend, schwieg daher.

Laura schien Peters Berührung zu gefallen.

„Endlich scheint er aufzutauen", dachte sie, wollte nun nicht die Stimmung mit weiteren, vielleicht unpassenden Worten verderben, sprach daher.

„Alessandro sagte doch, im Haus gebe es eine Bibliothek. Dort habe ich auch das Buch gefunden. Dort stehen auch die Reiseberichte von Heinrich Barth. Aber die sind mir zu dick, die schaffe ich nicht, wenn wir nur zwei Wochen oder so hier sind."

„Dann werde ich auch einmal schauen, ob ich etwas für mich finde. Bis gleich."

Laura plantschte im Wasser als Peter zurückkam.

„Hast du was gefunden ?" rief sie ihm zu.

„Ja, auch etwas über Timbuktu. Es stammt von einem Amerikaner namens Robert Adams. Er war für einige Zeit Gefangener oder Sklave bei den Mauren. Es heißt aber im Umschlagtext, er selbst sei höchstwahrscheinlich gar nicht in Timbuktu gewesen und er habe das wiedergeben, was er über die Stadt gehört habe."

„Das ist vielleicht ebenfalls ganz interessant. Aber komm jetzt auch ins

Wasser, lesen können wir später auch noch."

Peter folgte ihrer Aufforderung. Er merkte bald, daß Laura öfter nahe an ihn heran kam, ihn zu berühren versuchte, was ihr auch immer öfter gelang. Zunächst sah es eher wie ein neckisches Spiel aus. Peter ahnte sehr rasch worauf Laura hinaus wollte und der Gedanke daran war ihm unangehm, doch fürchtete er in ihren Augen als Trottel dazustehen, wenn er sich zierte und sich von ihr abwandte. Also ließ er es geschehen und er fand bald Freude daran. Er ließ es nicht nur geschehen, sondern berührte und streichelte sie seinerseits auch. Es dauerte nicht lange, so umarmten und küßten sie sich, die Körper eng aneinander geschmiegt, an einer flacheren Stelle, wo sie stehen konnten. Sie schwammen dann wieder eine kurze Zeit, umarmten und küßten sich erneut, verließen schließlich den Pool. Sie legten sich auf die Strandmatte, begannen zu schmusen. Ihre Brührungen wurden immer intensiver. Peter hatte anfangs noch versucht Zurückhaltung zu üben, doch Laura entfachte ein Feuer in ihm, das nicht mehr gelöscht werden konnte. Schließlich liebten sie sich.

„Einmal schmilzt selbst der dickste Eisblock", meinte Laura als sie hinterher nebeneinander auf der Matte lagen und sich anlächelten, „lange genug hat es ja gedauert."

„Und deinem Strahlen im Gesicht entnehme ich, daß es dir gefallen hat", erwiderte Peter.

Anstelle einer Antwort küßte sie ihn. Sie nahmen nun ihre Bücher und lasen.

Und so verging der Tag: lesen, schwimmen, innig beisammen sein. Als die Sonne sich dem Horizont näherte, bereiteten sie sich ihr Abendessen zu, nahmen es auf der Terrasse ein, plauderten dann noch eine kurze Weile.

„Ich bin müde", sagte Laura schließlich, „nimm es mir nicht übel, wenn ich dich verlasse und auf mein Zimmer gehe. Ich werde mir noch einen Film anschauen, den ich in Bibliothek entdeckt habe, werde ihn aber wohl nicht bis zu Ende sehen, da ich mit Sicherheit vorher einschlafe."

Peter holte sich eine Flasche Bier aus dem Kühlschrank, ließ sich dann wieder auf der Terrasse nieder.

„Ich könnte jetzt noch eine Zigarette brauchen", sagte er zu sich selbst.

„Darf ich Ihnen eine anbieten ?"

Peter schaute auf, erblickte Alessandro, eine Flasche Bier in der Hand. Der setzte sich, hielt ihm dann die Schachtel hin. Peter bediente sich.

„Na", begann Alessandro, er grinste dabei „das war ja heute wohl ein erfolgreicher Tag für Sie. Es hat zwar ein bißchen lange gedauert bis Sie sich entschließen konnten, aber ich denke, es war ein herrliches Erlebnis."

Peter blickte ihn leicht verlegen an. Alessandro grinste noch immer.

„Sie brauchen doch nicht rot zu werden wie ein Schuljunge. Wir sollten offen über alles reden. Deswegen sind wir ja hier. Und wir sollten ehrlich sein. Lügen bringen nichts."

„Und auf was wollen Sie hinaus ?"

„Wissen Sie, Sie betrügen sich selbst. Sie redeten sich ein, bringen das auch gewissermaßen so vor, daß Sie Laura nicht mißbrauchen, ihre Ehre nicht verletzen wollen, weil Sie nicht an eine längere Verbindung mit ihr glauben. Körperliche Vereinigung bedeutet für Sie auch eine geistige Vereinigung, 'ein Fleisch werden', wie es so schön in der Bibel heißt. Den Spruch haben Sie sich zurechtgelegt, weil er Ihnen gefiel, nicht, weil Sie ihm eine praktische Bedeutung zugemessen haben. Das ist doch eine Ausrede, ebenso wie Ihre Ansicht, daß sich eure Lebenswege trennen werden. Sie haben sich in Laura verliebt, wollen aber nicht um ihre Liebe kämpfen, nicht weil Sie zu feige sind, sondern weil Sie die Mühe scheuen. Ja, es macht schon Mühe, aber ohne Fleiß kein Preis. Vielleicht auch, weil es Geld kostet. Nun ja, man erhält im Leben nichts umsonst. Aber all dem wollen Sie aus dem Weg gehen. Sie leben in Ihrer kleinen Welt, wollen Ihre Ruhe haben. Sie sind zwar frustriert, weil Sie nur eine mittelmäße Stellung haben, aber im Grunde genommen, ist dies Ihnen nur recht. Oder haben Sie bisher ernsthafte Anstrengungen unternommen wirklich Karriere zu machen ? Nein, das haben Sie nicht. Da müßten Sie sich ja auch zuviel engagieren. Das habe ich Ihnen doch alles bereits erzählt. Ich rede jetzt nicht von Konkurrenzkampf, dem Sie ausweichen wollen. Nein, Sie können kämpfen, Sie verteidigen ja auch verbissen Ihre kleine Welt. Nein, sie müßten dann Ihre kleine Welt verlassen. Und genau das wollen Sie nicht, da Sie sich dort so schön eingenistet haben. Und Sie müßten sich natürlich auch jemandem andienen, der Ihre Karriere fördert. Und das ist auch so ein Punkt. Sie müßten ja dann etwas für ihn tun, ihm Dienste erweisen, unangenehme Aufgaben erledigen, die er nicht gerne selbst erledigt. Und genau das mögen Sie nicht, nicht nur, weil Sie es, verzeihen Sie mir den etwas derben Ausdruck, für Arschkriecherei halten, sondern weil Sie sich dann auch mit Problemen befassen müßten, die nicht die Ihrigen sind. Und dazu haben Sie schon ganz und gar keine Lust. Sie lehnen es ab jemandens Diener zu sein. Da bleiben Sie lieber alleine. Man könnte es auch so sagen, sie verkaufen sich nicht. Das soll jetzt kein Vorwurf sein, im Gegenteil, es zeugt von einer gewissen Geradlinigkeit. Man könnte es auch Charakterstärke nennen." Er trank einen großen Schluck Bier.

„Und genau so verhält es sich bei Laura. Das habe ich Ihnen aber auch schon gesagt. Ich wiederhole es aber trotzdem. Sie argumentieren, sie werden wieder auseinandergehen. Und im Grunde genommen ist Ihnen das ganz recht. Man kann das Ganze natürlich auch umkehren. Sind Sie sicher, daß sich Laura nicht in Sie verliebt hat, eine dauerhafte oder längerfristige Beziehung mit Ihnen wünscht? Und Sie wägten genau ab. Solange Sie mit Laura nicht geschlafen hatten, konnten Sie sich einreden, Sie seien ihr nichts schuldig. Aber jetzt wo es passiert ist, hoffen Sie, daß sie keine nähere Beziehung zu Ihnen wünscht. Denn dann hätten Sie ja ein Problem, müßten Farbe bekennen. Laura wohnt in Rom, Sie in der Nähe von Frankfurt. Ein bißchen umständlich ist es da schon eine nähere Beziehung zu einander zu unterhalten. Aber mit etwas gutem Willen geht das. Doch den haben Sie nicht. Und das macht Sie nervös. Sie wissen genau, daß irgendwann eine Entscheidung fallen muß. Und Ihnen wäre es am liebsten, wenn sie so rasch wie möglich fällt. Dann hätten Sie die Sache hinter sich. Aber so leicht mache ich es Ihnen nicht."

Er trank erneut einen großen Schluck Bier.

„Im Grunde wollen Sie ja gar keine nähere Beziehung. Deshalb sehen Sie in der Möglichkeit, daß Laura etwas derartiges wünschen könnte, auch eine Gefahr, die Gefahr nämlich, daß sie in Ihre Welt eindringt. Und das ist, was Sie wirklich fürchten, einen Menschen neben sich, mit dem Sie Ihr Leben teilen, mit dem Sie sich auseinandersetzen müssen und der auch ihr wahres 'Ich' erkennt. Das wollen Sie nicht, das stört Ihre Ruhe. Ich weiß, wie Sie denken. Sie sagen sich, eine Beziehung

mit einer Frau schafft nur Probleme, Probleme, die man ohne Sie nicht hätte und die man auch gar nicht braucht. Doch das habe ich Ihnen alles schon einmal gesagt. Ich will Sie nicht langweilen. Aber man muß es bei Ihnen wiederholen und wiederholen, damit Sie es kapieren. Nicht weil Sie zu blöde sind, sondern weil Sie sich weigern dies einzusehen."
Alessandro grinste.
„Woher wollen Sie wissen, daß Laura nicht auch so denkt ?"
„Und was schließen Sie jetzt daraus ?" fragte Peter nun leicht verwirrt.
„Sie haben Ihre Ansichten nicht geändert. Sie haben nur meine Worte von gestern Abend noch im Ohr. Ich habe das zwar so nicht direkt gesagt, aber Sie haben es so verstanden. Daß Sie nämlich in Lauras Augen als Versager dastehen wenn Sie nicht mit Ihr schlafen. Und da haben Sie es eben getan."
Er grinste.
„War es schlimm ? Das sicher nicht, aber so richtig genießen konnten Sie es auch nicht, weil Sie es für eine Pflichterfüllung gehalten haben. Aber was wollen Sie denn ? Im Grunde kommt Ihnen doch die Sache gelegen, Sie haben eine schöne Umgebung, sind ungestört, sozusagen ein Urlaubsparadies. Sie sind nicht allein, haben eine nette Gesellschaft, eine hübsche und intelligente Frau, mit der Sie auch anspruchsvolle Gespräche führen können. Und alles ist unverbindlich. Genießen Sie also die Zeit und Laura. Sollte es dann bei der Trennung Probleme geben und Sie Härte zeigen müssen um Ihre Interessen zu wahren, dann können Sie hinterher noch immer sagen 'ich war ein Schwein'", Alessandro grinste erneut, „'aber ich war es gern und es hat Spaß gemacht'. Und wegen Laura müssen Sie keine Gewissensbisse haben, sie findet dann sicher bald wieder einen Mann."
Er trank die Flasche leer.
„Für heute soll es aber genug sein."
Er erhob sich und ging. Peter blieb etwas nachdenklich zurück.
„Vielleicht hat Alessandro recht und ich sollte nicht alles so kompliziert sehen und nicht zuviel hin und her denken. Laura hat das Zusammensein doch offensichtlich genossen. Und ich bin nicht ihr erster und sicherlich auch nicht ihr letzter Liebhaber", er lächelte vor sich hin, „aber im Moment der einzig mögliche. Und es hat mir auch gefallen. Und ich habe es schon gar nicht getan um nicht vor ihr als

Versager darustehen. Warum trampelt Alessandro auf meinen Gefühlen herum ? Am liebsten würde ich ihn erschlagen. Aber dann kommen wir nie mehr von hier weg fürchte ich."

Mutmaßungen

„Dieser Alessandro gibt mir noch immer Rätsel auf", begann am nächsten Morgen Laura beim Frühstück, „was will er eigentlich von uns ? Was ist unsere 'Mission' ? Er drückte sich aus, als befinden wir uns bereits mitten drin. Das klingt doch fast so als interessiere es ihn vornehmlich wie oft wir miteinander schlafen. Das macht doch keinen Sinn. Was hätte er denn davon ?"
„Er könnte uns dabei filmen und hinterher erpressen."
Peter grinste.
„Aber ich bin nicht reich, bei mir ist nicht viel zu holen. Und schau dich hier um, der Palast, sie gesamte Anlage. Es kostet doch eine Menge Geld, dies alles zu unterhalten."
Er schüttelte den Kopf.
„Nein, uns hierher zu bringen, zu filmen und dann zu erpressen, das wäre ein Verlustgeschäft."
Laura lächelte.
„Du denkst natürlich nur an die finanzielle Seite. Vielleicht ist alles ganz anders. Überlege einmal: wir befinden uns hier in einer Extremsituation: eine Frau und ein Mann, die sich vor wenigen Tagen noch gar nicht kannten, ja auch gar keinen Kontakt miteinander suchten, obwohl sie im gleichen Reisebus unterwegs waren, leben hier in einem kleinen Paradies zusammen, man kann es auch einen goldenen Käfig nennen. Und sie sind allein, unter sich, niemand sonst ist anwesend. Und sie können auch nicht einander aus dem Weg gehen, es sei denn, jeder schließt sich in sein Zimmer ein. Sie müssen in ihrer besonderen Situation miteinander auskommen. Und die ist: sie wissen nicht, wie sie hiergekommen sind, wissen nicht, wo sie sich befinden, können von hier nicht weg, werden quasi gefangen gehalten, wissen aber nicht von wem. Sie wissen nicht, welches Spiel mit ihnen getrieben wird, was die Zukunft bringt und wie lange sie hierbleiben müssen."
„Das klingt jetzt nach dem Studium zwischenmenschlicher

Beziehungen in einer Extremsituation. Das klingt zwar phantastisch, aber es mag durchaus Leute geben, vielleicht sogar Wissenschaftler, die es interessiert, was dabei herauskommt."

Peter grinste.

„Es hat zwar ein bißchen gedauert bis es soweit war. Aber nun schlafen wir miteinander. Und wie entwickelt sich nun unser Umgang miteinander weiter ? Entwickelt er sich hin zur puren Stillung sexueller Lust ? Werden wir ansonsten abstumpfen, dahinvegetieren, essen, trinken, im Pool schwimmen ? Oder werden wir versuchen das Beste aus der Situation zu machen ?"

„Ich verstehe, was du mit das Beste aus der Situation machen meinst", entgegnete Laura, „es gibt doch hier die Bibliothek, Bücher, Filme. Wir können lesen, Filme anschauen, über das Gelesene und Gesehene diskutieren, unsere Gedanken austauschen, über das Leben im allgemeinen, die Religionen, die menschliche Gesellschaft, die Natur und so weiter. Und wir werden dabei auch Gemeinsamkeiten und Unterschiede in unserem Denken erkennen."

„Das hat etwas für sich", meinte Peter nun, „nicht nur eine körperliche, sondern auch eine geistige Beziehung zueinander aufbauen. Und wir können zumindest damit beginnen unsere Gedanken und Erfahrungen niederzuschreiben. Aber irgendwie funktioniert das nicht so richtig. Das liegt an der Unsicherheit bezüglich unserer Lage. Wir finden hier nicht die Entspannung, die hierzu notwendig ist."

„Das sind aber jetzt zwei Dinge. Zum einen, wenn es sich so verhält wie du sagst, ich empfinde das ähnlich, dann macht Alessandro einen Fehler. Zum anderen, warum sollte ihn all dies interessieren ?"

„Das kann ich nicht mit Bestimmtheit sagen. Aber warum sollte er sich nicht dafür interessieren ? Vielleicht ist er neben seinen sonstigen Tätigkeiten ein Hobby-Wissenschaftler, der solchen Dingen nachgeht. Man könnte also sagen, wir sind seine Studienobjekte. Vermutlich ist das unsere Mission."

Laura lachte.

„Vielleicht ist das, was wir als 'Mission' verstehen, schon richtig, aber die Umstände sind völlig anders."

„Wie meinst du das jetzt ?"

„Halte mich jetzt nicht für verrückt, aber vielleicht befinden wir uns in den Händen Außerirdscher, welche das menschliche Denken und Verhalten studieren wollen ?"

Peter wiegte den Kopf.

„Alessandro ein Außerirdischer. Kein schlechte Idee. Aber was wollen sie denn aus unserem Verhalten zueinander lernen ? Wir sind doch keineswegs typisch für die Menschheit. Oder siehst du das anders ?"

„Nein, natürlich nicht. Aber wenn wirklich Außerirdische dahinter stecken und wir sozusagen Versuchskaninchen sind, dann sind wir mit Sicherheit nicht die einzigen Studienobjekte, dann gibt es vermutlich noch andere 'Anlagen', in denen vielleicht zehn oder zwanzig Personen leben, in einigen Paare, in anderen nur Männer oder auch nur Frauen, in wieder anderen Paare aus verschiedenen Völkern oder Kulturkreisen."

Peter zuckte mit den Schultern.

„Das klingt zwar alles sehr phantastisch, aber von der Hand weisen kann man es nicht. Für uns ist es allerdings von keinerlei Bedeutung, ob es woanders noch solche Versuchsanlagen gibt. Wir müssen sehen, wie wir miteinander auskommen."

„Und das können wir doch recht gut. Wir haben doch eine gute Basis. Oder siehst du das anders ?"

„Nein !"

Gespräche am Pool

Sie saßen am Pool in bequemen Sesseln.

„Im Grunde bin ich gar nicht so unglücklich darüber hier gelandet zu sein", begann Peter, „hier kann ich zumindest den gesamten Ballast an Schmutz und Dreck abwerfen, der zuhause an mir hängt."

„Was meinst du damit ?"

„Ich rede nicht von materiellem Schmutz, sondern von geistigem. Ich meine all diese Hetze, diese Eigensucht, diese Eifersüchteleien, die dümmliche Rechthaberei, der Neid der Faulen und Nichtskönner auf die Tüchtigen. Das alles belastet mich hier nicht. Hier ist es fast wie im Paradies, hier könnte ich ewig bleiben. Leider wird dies nicht möglich sein."

Laura runzelte die Stirn.

„Man könnte auch sagen, glücklicherweise müssen wir hier nicht auf

Dauer bleiben. Denn es ist doch ein fragiles Paradies, wie ich denke. Mali ist ein unruhiges Land. Es hieß zwar, unsere Reiseroute sei sicher und es gab auch keine Zwischenfälle mit aufständischen Terroristen. Aber, was wird in einem halben Jahr sein ? Dann stürmen vielleicht Rebellen das Anwesen hier und brennen es nieder. Dann ist das Paradies zu Ende. Das ist ein Aspekt. Es gibt da aber auch noch andere Punkte. Du sagst jetzt, nach ein paar Tagen Aufenthalt, du könntest hier ewig bleiben. Aber wie wirst du in einem halben Jahr denken ? Dann wirst du möglicherweise sagen, dir ist langweilig und du möchtest weg. Haben wir denn hier eine Zukunftsperspektive ? "

„Vielleicht, vielleicht auch nicht. Es gibt hier eine Bibliothek, vielleicht läßt sich auch Alessandro überreden uns Zugang zum Internet zu gewähren. Weißt du, es ist soviel Wissen vorhanden und was wissen wir selbst ? Doch recht wenig ! Man kann also Wissen sammeln, über das nachdenken, was man liest, es geistig verarbeiten und dann über das Ergebnis seiner Überlegungen und die Schlüsse, welche man gezogen hat, schreiben, in Abhandlungen oder man kann es auch in Form von Erzählungen verarbeiten. Das wird nie langweilig."

„Ich sehe das nicht so. Im Moment spüren wir das vielleicht noch nicht so sehr. Aber die Unsicherheit bezüglich unserer Zukunft belastet uns und wird uns immer stärker belasten je länger wir hier sind. Das heißt, unser Kopf ist nicht frei für konzentriertes Denken. Unter diesen Bedingungen werden wir wohl kaum gute Arbeit leisten können. Gut, du möchtest also Bücher schreiben. Aber wird sie jemand lesen ?"

„Vermutlich nur wenige. Aber das ist nicht der Punkt. Klar, ein Autor muß seine Werke verkaufen, er braucht ja Geld zum Leben. Aber das entfällt hier. Es kommt also nur darauf an, daß man mit dem Ergebnis seiner Arbeit selbst zufrieden ist."

Laura lachte.

„Das ist ja so, als drehe man einen Film, den sich hinterher niemand anschaut, der also ein Flop wird. Der Regisseur wird vielleicht sagen, es ist ein guter Film. Der Produzent, der sein Geld in das Projekt gesteckt hat, ist da mit Sicherheit gegenteiliger Meinung."

„Das ist ja gerade das Problem. Geistige Arbeit ist nicht auf materiellen Gewinn ausgerichtet. Aber es gibt immer einen materiellen und einen geistigen Aspekt. Und beide sind miteinander verbunden. Jede geistige

Arbeit benötigt eine materielle Absicherung. Derjenige, der geistige Arbeit leistet, muß ja schließlich von etwas leben."

„Ja, das ist nicht immer wirklich der Fall. Wieviele Maler, Komponisten oder auch Schriftsteller lebten in bitterster Armut. Und heute würden sie mit ihren Werken Millionen verdienen."

Peter zuckte mit den Schultern.

„Ja, das ist so. Aber diesen Weg möchte ich nicht gehen. Also, wenn ich genügend Geld hätte, dann würde ich mich zurückziehen um ungestört geistig arbeiten zu können. Das müßte nicht unbedingt hier sein. Einen solchen Luxus brauche ich nicht. Eine Hütte in den Bergen, ausgestattet mit dem notwendigen Komfort, würde genügen. Aber das ist eben ein Traum. Er läßt sich vielleicht realisieren, wenn ich einmal in Rente gehe. Aber da liegen noch dreißig Jahre vor mir."

Das Land 'Jenseits des Regenbogens'

Laura lag am Pool in der Sonne, las in einem Buch. Peter tummelte sich im Wasser.

„Guten Morgen."

Der unerwartete Gruß ließ sie hochfahren. Ein kleiner, schmächtiger Mann, eher häßlich, stand vor ihr. Er trug einen dunkelblauen, schlecht sitzenden Anzug, auf dem Kopf eine schwarze Schiffermütze.

„Wer sind Sie ? Was wollen Sie von mir ?"

„Entschuldigen Sie, ich wollte Sie nicht erschrecken. Mein Name ist Roland. Ich bin Regisseur. Und Sie sind Schauspelerin, wie mir Alessandro mitteilte. Er hat Sie in den schillerndsten Farben gelobt. Deswegen suche ich Sie ja jetzt auch auf. Wissen Sie, ich plane einen Film zu drehen, einen großartigen Film, den großartigsten Film aller Zeiten, der die Menschheit in ihrer Vielfalt und Gesamtheit abbilden wird. Ich suche noch eine Darstellerin für die Heldin und Alessandro empfahl Sie mir aufs wärmste. Ich weiß, Sie haben bisher eher schlüpfrige Rollen gespielt, aber ich weiß auch, bin mir vollkommen sicher, Sie haben großes Talent, das Sie nicht mit Billigsachen verschwenden sollten, wo Sie doch Großartiges leisten können. Sind Sie bereit mein Angebot anzunehmen ?"

Laura blickte ihn scheel an.

„Ihr Angebot ? Haben Sie mir denn bereits ein Angebot gemacht ? Ich weiß ja noch nicht einmal, worum es überhaupt geht. Was ist das denn für ein Film ?"

„Ich sagte Ihnen doch bereits, der Film soll das eigentliche Wesen der Menschheit abbilden."

„Das sagt mir jetzt überhaupt nichts."

Roland atmete tief durch.

„In welcher Welt leben Sie eigentlich ? Warum haben Sie die wichtigsten Dinge bisher nicht mitbekommen ?"

Laura lächelte.

„Ich lebe in dieser Welt. Für mich gibt es keine andere. Glauben Sie etwa an Parallelwelten ? Ein Freund behauptete einmal es gebe sie. In ihnen spielten sich Dinge ab, von denen wir nichts wissen und über die wir auch nichts erfahren dürfen, die aber Rückwirkung auf unser Leben, unsere Existenz haben. Er meinte damit, daß es Vereinigungen oder auch Bündnisse gibt, von denen wir normale Menschen nichts wissen dürfen, deren Existenz auch öffentlich abgestritten wird. Und Menschen, die darüber reden oder schreiben, werden als Verschwörungstheoretiker diffamiert. Aber in der Tat ist es so, daß dort Entscheidungen getroffen werden, die unser Leben bestimmen, nicht nur unsere materielle Existenz betreffend, sondern auch unsere geistige, das heißt, was wir reden und denken dürfen."

„Was meinen Sie damit ? Was sollte das mit meinem Filmplan zu tun haben."

„Es gibt auch Traumwelten. Und es gibt genügend Menschen, welche sich ihre eigene Welt zurechtzimmern, so wie sie diese gern hätten. Dabei ignorieren sie vollkommen die Realität. Das mag hinnehmbar sein solange sie nicht versuchen ihre Traumwelt in die Realität umzusetzen. Solche Versuche führten bisher stets zu Katastrophen."

Roland blickte sie leicht dümmlich an, Laura lächelte noch immer.

„Lassen wir das, ich sehe, Sie sind auf ein niveauvolles Gespräch geistig nicht vorbereitet. Worum geht es nun in Ihrem Film ?"

Er setzte nun wieder eine wichtige Miene auf.

„Das ist die bedeutendste Rolle, die jemals vergeben wurde. Sie werden zum Weltstar aufsteigen, unvergänglichen Ruhm erwerben."

„Das ist ja alles schön und gut, aber sagen Sie mir bitte, worum es in

Ihrem Film denn geht."

Ihr Lächeln trug nun leicht spöttische Züge.

„Ich muß doch wissen, worum es geht. Vielleicht reicht mein Talent nicht aus um die Rolle wirklich auszufüllen und ich verderbe den Film. Das wäre von Übel. Und ich möchte nicht schuld daran sein, wenn am Ende ein schlechter Film herauskommt. Also schildern Sie mir bitte kurz die beabsichtigte Handlung."

„Es geht um eine Gruppe von Menschen, welche die Vielfalt der Kulturen, der Hautfarben, der Geschlechter repräsentieren. Sie leben in einem Land, das von Braunhemden regiert wird, sie werden verfolgt, müssen ihre Heimat verlassen, gelangen in einen Staat, in dem die Schwarzhemden herrschen. Dort ergeht es ihnen auch nicht besser. Sie ziehen nach Süden, erreichen das Meer. Ihr Ziel ist das Land 'Jenseits des Regenbogens', das südlich der großen Wüste liegt. Gott ist ihnen gnädig. Er läßt starke Winde aufkommen, die das Meer teilen, so daß sie trockenen Fußes an die afrikanische Küste wandern können."

„Das erinnert mich aber jetzt ein bißchen an den Auszug der Israeliten aus Ägypten. Aber warum müssen die Menschen eigentlich durch das Meer laufen ? Warum nehmen sie kein Schiff ?"

„Hatten die Israeliten Schiffe ?"

„Nein, das war ja auch ein ganzes Volk, mehrere zehntausend Personen, wenn ich mich nicht irre. Die hätten ja erst Schiffe für alle bauen müssen. Dafür war aber die Zeit zu knapp, denn die Ägypter jagten hinter ihnen her."

Laura runzelte die Stirn.

„Also, wenn ich es recht überlege, dann hätte Gott ihnen Schiffe zur Verfügung stellen können. Er ist ja allmächtig. Das Meer teilen konnte er ja auch. Da wäre es für ihn doch eine Kleinigkeit gewesen, ein paar Dutzend Schiffe herbeizuzaubern."

„Da haben Sie völlig recht. Es ist wegen der Symbolkraft. Ein paar Dutzend Schiffe zur Verfügung zu stellen, was ist das schon ? Das hätten selbst die Engländer geschafft, wenn es sie damals schon gegeben hätte. Dazu braucht es keinen Gott. Aber das Meer zu teilen ! Das ist schon eher Ausdruck göttlicher Allmacht. Deshalb darf die Gruppe in meinem Film auch nicht auf einem Schiff übersetzen. Die Teilung des Meeres soll doch auch zeigen, daß Gott mit ihnen ist."

„Und die Schwarzhemden folgen ihnen dann in das Meer ? Gott läßt hinter der Gruppe der Vielfältigen die Wellen wieder zusammenschlagen und die Schwarzhemden ertrinken ?"

„Nein, schön wäre es ja. Aber das würde den Film verderben. Dies würde ja bedeuten, daß Gott das Böse vernichtet. Aber das tut er nicht, aus welchen Gründen auch immer. Sonst hätten sie ihre Heimat gar nicht verlassen müssen."

Er pausierte kurz um Atem zu schöpfen, fur dann fort.

„Also, sie erreichen die afrikanische Küste, durchqueren die Wüste, Gefahren und Versuchungen ausgesetzt, erreichen schließlich das gelobte Land, das Land 'Jenseits des Regenbogens'."

„Und was ist nun meine Rolle ?"

„Sie werden die Führerin der Gruppe sein, einen Menschen verkörpern, der Weiblichkeit und Männlichkeit in sich vereinigt, und nur durch diese Gesamtheit sich zum Führer eignet", er räusperte sich, „ich meine natürlich zur Person, welche der Gruppe den Weg weist, sie auf diesem Weg zum Guten leitet, ihnen die Kraft gibt, all die Herausforderungen zu meistern, sie schließlich zum Heil", er stockte kurz, „ich meine natürlich zur Erlösung führt."

Peter hatte inzwischen den Pool verlassen, war herangetreten, hatte die letzten Sätze mit angehört.

„Dieses Land 'Jenseits des Regenbogens'", fragte er, „was soll das für ein Land sein ? Das Paradies ?"

„Nennen Sie es Paradies, wenn es Ihnen beliebt. Ich störe mich nicht an diesem Begriff. Es ist das Land, in dem die perfekten Menschen leben, die alle Geschlechter in sich vereinen, also Frauen, Männer und alles, was dazwischen liegt."

„Vereinigen sie auch alle Rassen in sich ?" meinte nun Laura sichtlich belustigt, „das Gesicht weiß, der Körper schwarz, die Arme braun, die Beine rot."

Roland bemerkte den Spott nicht, der in ihren Worten lag.

„Rassen ? Was benutzen Sie da für widerwärtige Ausdrücke ! Ausgerechnet Sie, ein Mensch, welcher der unterdrückten und diskriminierten Klasse der 'farbigen Menschen' angehört."

„Davon habe ich bisher noch nicht viel gespürt. Das beweist allerdings gar nichts, liegt wahrscheinlich daran, daß ich in Kreisen, wo solche

Sachen eine Rolle spielen, nicht verkehre und aus meinem etwas dunklen Teint keinen Punkt mache."

Roland dachte kurz nach.

„Ihre Bemerkung wegen der farbigen Menschen hat etwas für sich, ist eine gute Überlegung", sagte er schließlich, „daran habe ich bisher noch gar nicht gedacht. Man müßte natürlich die Buntheit berücksichtigen, also auch rote Gesichter, weiße Körper, schwarze Arme und braune Beine."

„Aber wie ist das nun mit den Geschlechtern ?" wollte Peter jetzt wissen.

„Nun ja, wie ich schon sagte. Sie vereinigen das Weibliche und das Männliche in sich, natürlich nicht immer im gleichen Mischungsverhältnis. Manchmal sind sie zu einhundert Prozent männlich, manchmal zu einhundert Prozent weiblich, dann wieder männlich und weiblich in unterschiedlichem Verhältnis. Das ist natürlich nicht starr, ändert sich von Zeit zu Zeit. Und so leben Paare, ich sage das jetzt nur als Beispiel, denn die Menschen dort leben ja nicht unbedingt in einer Zweierbeziehung, eine zeitlang als Frau und Mann zusammen oder als Frau und Mischwesen oder Frau und Frau und so weiter. Als Mann können sie Kinder zeugen, als Frau Kinder gebären."

Peter grinste.

„Das erinnert mich an den Gott Loki, der konnte sich auch in alles mögliche verwandeln. Als Stute wurde er sogar einmal schwanger, gebar dann Sleipnir, Wodans Pferd. Doch schließlich schmiedeten ihn die Götter an einen Felsen, aber nicht deswegen, sondern weil er die Götter verhöhnte."

„Sicherlich verspottete er sie deshalb, weil sie nur binäre Wesen waren", warf nun Laura ein, „er aber vereinigte nicht nur alle Geschlechter in sich, sondern auch Mensch und Tier, also alle Lebewesen."

Peter blickte nun Roland mit gespielten Ernst an.

„Da ergeben sich doch für Sie ungeheure Möglichkeiten ! Sie können die Wesen im Land 'Jenseits des Regenbogens' als Gesamtwesen darstellen, die Menschen und Tiere und alle Geschlechter in sich vereinigen."

Roland blickte nun etwas säuerlich, er merkte wohl, daß Peter ihn hochnahm. Laura setzte das spöttische Gerede nun fort.

„Nun sollten doch all diese Mischwesen auch untereinander Nachwuchs zeugen können und zwar derart, daß dieser die Vielfalt in jedem Augenblick repräsentiert."

Peter runzelte die Stirn.

„Wie meinst du das ?"

„Loki war stets entweder Mensch, das heißt menschenähnlicher Gott, oder Tier. Der Nachwuchs von Menschen und Tierwesen könnte dann beides gleichzeitig sein, zum Bespiel einen menschlichen Kopf, Arme und einem menschlichen Oberkörper aber einen Pferdeunterkörper besitzen wie die Zentauren oder einen Stierkopf und einen Menschenkörper wie der Minotaurus."

„Ja, ja, da machen sie heutzutage eine große Wissenschaft daraus", sagte nun Peter, „gründen Dutzende Institute an Universitäten um das zu erforschen. Und dabei wußten die alten Griechen und Germannen dies alles bereits."

Roland war nun sichtlich verärgert, fühlte sich verspottet.

„Ach, ihr seid doch nur Banausen", knurrte er wütend, „mit euch kann man doch nicht vernünftig reden."

Er blickte dann Laura scharf an.

„Drehe doch weiter deine billigen Erotikfilme. Die Hauptrolle in meinen Film bekommst du jedenfalls nicht, nicht einmal eine Nebenrolle als Hure."

Er ging dann ohne Abschiedsgruß.

„Wenigstens ist bei uns die Sache klar", grinste nun Peter, „du bist die Frau und ich bin der Mann. Ich ich fühle mich ganz wohl dabei."

Laura grinste ebenfalls.

„Bist du dir da ganz sicher ?"

Peter beugte sich zu ihr nieder, umarmte und küßte sie.

„Wir können es ja gleich überprüfen."

<u>Kontroversen</u>

Die Tage verstrichen. Sie verbrachten ihre Zeit am Pool, schwammen, lasen, hörten Musik, liebten sich auch gelegentlich. Doch es war nicht zu übersehen, daß sie sich im Grunde mehr und mehr langweilten.

„Na, was habt ihr denn ?" fragte Alessandro als er eines Mittags vorbei kam.

„Wir haben gar nichts", erwiderte Laura, „wir hängen hier herum ohne rechte Aufgabe, vergeuden unsere Zeit."

Alessandro lächelte.

„Aber im Urlaub, wenn Sie ihn in einem Ferienclub verbringen, dann tun Sie ja auch nichts anderes."

„Das läßt sich jetzt nicht vergleichen", wandte Peter ein, „ein solcher Urlaub ist ein von vornherein festgelegter zeitlicher Aufenthalt von einer oder zwei, meinetwegen auch drei Wochen. Sicher, man gammelt herum, sammelt aber Kräfte zur Bewältung des nach der Rückkehr wieder anstehenden Alltags, in Beruf, in der Famile, wenn man so etwas hat."

„Sehen Sie das doch hier ähnlich", entgegnete Alessandro.

„Wie können wir das ähnlich sehen ? Hier leben wir doch nur so dahin, ohne Zukunftsperspektive. Oder wissen wir vielleicht, wie lange der Aufenthalt hier dauert ?" meinte nun Laura.

„Ich sagte Ihnen doch, Sie werden hierbleiben bis Ihre Mission erfüllt ist."

„Aber wir kennen doch unsere Mission gar nicht", erwiderte Laura, „und bezüglich der Dauer haben Sie sich bisher nur sehr unverbindlich ausgedrückt. Warten kann eine Qual sein."

„Ja, wenn man ungeduldig ist. Aber Geduld zu üben, das ist Teil Ihrer Mission. Und wann Sie das Anwesen hier wieder verlassen können, das läßt sich gegenwärtig noch nicht sagen."

„Das heißt, Sie haben noch keine Entscheidung gefällt", sagte nun Peter.

„So ist es. Aber ich habe den Eindruck, Sie scheinen sich auch miteinander zu langweilen. Sie haben kaum noch intimen Umgang miteinander. Sind Sie einander bereits überdrüssig ? Niemand zwingt Sie dazu, den ganzen Tag zusammen zu hängen. Das Anwesen ist groß genug. Jeder kann sich eine Ecke suchen, in der er ungestört ist. Und wenn Sie sich einige Zeit nicht sehen, dann bekommen Sie wieder Lust aufeinander. Da bin ich mir vollkommen sicher. Das ist bei gesunden Menschen natürlich."

„Darum geht es doch gar nicht", wandte nun Laura ein, „sollen wir nun miteinander bumsen, nur weil wir nichts besseres zu tun haben, weil uns langweilig ist ? Nein, das ist nicht mein Niveau. Und deines doch sicher auch nicht, Peter ?"

Der nickte bloß.

„So ist es. Miteinander zu schlafen ist für uns ja keine primitive Triebbefriedigung wie es für wenig geistig niveauvolle Kreaturen der Fall sein mag, sondern ein Gemeinschaftserlebnis, ein Verschmelzen miteinander zu einem einzigen Menschen."

Laura blickte etwas irritiert, schwieg aber. Alessandro setzte ein finstere Miene auf.

„Warum fangen Sie damit schon wieder an", entgegnete er grantig, „das haben wir schon vor Tagen diskutiert. Das ist Ihre Ansicht, das habe ich gleich erkannt. Wie Sie dazu kommen, das weiß ich nicht. Vielleicht hat Ihnen das ein Kuttenbrunzer, ein Lehrer oder ein Sonstwer eingeredet. Und jetzt sind Sie geistig verdorben. Ein Gemeinschaftserlebnis ? Ein Verschmelzen zu einem einzigen Menschen ? Das ist doch ganz etwas Neues. Das habe ich bisher von niemandem gehört."

Er schüttelte den Kopf.

„Was haben Sie ?" fuhr Peter jetzt fort, „heißt es nicht schon in der Bibel 'darum wird ein Mann seinen Vater und seine Mutter verlassen und seinem Weibe anhangen und sie werden sein ein Fleisch' ? Sehen Sie und hierfür braucht man die entsprechende Stimmung. Das kann ein gemeinsames schönes Erlebnis sein, zum Beispiel eine Stadtbesichtigung oder ein Theaterbesuch. Oder auch eine gemeinsame Anstrengung, ein Tag Arbeit im Garten oder im Haus. Das schafft Verbundenheit. Darum schmiegt man sich dann im Bett aneinander um die Wärme des anderen Körpers zu spüren oder das Klopfen des Herzens zu hören. Und trotz der Müdigkeit kommt man sich immer näher, kommt es zu einem wundervollen Gemeinschaftserlebnis, schläft dann engumschlungen ein. Aber hier, wo man den ganzen Tag nur herumlungert, wo soll da ein Gemeinschaftserlebnis herkommen ? Wie kann es auch entstehen ?"

Alessandro schaute ihn nun scheel an.

„Was haben Sie denn für Ansichten ?"

Er wandte sich dann Laura zu.

„Und wie sieht das bei Ihnen aus ?"

Laura hatte allerdings keine Lust in eine längere Diskussion über dieses Thema verwickelt zu werden.

„Ich sehe das genau so", log sie daher.

„Gemeinschaftserlebnis ? Ein Fleisch werden ? Wie soll das denn gehen ? Ihr kennt euch doch erst ein paar Tage. Aber lassen wir das jetzt", Alessandros Stimme klang noch immer grantig, er ließ nun auch die zuvor so gepflegte höfliche Anrede fallen, „dazu seid ihr ja schließlich auch nicht herbeordert worden. Aber warum langweilt ihr euch denn, behauptet ihr hättet keine Zukunftsperspektive ? Ihr lebt hier in einer wundervollen, ruhigen Atmosphäre, weit ab von eurer täglichen Hast, eurem täglichen Streß, frei von Sorgen. Hier habt ihr die Möglichkeit über euer Leben, den Sinn eures Lebens, eure Ziele, eure Träume, über Gott, über die Welt und überhaupt über alles nachzudenken. Und warum tut ihr das nicht ? Ihr seid doch intelligent und gebildet."

„Ich glaube, Sie sehen da etwas falsch", entgegnete ihm Laura, „so einfach wie Sie sich das denken, ist das nicht. Sicher, die Umgebung ist für ein solches Nachdenken wie geschaffen. Der äußere Rahmen stimmt. Aber es ist wie mit dem Miteinanderschlafen. Man muß in der entsprechenden Verfassung, der entsprechenden Stimmung sein, bereit sein zum Nachdenken über solche Themen. Sind wir das aber hier ? Das geht doch nicht auf Befehl. Man kann uns doch nicht einfach hierher verfrachten und uns sagen 'nun denkt mal schön über euren Lebenssinn, über Gott und die Welt nach'. Das geht nicht, zumindest nicht bei mir. Hierzu braucht man ein Motiv, einen Grund, ein Schlüsselerlebnis. Man muß frei von Grübeleien und entspannt sein, sich konzentrieren können und sich nicht ständig fragen, was hier mit uns passiert. Nein, die Atmosphäre, die für das von Ihnen geforderte Nachdenken über den Lebenssinn und alles andere Voraussetzung ist, existiert hier nicht."

„Ich sehe das genau so", ergänzte Peter.

Alessandro war nun sichtbar verärgert.

„Mit euch ist eben nichts anzufangen. Ihr wart die Auserwählten, aber ich habe mich in euch getäuscht", brummte er, erhob sich und ging ohne Abschiedsgruß.

„Mir ist noch immer unklar, was er eigentlich mit uns anfangen wollte", meinte nun Laura.

„Was immer es sein mochte", erwiderte Peter, „er ist völlig verärgert, weil er einsehen mußte, mit uns aufs falsche Pferd gesetzt zu haben."

„Du denkst unsere 'Mission' geht zu Ende."

„Ich hoffe es."

Sie lagen eine Weile schweigend nebeneinander.

„Meinst du das wirklich ernst, was du da über das Gemeinschaftserlebnis gesagt hast ?" fragte Laura schließlich.

„Sicher, sonst hätte ich es ja nicht gesagt."

„Und warum hast du dann mit mir geschlafen ?"

„Eben aus diesem Grund."

„Sind wir denn **ein** Fleisch ? Wir kennen uns doch kaum."

„Noch sind wir es nicht. Aber ich hoffe, daß es bald so sein wird."

Laura lächelte.

„Niemand weiß, was die Zukunft bringt. Genießen wir daher die Gegenwart."

Sie schmiegten sich aneinander, liebkosten sich immer intensiver.

Rückkehr

Peter erwachte. Er lag in einem Hotelzimmer im Bett. Es war nicht das Zimmer im Wüstenpalast, es war auch nicht so komfortabel ausgestattet. Der Rucksack lag auf einem neben dem Bett stehenden Stuhl, sein Koffer stand neben der Zimmertür.

„Wo bin ich denn jetzt ?" fragte er sich.

Er stand auf, schaute sich um. Auf einem kleinen Tisch lag ein Prospekt. Er nahm es in die Hand.

„Best Sahara Hotel Timbuktu", las er.

Er öffnete seinen Rucksack, kramte die Reiseunterlagen hervor.

„Best Sahara Hotel in Timbuktu, drei Übernachtungen."

Peter überlegte.

„Ich bin also jetzt dort, wo ich hinsollte. Aber wie komme ich hierher ? Und was ist mit der Gruppe ? Sie müßte doch schon längst wieder abgereist sein. Und wie komme ich jetzt nach Bamako ? Vielleicht gibt es eine Busverbindung. Na ja, ich werde an der Rezeption nachfragen."

Er wusch sich, kleidete sich an, verließ das Zimmer. Es lag im ersten

Stock. Er ging nach unten in den Speisesaal, wo ein Frühstücksbuffet aufgebaut war. Er bediente sich, ging nach draußen auf die Terrasse, erblickte Laura, die an einem kleinen Tisch saß.

„Guten Morgen Laura, wie gehts?" grüßte er freundlich, ein Lächeln erwartend.

Doch ihre Miene verfinsterte sich.

„Was wollen Sie von mir? Sie belästigen mich. Lassen Sie mich bitte in Ruhe", sprach sie unwirsch.

„Entschuldigen Sie. Ich habe Sie mit einer Bekannten verwechselt."

„Unterlassen Sie doch bitte diese dumme Ausrede. Mit wem wollen Sie mich denn verwechseln? Ich kenne Sie. Sie gehören zu den Passagieren der Zweiten Klasse. Sie kennen hier doch niemanden, der nicht zur Reisegruppe gehört. Da bin ich mir sicher. Stören Sie mich also nicht weiter."

Peter wandte sich ab, ließ sich in einiger Entfernung an einem Tisch nieder. Er fühlte sich wir ein begossener Pudel.

„Eine Verwechslung ist nicht möglich. Es war doch ihre Stimme. Was hat sie denn? Warum denkt sie ich wolle sie belästigen? Warum tut sie so als kenne sie mich nicht? Oder täusche ich mich in der Stimme und sie ist doch nicht Laura, sondern eine Doppelgängerin. Nein, das gibt aber auch keinen Sinn. Sie weiß schließlich, daß ich zur Reisegruppe gehöre."

Er lächelte.

„Vielleicht ist ihr unsere Affäre jetzt peinlich und sie möchte nichts mehr davon wissen. Das soll ja bei Weibern vorkommen."

Er wandte sich seinem Frühstück zu.

„Darf ich mich zu dir setzen?"

Peter blickte auf. Jeff stand vor ihm.

„Bitte."

Jeff setzte sich. Er bemerkte Peters leicht trübe Stimmung, mißverstand sie aber.

„Na, was hast du denn? Bist du noch müde? Verständlich, wir sind ja auch erst nach Mitternacht angekommen."

„Und ich konnte dann nur schlecht schlafen. Übrigens, wer ist denn die dunkelhäutige Schönheit da drüben am Tisch."

Jeff blickte ihn irritiert an.

„Na, du bist wirklich noch nicht richtig wach. Das ist doch die Überlebende aus dieser Film-Photo-Truppe. Laura heißt sie."

„Ach ja, jetzt erinnere ich mich. Die hatte ja direkt nach dem Unfall so einen einen Anfall von Hysterie."

Peter trank einen Schluck Kaffee.

„Hast du dich schon informiert ? Weißt du, wie es hier weitergehen soll ? Es war ja hier in Timbuktu ein Aufenthalt von drei Tagen geplant."

„Ich habe gleich heute morgen an der Rezeption nachgefragt. Die wußten von nichts, sagten lediglich, daß die für heute angesetzte Stadtrundfahrt ausfällt, erst morgen stattfindet, da man uns einen Tag Ruhe gönnen will. Außerdem soll heute im Laufe des Tages, vielleicht aber auch erst morgen, ein Agent des Reiseunternehmens eintreffen, der uns dann Näheres über den weiteren Reiseverlauf mitteilen wird."

„Einen Tag Ruhe haben wir auch wirklich nötig."

„Hast du heute schon etwas vor ?"

„Nein."

„Dann können wir ja auf eigene Faust in die Stadt gehen, wenn du magst."

Jeff grinste.

„Das ist jetzt bildlich gemeint. Bei der Hitze zu laufen, das ist ein bißchen unangenehm. Wir werden natürlich ein Taxi nehmen."

„Trotzdem, tagsüber ist es mir zu heiß. Ich bin auch wirklich noch müde. Aber wie sieht es gegen Abend aus ? Vielleicht findet sich jemand, der noch mitkommt."

„Du denkst wohl an diese Laura ? Gibt dir keine Mühe, sie ist Filmschauspielerin, Photomodell. Die hält sich doch für etwas Besseres, gibt sich mit unsereinem nicht ab. Aber du kannst sie ja fragen, wenn du dir eine Abfuhr holen willst."

„Nein, das habe ich nicht vor, das hat doch wohl ohnehin keinen Zweck. Ich gehe dann mal zum Swimming Pool, werde abwechselnd schwimmen und im Schatten liegen und lesen."

Auch Laura verbrachte den größten Teil des Tages am Swimming Pool. Peter beobachtete sie. Sie bemerkte das, kam aber nicht zu ihm um sich deswegen zu beschweren.

Peter dachte lange nach.

„Es herrscht wohl wieder der Normalzustand, alles dazwischen ist ausgelöscht. Aber warum weiß nur ich darüber Bescheid und nicht auch Laura ? Kennt sie mich wirklich nicht oder treibt sie ein übles Spiel mit mir ? Sie ist aber doch nicht bösartig oder hinterhältig und wenn sie sich nun einen Scherz erlaubt, dann wird sie sich sicher bald offenbaren. Bei Jeff ist das anders. Der redet so als sei ich nie verschwunden gewesen. Aber, wenn ich mir es recht überlege, wieviele Tage haben Laura und ich in dem Wüstenpalast zugebracht ?"
Er dachte kurz nach.
„Es waren fünfzehn Tage. Und wie sieht die Situation der anderen aus der Reisegruppe aus ? Für sie ereignete sich der Unfall vorgestern. Der Hilfszug kam gestern an der Unfallstelle an und holte sie ab. Sie kamen heute kurz nach Mitternacht hier in Timbuktu an. Stimmt das überhaupt mit dem heutigen Datum überein ? Daß ich daran bisher nicht gedacht habe ?"
Unruhe packte ihn. Er lief in sein Zimmer, kramte sein Reisetagebuch hervor. Der Unfall ereignete sich am 17. Mai. Die Erlebnisse im Wüstenpalast datierten vom 18. Mai bis zum 1. Juni. Und heute war laut Kalender der 19. Mai. Ein Schauer überlief ihn. Waren die fünfzehn Tage im Wüstenpalast auf einen Tag zusammengeschrumpft ? Und er mußte gestern verschwunden gewesen sein, denn an die Fahrt nach Timnuktu konnte er sich nicht erinnern. Es befand sich im Reisetagebuch auch kein entsprechender Eintrag. Er konnte ohnmächtig gewesen sein, überlegte er, aber dann hätte man ihn auf das Zimmer tragen müssen. Jeff hätte das sicherlich am Morgen erwähnt und gefragt, ob es ihm wieder gut gehe.
Er lief zum Swimming Pool zurück.
„Irgendwie muß ich dem Geheinmis auf die Spur kommen", sagte er zu sich selbst, „aber ich muß behutsam vorgehen, sonst halten sie mich am Ende noch für geistesgestört. Und das könnte ich ihnen auch gar nicht übelnehmen."
Gegen Abend, Peter saß bei einem doppelten Espresso auf der Terrasse, sprach ihn Jeff an.
„Es war uns doch tagsüber zu heiß um in die Stadt zu fahren, wollen es aber nun tun. Kommst du mit ?"
„Ja, gerne. Wann fahrt ihr ?"

„Na ja, etwa in einer halben Stunde, sodaß wir noch ein bißchen umhergehen können bevor es dunkel wird."

Sie waren zu fünft, außer Jeff und Peter noch ein Mann namens Andrew und zwei Frauen, die Jane und Becky hießen. Sie streiften einge Zeit durch die Stadt, schauten sich auch die drei berühmten Moscheen aus der Ferne an. Sie wußten nicht, ob sie zu besichtigen waren, fragten auch gar nicht danach, zumal ja auch die offizielle Stadtführung noch ausstand. Sie ließen sich anschließend in einem recht ordentlich aussehenden Straßencafe nieder.

Peter war sich mittlerweile im Klaren darüber geworden, daß er und Laura nach Ansicht der anderen gar verschwunden gewesen waren. Und er wollte natürlich allzu gerne wissen, wie Laura und er gestern gehandelt und sich bis zur Ankunft in Timbuktu verhalten hatten. Es mußte allerdings den Vieren sehr merkwürdig vorkommen, wenn er nun fragte, wie er sich verhalten hatte. Er konnte natürlich als Ausrede vorbringen, er habe beim Unfall einen Schlag gegen den Kopf erhalten, gestern noch unter den Nachwirkungen gelitten und könne sich daher an Vieles nicht erinnern. Die Probleme seien aber seltsamerweise erst Stunden danach, während der Nacht aufgetreten, denn unmittelbar nach dem Unfall habe er sich völlig normal gefühlt. Was aber, sagte er sich, werden sie denken, wenn er sich gestern ganz anders verhalten hatte, die Ausrede er habe unter psychischen Nachwirkungen gelitten, daher völlig unglaubwürdig klingt ? Andererseits hatte er bisher außer zu Jeff nur wenig Kontakt zu den anderen gesucht, war meist für sich geblieben. Er kannte die Namen anderen Drei ja bisher auch nicht. Es war daher anzunehmen, daß er sich gestern auch nicht anders verhalten hatte als jetzt. Er versuchte nun das Gespräch auf die Ereignisse vom Vortag zu lenken, vermied es natürlich, nach seinem eigenen Verhalten zu fragen, sondern erkundigte sich nach Laura.

„Was willst du denn von ihr ?" lachte Jane, „sie gefällt dir wohl ?"

„Ja, das auch" gestand Peter ein, „aber ich denke, jetzt wo all ihre Begleiter tot sind, wäre es doch ganz natürlich, wenn sie Kontakt mit uns suchte. Ich habe sie heute Morgen kurz angesprochen, aber sie reagierte als betrachte sie meinen kurzen Gruß bereits als Belästigung."

„Was erwartetest du denn anderes ?" meinte nun Becky, „Schau-spielerin, Photomodell, die bildet sich ein, sie sei etwas besseres als wir.

Dabei hat sie doch nur in drittklassigen Filmen mitgewirkt."

„Ja", ergänzte Jane, „ihre Hochnäsigkeit hat sie auch durch den Tod ihrer Begleiter nicht verloren. Warum interessiert dich das eigentlich?"

„Wie ich schon sagte, wegen ihres Verhaltens heute Morgen. Ich litt gestern noch etwas unter den Nachwirkungen des Unfallschocks, habe daher nicht alles mitbekommen. Sicherlich hätte sie sich angemacht gefühlt, wenn ein Mann versucht hätte mit ihr näheren Kontakt zu knüpfen. Sie konnte ja denken, er hielte sie für eine leichte Beute, jetzt, wo ihre Begleiter tot waren. Aber wenn eine von euch Frauen es versucht hätte, dann hätte sie sich doch vermutlich anders verhalten."

Jane lachte.

„Du warst gestern schon etwas merkwürdig. Sei jetzt nicht eingeschnappt, wenn ich das so offen sage. Du hast dich mit uns kaum abgegeben, meist dagesessen, in einem Buch gelesen. Ich dachte schon, du hättest in der Tat einen Schlag gegen den Kopf erhalten oder durch den Unfall einen psychischen Schaden erlitten. Aber Jeff sagte dann, dein Verhalten sei sicher ganz normal, du hättest dich ja bisher auch nur wenig mit uns abgegeben, jetzt nicht aus Hochnäsigkeit wie Laura, sondern weil du seiner Ansicht nach ein Eigenbrötler bist. Und es gab ja auch nichts zu tun als auf die Rettungsmannschaft zu warten."

„Und ich habe mich ehrlich gewundert", fiel ihr nun Becky ins Wort, „als Jeff sagte, du wollest mit uns in die Stadt kommen."

Peter grinste.

„Ich bin ja wirklich kein geselliger Mensch, auch anfangs etwas schüchtern. Aber ihr habt meine Frage noch nicht beantwortet. Was ist los mit Laura?"

„Was soll mit ihr los sein?" antwortete Jane, „Camilla, eine aus unserer Reisegruppe hat sie in der Tat angesprochen. Aber sie gab ihr patzig zu verstehen, sie solle sie in Ruhe lassen. Das haben wir dann auch getan und uns nicht mehr um sie gekümmert."

Peter lachte.

„Dann ist ja meine Neugier befriedigt. Schade, sie gefällt mir und ich hätte sie gerne näher kennengelernt. Aber, was soll's? Reden wir über etwas anderes."

„Genau", bemerkte Jeff, „es gibt ja schließlich interessantere Themen als das Verhalten eingebildeter Zicken."

Peter lag es natürlich auf der Zunge, die Verschleppung und den Aufenthalt in dem Wüstenpalast anzusprechen, denn er hätte auch gerne gewußt, was sie von der Sache hielten. Denn die Eintragungen in seinem Reisetagebuch und die fehlende Erinnerung an die Ereignisse des gestrigen Tages, das Warten auf den Rettungskonvoi und die Fahrt nach Timbuktu schlossen aus, daß es sich lediglich um einen Traum gehandelt hatte. Nur kannte er die anderen aber praktisch nicht, sie waren auch alle Amerikaner. Und so war er sich nicht im Klaren darüber, wie sie reagieren würden. Deshalb schwieg er. Und so führten sie den Abend über ein recht ungezwunges, recht nettes Gespräch über unterschiedlichste Themen. Erst nach Mitternacht kehrten sie in das Hotel zurück.

Und dann gab es ja auch noch Laura. Aus ihrer abweisenden Antwort konnte er vermuten, daß sie in der Tat nichts über den Aufenthalt im Wüstenpalast wußte. Aber war das die richtige Erklärung ? Sie gehörte ja der Gruppe der Reisenden Erster Klasse an, die auf der bisherigen Fahrt mit denen der Zweiten Klasse nichts zu tun haben wollten. Vielleicht ist ihr nun, so überlegte er, nachdem sie in ihre 'normalen' Verhältnisse zurükgekehrt ist, die Angelegenheit peinlich. Er hoffte daher, daß sie sich im Laufe der Zeit gwissermaßen beruhigen würde, zumal er sie ja auch als einen intelligenten Menschen kennengelernt hatte, der eine solch stupide Geisteshaltung unmöglich auf längere Zeit aufrecht erhalten konnte. Doch eine Änderung in ihrem Verhalten trat nicht ein.

Sie blieben eine Woche in Timbuktu, fuhren dann nach Bamako, von wo aus Peter einen Tag später über Casablanca nach Frankfurt flog. Die rätselhaften Vorgänge in der Wüste konnte er sich noch immer nicht erklären. Anfangs, das heißt, die ersten Tage nach seinem Auftauchen in Timbuktu, hatte ihn das Erlebte noch ziemlich aufgewühlt, hatte er ein starkes Bedürfnis, mit anderen darüber zu sprechen. Doch es gab keine geeigneten Gesprächspartner. Er wollte ja schließlich nicht als geistig gestört eingestuft werden. Allmählich verblaßte allerdings die Wirkung der direkten Eindrücke, wenn man das einmal so ausdrücken darf. Es blieb die Erinnerung in Form verschwommener Bilder hinter einem Schleier. Er war sich im Klaren darüber, daß er als Einzelgänger, der keine Freunde besaß, denen er vertrauen konnte, auch in Deutschland keinen geeigneten Gesprächspartner haben würde. Er mußte das Erlebte also selbst und alleine seelisch verarbeiten. Er hielt es daher für nützlich, die Ereignisse so detailliert es möglich war aufzuzeichnen, wobei seine Notizen ihm hilfreich waren. Bereits im Flugzeug begann er mit dem Schreiben.

Wotan

Begegnung im Stadtpark

Nach seiner abendlichen Fahrradtour unternahm Thomas noch einen Rundgang durch den Stadtpark. Er ließ sich aber bald leicht müde auf einer Bank nieder. Es war noch angenehm warm. Er kramte ein Buch aus seinem Rucksack hervor, begann zu lesen, vertiefte sich so sehr in die Lektüre, daß er den Ankömmling erst bemerkte, als dieser fragte, ob er sich zu ihm setzen dürfe. Thomas blickte auf. Es war ein Mann mittleren Alters, von seltsamem Aussehen. Er war groß und kräftig, trug einen rötlichen Vollbart, ein Auge war mit einer Klappe verdeckt. Er war in Fell gekleidet, trug eine Art Sandalen und auf dem Kopf einen Schlapphut. Die gesamte Erscheinung erinnerte an einen alten Wikinger, lediglich der Hut störte etwas. Thomas wunderte sich über die Frage des Fremden, denn in der Nähe standen noch etliche Bänke, die allesamt unbesetzt waren. Die Gestalt wirkte leicht unheimlich, doch Thomas war nicht gerade ein ängstlicher Typ und er antwortete daher.

„Bitte, die Bank ist groß genug für uns beide. Und ich kann auch noch ein Stückchen zur Seite rücken."

„Ach was", entgegnete der Mann, „ich bin ja nicht dick und brauche nicht so viel Platz."

Er setzte sich, zog ein Büchlein aus seinem Wams, begann zu lesen. Die Sonne sank allmählich, die Dämmerung brach herein. Der Fremde klappte das Büchlein zu, verstaute es in seinem Wams. Dann wandte er sich zu Thomas hin.

„Was lesen Sie da eigentlich ?"

„Ach, es ist eine satirische Rittergeschichte aus dem Mittelalter, von einem völlig unbekannten Autor. Und was lesen Sie ?"

„Ein allgemein verständliches Werk über Kosmologie."

Thomas zog die Augenbrauen hoch. Diese Antwort hatte er nun nicht erwartet. Der Mann, der wie ein Wikinger aus dem frühen Mittelalter aussah, las ein Buch über Kosmologie. Das paßte irgendwie nicht zusammen. Es hatte ihn ja bereits gewundert, daß er überhaupt lesen konnte. Nun überlegte er, wer dieser Fremde sein könnte. Ein ganz normaler Zeitgenosse, der an einem Mittelalterfest in einer der umliegenden Gemeinden teilnahm und sich den Spaß erlaubte, in seiner Verkleidung am Abend im Stadtpark spazieren zu gehen ? Thomas überlegte. Er informierte sich stets über Ereignisse in der Gegend. Mittelalterfestivals waren recht beliebt, fanden in den Sommermonaten des öfteren an Wochenenden statt, doch war es ihm nicht bekannt, daß zur Zeit eines in der Nähe abgehalten wurde. Außerdem war es Mittwoch.

„Sie interessieren sich für Kosmologie ?" fragte Thomas nun, „sind Sie etwa Physiker wie ich ?"

Der Fremde lachte.

„Wieso glauben Sie eigentlich, daß sich nur Physiker für so etwas interessieren. Interesse an Kosmologie, der Entstehung und der Entwicklung der Welt, das können auch Buchhalter oder gar Juristen haben. Aber ich bin weder das eine noch das andere. Ich möchte nur gerne wissen, wie man das heutzutage alles so sieht."

Thomas fiel auf, daß er das Wort 'heutzutage' besonders betonte.

„Sie sagen 'heutzutage'. Das bedeutet aber doch, daß Sie wissen, wie man das früher sah. Sind Sie etwa Historiker, der sich bisher mit früheren Weltbildern beschäftigt hat und nun, rein fachlich natürlich, in der Gegenwart angekommen ist ? Sie scheinen wohl an Historie interessiert zu sein. Das sieht man schon an Ihrer Kleidung. Nur der Schlapphut paßt nicht so recht dazu. Sie nehmen wohl an einem Mittelalterfestival teil. Wo findet denn gegenwärtig eines hier in der Gegend statt ? Ich weiß von nichts."

Der Fremde lachte.

„Nein, nein, ich weiß auch nichts von Mittelaltermärkten in dieser Gegend. Das ist meine ganz normale Kleidung."

„Und wo kleidet man sich so ? Doch sicherlich nicht hier in Deutschland."

„Nein, ich wohne in Asgard."

„Und wo liegt das ?"

„Eine gute Strecke nördlich von hier."

„Asgard", fragte sich Thomas, „das ist doch der Wohnort der Asen. Will mich der Fremde auf den Arm nehmen ?"

„Ich habe mich noch gar nicht vorgestellt", meinte er dann, „ich heiße Thomas."

„Und ich heiße Wotan. Wir können ruhig 'du' zueinander sagen."

Thomas blickt ihn erstaunt an. Die freundliche Art des Fremden ließ ihn Mut fassen, er fragte daher frech.

„Asgard ! Wotan ! So heißt doch der oberste Gott der Germanen. Willst du mich auf den Arm nehmen ?"

„Keinesfalls", antwortete der Fremde, „ich heiße tatsächlich Wotan. Ich bin eben einmal auf die Erde gekommen um zu schauen wie es heute hier aussieht in meinem ehemaligen Reich."

„In deinem ehemaligen Reich ?"

„Ja, natürlich. Vor fünfzehnhundert Jahren haben mich hierzulande noch alle angebetet. Aber dann kamen diese komischen Mönche aus Irland, die Insel sollte besser Irrland heißen und haben diese Lehre von diesem jüdischen Herumtreiber, diesem Weichling, verkündet. Und am Ende glaubten alle an diesen Christengott und seinen Sohn Jesus und mich hat keine Sau mehr geachtet. Und was ist schon an diesem Jesus dran ? Der hat sich doch von ein paar Römern ans Kreuz nageln lassen. Das hätten die mal mit mir oder mit Donar versuchen sollen."

„Jetzt beschimpfe Jesus nicht als jüdischen Herumtreiber. Jesus hat die Menschen gelehrt. Und was er gelehrt hat war nichts Schlechtes. Deswegen achtet man ihn heute auch nicht mehr so richtig. Und dazu mußte er im Lande umherziehen, konnte daher nicht arbeiten, denn es gab ja damals noch kein Fernsehen. Und daß sich auf der Basis seiner Lehre dann eine machtgierige Kirche entstand, das kann man ihm wirklich nicht zum Vorwurf machen. Das wollte er auch gar nicht. Er sagte doch selbst, sein Reich sei nicht von dieser Welt."

Thomas pausierte kurz, fuhr dann fort.

„Und ich muß dich in einer Sache warnen: verwende niemals im Zusammenhang mit 'Herumtreiber' das Wort 'jüdisch'. Das ist antisemitisch. Da landest du schneller im Knast als du denken kannst."

Wotan grinste.

„Das mit 'die Leute lehren' ist so eine Sache. Ihr habt ja auch diese

Klimaaktivisten, die nicht arbeiten können, weil sie sich auf der Straße festkleben müssen. Sei es drum. Aber Jesus kann auch in meinen Augen Gutes tun. Er kann Wasser in Wein verwandeln und der schmeckt gar nicht einmal schlecht. Aber große Mengen Met verträgt er nicht. Ich habe ihn auch einmal gebeten, Wasser in Met zu verwandeln. Aber das hat nicht so richtig geklappt. Das Zeug schmeckte widerlich. Nicht einmal die Russen wollten es saufen. Der einzig wirklich Brauchbare aus dieser Himmelshorde ist der Erzengel Michael. Der kann mit dem Schwert umgehen, sage ich dir. Gegen ihn konnte nicht einmal Thiu bestehen. Und er kann saufen wie eine polnische Hure."

„Du kennst Jesus?"

„Natürlich. Sein Himmel liegt ja nicht allzu weit von Asgard entfernt. Wir besuchen uns des öfteren und feiern zusammen. Wir haben auch ein gutes Verhältnis mit den Leuten aus dem Himmel der Muselmanen. Die haben in ihrem Paradies die hübschesten Mäuschen, die sind nicht prüde und sie haben auch einen erstklassigen Wein."

„Ich denke, die Muslime dürfen keinen Wein trinken."

„Ich sehe, du hast keine Ahnung. Auf der Erde ist es ihnen freilich verboten, aber nicht im Paradies. Aber da müssen sie Maß halten, beim Wein und bei den Frauen, sonst fliegen sie raus. Auf dem Olymp ist das anderes, da hausen nur Säufer und Hurenböcke. Außerdem reden dort zu viele Weiber mit rein. Besonders diese Athene. Und die kann mit Waffen umgehen, sage ich dir. Wir könnten sie gut als Walküre gebrauchen. Sie eignet sich dafür, sie ist ja auch noch Jungfrau. Aber sie will nicht zu uns. Auf den Olymp gehen wir auch nur hin, wenn es sich nicht vermeiden läßt."

Thomas lachte.

„Na, das wäre doch etwas. Athene als schlafende Walküre. Und dann kommt Siegfried, erweckt und entjungfert sie. Nun ja, wer einen Drachen tötet, der fürchtet auch kein Weib."

Es war mittlerweile schon fast dunkel geworden.

„Ich denke, ich fahre jetzt nach Hause", meinte Thomas, „ich muß schließlich morgen früh zur Arbeit."

„Für mich wird es auch Zeit. Ich komme mit."

Nahe des Ausgangs des Parkes vernahmen sie Lärm. Eine Gruppe junger Männer belästigte zwei oder drei Frauen. Thomas hielt die Sache für bedenklich, wollte einen großen Bogen um die Gruppe machen.

„Ich bin zwar nicht feige, aber das sind mindestens ein Dutzend Kerle. Ich werde aber die Polizei anrufen."

Wotan lachte nur.

„Du willst die Frauen im Stich lassen. Du bist ein Angsthase. So nehmen wir dich nicht in Walhall auf. Du wirst auf einer Wolke sitzen und 'Halleluja' singen müssen. Und keinen Met zu trinken bekommen. Komm mit."

Sie schritten auf die Horde zu.

„Laßt die Frauen gefälligst in Ruhe", brüllte Wotan den Männern entgegen.

Die stutzten für einen Moment, drangen dann aber weiter auf die Frauen ein. Einer löste sich aus der Gruppe, schritt auf die beiden zu, ein Messer in der Hand.

„Was du wollen, Alter ?" rief er, „du verschwinden oder ich dich abstechen."

Wotan blieb ruhig.

„Verschwindet oder es holt euch der Teufel."

Das beeindruckte den Angreifer nicht, er näherte sich weiter. Angst überfiel Thomas. Doch dann erblickte er eine riesige, gräßliche Gestalt, die sich rasch näherte – ein dunkelroter Leib, eine häßliche Fratze, hervorstehende Zähne, eine gewaltige Nase, große Ohren, stechende Augen, auf dem Kopf Hörner, vier lange Arme. Der Gräßliche packte den Angreifer, steckte ihn in seine Umhängetasche. Anschließend ergriff er die anderen, die ebenso in der Tasche landeten. Dann verschwand die Gestalt wieder so rasch wie sie gekommen war. Das Schauspiel mochte nicht länger als zehn Sekunden gedauert haben. Die Frauen schrien entsetzt, rannten davon. Thomas blickte Wotan entgeistert an.

„Was war denn das ?"

Wotan grinste.

„Das war der Teufel. Ich habe den Kerlen doch angedroht, daß sie der Teufel holt, wenn sie die Frauen nicht in Ruhe lassen. Sie haben nicht auf mich gehört und nun müssen sie die Konsequenzen tragen."

„Welche Konsequenzen ?"

„Sie landen im Höllenfeuer. Für immer. Nun ja, nicht für immer, nur bis zur Götterdämmerung. Sie werden brennen, furchtbare Qualen erleiden, aber doch nicht verbrennen. Da gibt es keine Erlösung. Und zu trinken bekommen sie auch nichts. Ein solches Schicksal wünsche ich nicht einmal einem dicken, linken Bischof oder dem Papst."

Thomas starrte Wotan noch immer ungläubig an.

„Der Teufel, wie kam der so schnell hierher?"

Wotan lachte.

„Er muß mir dienen, immer bereit stehen, sofort zur Stelle sein, wenn ich ihn rufe."

„Der Teufel muß dir dienen?"

„Ja, natürlich. Weißt du, nachdem ihn Jesus aus Palästina verjagt hatte, kam er zu uns, wollte Unruhe stiften. Ich habe es ihm aber gegeben. Ich habe ihn am Fuße des Blocksbergs erwischt und ihn besiegt. Er konnte sein Leben nur dadurch retten, daß er schwor mir zu dienen."

„Und er hält seinen Schwur? Er ist doch der Teufel."

„Es bleibt ihm nichts anderes übrig; er steht unter der Aufsicht Hels, darf die Unterwelt nur verlassen, wenn ich ihn rufe. Weißt du, der Teufel hat drei goldene Haare. Und wer ein Haar von ihm besitzt, dem muß er gehorchen. Ich habe ihm natürlich damals alle Haare ausgerissen. Daraus ergab sich ja das Märchen von des Teufels Großmutter. Aber Hel ist nicht seine Großmutter, sie ist gar nicht mit ihm verwandt."

Er grinste.

„Das ist nicht die volle Wahrheit. Einmal im Monat darf er schon für drei Tage raus um bei den anderen Unruhe zu stiften. Sonst wird es ihm bei Hel zu langweilig. Und am Ende fangen die beiden noch ein Geschpusi an und und zeugen ein Ungeheuer noch schlimmer als der Fenriswolf und die Midgardschlange zusammen. Ich brauche ihn ja nur selten, denn an mich glaubt ja kaum noch einer. Und was er bei den Andersgläubigen macht, das interessiert mich einen Dreck. Da kann er anstellen, was er will. Und einmal im Jahr hat er auch einen Tag frei. In der Walpurgisnacht darf er mit den Hexen auf dem Blocksberg eine Orgie feiern."

„Und fürchtest du nicht, daß er mit den Hexen Ungeheuer zeugt?"

Wotan lachte.

„Nein, Hexen sind doch alte Weiber, die ihre Wechseljahre schon längst hinter sich haben. Die sind unfruchtbar, können sich auch keine Fruchtbarkeit anhexen."

Sie hatten mittlerweile den Parkausgang erreicht, verabschiedeten sich.

„Wir können uns ja morgen Abend wieder treffen, wenn du Lust hast", meinte Wotan.

Thomas war zugegebenermaßen etwas verwirrt als er nach Hause fuhr. Er fragte sich, ob er nicht vielleicht auf der Bank eingeschlafen war und alles nur geträumt hatte. Oder war er vielleicht einem Verrückten begegnet? Oder einem Gaukler, der ihm etwas vorgespielt hatte? Und er dachte an den Teufel. Was war denn das für eine seltsame Erscheinung gewesen? Es mußte sich bei dem Kerl zweifelsohne um einen Gaukler handeln, der durch einen Trick diese Erscheinung erzeugt hatte. Anders konnte es gar nicht gewesen sein! Kein Mensch von Vernunft glaubt doch an die Existenz des Teufels. Das Erlebnis ließ ihn nicht zur Ruhe kommen. Er schlief schlecht in der Nacht.

Donar
Obwohl er ein leichtes Grausen verspürte, beschloß Thomas am folgenden Abend erneut in den Park zu fahren. Er ließ sich auf der gleichen Bank wie am Vorabend nieder, begann zu lesen, las allerdings sehr unkonzentriert.

Nach etwa einer halben Stunde erschienen zwei Gestalten, der Wotan von gestern und ein großer, breitschultiger Mann, der Wotan um Haupteslänge überragte, auch in Fell gekleidet war, aber keine Augenklappe trug. An seinem Gürtel hing er großer Vorschlaghammer.

„Guten Abend, Wotan, ich habe bereits auf dich gewartet. Du hast heute deinen Sohn Donar mitgebracht?"

Der Breitschuldrige blickte ihn finster an.

„Wie kommst du darauf?"

Thomas zuckte mit den Schultern.

„Wer außer Donar läuft denn schon mit einem großen Schmiedehammer am Gürtel durch die Gegend?"

Donar grinste.

„Gut beobachtet, Bürschchen, du gefällst mir, auch wenn du ein bißchen schwächlich aussiehst. Für Walhall kommst du sicher nicht in Frage. Wahrscheinlich kannst du nicht einmal mit einem Schwert umgehen."

„Schwerter sind heutzutage nicht mehr als Waffen in Gebrauch. Und du kannst sicher auch nicht mit einem Schwert umgehen. Deswegen brauchst du ja auch einen Hammer als Waffe."

Donar verzog das Gesicht.

„Werde nicht frech, Bürschchen. Den Hammer brauche ich für den Kampf gegen die Riesen. Ein Schwert nutzt mir da wenig."

„Na schön", erwiderte Thomas, „das mag so sein. Aber wie kommst du darauf, daß ich schwächlich bin."

Donar grinste, schnallte den Hammer vom Gürtel ab, stellte ihn vor Thomas hin.

„Hier, nimm ihn einmal."

Thomas blickte den Hammer skeptisch an. Das gute Stück mißt dreißig mal zwanzig mal zwanzig Zentimeter, schätzte er und rechnete kurz nach. Er mußte so um die hundert Kilogramm wiegen.

Er ergriff ihn, es gelang ihm aber nicht ihn auch nur einen Zentimeter hochzuheben. Keuchend gab er nach einigen Versuchen auf.

„Der ist ja schwerer als Blei."

Donar grinste.

„Er ist nicht aus Blei. Das wäre auch ein ungeeignetes Material, ist viel zu weich. Nein, der Hammer besteht aus reinem Wolfram."

Thomas überlegte kurz.

„Dann wiegt er ja sicher um die zweihunderfünfzig Kilogramm."

„Ich kenne eure Gewichte nicht", entgegenete Donar, „aber du mußt doch eingestehen, daß du schwächlich bist. Du konntest ihn ja nicht einmal einen Finger breit hochheben."

„Jetzt fangt deswegen keinen Streit an", mischte sich nun Wotan ein, „gehen wir lieber ein Bier trinken und unterhalten uns ein bißchen. Im übrigen bin ich der Ansicht, wir sollten unserem schwächlichen Freund von Audhumlas Milch zu trinken geben; die verleiht Kraft."

„Keine schlechte Idee", erwiderte Donar, „aber weißt du, wo diese Kuh abgeblieben ist?"

„Ich habe keine Ahnung. Aber so ist das mit den Weibern. Läßt man sie auch nur einen Moment aus den Augen, dann gehen sie fremd."

„Vielleicht ist sie jetzt bei den Reifriesen oder den Schwarzalben", meinte Donar vorwurfsvoll.

„Gib mir nicht die Schuld", verteidigte sich Wotan, „ich habe nur ein Auge, kann daher nicht alles überblicken."

„Rede dich nicht heraus. Es ist deine Schuld. Du hättest das andere Auge ja nicht unbedingt für einen Trunk aus dem Brunnen der Weisheit opfern müssen."

„Ich habe genau gewußt, was ich tat. Weisheit ist notwendig um die Vorgänge in der Welt richtig verstehen zu können. Und daran fehlt es doch, auch dir. Das war aber schon früher der Fall. Schau dir diesen Jesus an. Warum hat der sich kreuzigen lassen ? Das tat er doch nicht freiwillig, sondern nur weil er keine Macht gegen diese Römer hatte. Und dann haben irgendwelche Dummschwätzer dies als Versöhnung Gottes mit den Menschen interpretiert. Das ist doch absoluter Schwachsinn. Und wenn die Menschen auch nur einen Funken Weisheit besäßen, dann würden sie dieses dumme Zeug gar nicht glauben."

„Ich glaube das auch nicht", warf nun Thomas ein.

„Das bedeutet gar nichts", erwiderte Wotan, „wer bist du denn schon ? Nimmt dich überhaupt jemand ernst ?"

„Nein, aber das liegt daran, das heutzutage die Medien die Menschen beherrschen. Und die bleuen ihnen ein, was sie für richtig zu befinden haben."

„Na siehst du, das ist doch genau der Punkt", sagte Wotan nun, „wenn sie auch einen Funken Weisheit hätten, dann würden sie den Quatsch, der ihnen vorgesetzt wird, gar nicht glauben."

Thomas grinste.

„Dann müßten die meisten aber einäugig sein. Es heißt ja auch, unter Blinden ist der Einäugige König."

„Das heißt aber noch lange nicht", wandte Donar ein, „daß unter Einäugigen der Zweiäugige König ist. Aber, lassen wir das. Gehen wir lieber ein Bier trinken."

Ein seltsames Trio betrat den Biergarten.

„Hoffentlich kennt mich keiner", dachte Thomas, „es wäre mir echt peinlich, wenn mich ein Bekannter in Begleitung dieser beiden Typen sieht und mich morgen fragt, wer die beiden sind. Ich kann ihm doch nicht sagen 'Wotan' und 'Donar'. Dann erklärt er mich doch für verrückt."

Sie nahmen an einem freien Tisch am Rande des Biergartens Platz. Die Leute an den anderen Tischen blickten Wotan und Donar eher ängstlich als mißtrauisch an. Aber keiner wagte etwas zu sagen. Sie tuschelten aber leise.

„Ich werde Bier holen", schlug nun Thomas vor.

„Aber bring einen ordentlichen Humpen, ich habe Durst", meinte Donar.

Er griff in die Jackentasche, zog einen Fünfzig-Euro-Schein hervor, gab ihn Thomas.

„Ich denke, das wird genügen."

Thomas lief zur Theke. Auf einem Regal an der Rückseite entdeckte er Krüge, die wohl drei Liter faßten. Er ließ sie füllen, brachte sie seinen Gesellen, ging dann zum Ausschank zurück, holte sich auch ein Bier, allerdings nur einen halben Liter.

Die beiden leerten ihre Krüge in einem Zug. Donar schritt dann zur Theke um sie erneut füllen zu lassen.

Irgend jemand mußte an den beiden wohl Anstoß genommen haben, denn kurze Zeit später erschienen ein Polizist und eine Polizistin, verlangten die Ausweise zu sehen. Zu Thomas' Verwunderung zogen die beiden nun isländische Reisepässe hervor. Die Polizisten verzogen das Gesicht.

„Ist etwas nicht in Ordnung ?" fragte Thomas.

„Hm", brummte der Polizist, „ich weiß nicht, ich habe noch nie einen isländischen Reisepaß gesehen."

Thomas lächelte.

„Es hat noch nie geschadet, wenn man etwas Neues lernt."

„Und diese Namen", fiel nun die Polizistin ein, „Wotan Burrson und Donar Wotanson."

„Nun ja", meinte Thomas, „das sind eben isländische Namen. Da können Sie doch nicht erwarten, daß sie Mohammed Öztürk oder Mustafa Özigemir heißen."

„Und diese Kleidung !" bemerkte nun der Polizist, „Fellhosen und Felljacken. Und Schlapphüte. Wer läuft den so herum ?"

„Na und ?" fragte Thomas, „warum wundern Sie sich eigentlich ? Wir leben schließlich im multikulturellen und bunten Deutschland. Da kann sich jeder kleiden wie er will. Und wenn Burka und Tschador als kulturelle Bereicherung gelten, dann sollten Sie sich an Fellhosen auch nicht stören."

Donar war unterdessen aufgestanden um die Krüge erneut an der Theke füllen zu lassen. Die Polizisten erblickten den Hammer an seinem Gürtel. Sie tuschelten kurz miteinander.

„Einen Hammer am Gürtel", meinte dann die Polizistin, „wer macht denn so etwas ? Seltsam ist das schon. Der Kerl muß nicht ganz richtig im Kopf sein. Aber machen können wir nichts. Vorschlaghämmer fallen nicht unter das Waffengesetz soweit ich weiß."

„Das ist sicherlich nur eine Attrappe. Der müßte ja an die zwei Zentner wiegen. Sowas kann man doch nicht so locker am Gürtel tragen. Der würde auch reißen", entgegnete ihr Kollege.

Thomas grinste nun.

„Der Hammer ist echt. Und er wiegt so an die zweihundertfünfzig Kilo. Er besteht nämlich nicht aus Eisen, sondern aus Wolfram."

„Das gibt es doch gar nicht", erwiderte die Polizistin, „kein Mensch kann so etwas am Gürtel tragen."

Donar war mittlerweile wieder zurückgekommen.

„Wir können es ja auf einen Versuch ankommen lassen", schlug nun Thomas vor.

Er zeigte auf einen etwa zehn Meter entfernten Felsblock, der wohl als Abgrenzung des Biergartens zum Park hin diente, „ich bin sicher, mein Kamerad wird ihn mit einem Schlag zertümmern."

Donar hatte das mit angehört, hob den Hammer in die Höhe, schritt auf den Felsblock zu.

„Halt", rief der Polizist, „das können wir nicht tun."

„Wieso nicht ?" entgegnete seine Kollegin, „es wäre doch ein Versuch wert. Wir sollten allerdings die Leute auffordern in Deckung zu gehen, damit niemand von umherfliegenden Gesteinsbrocken verletzt wird."

Der Polizist lachte nun.

„Na, schön, aber ich sage dir, es wird nichts passieren."

Donar holte aus, zertrümmerte den Felsblock mit einem Schlag.

Ein Bediensteter kam nun heran.

„Was machen Sie denn da ?" rief er zornig, „verlassen Sie sofort den Biergarten."

Donar baute sich vor ihm auf.

„Willst du etwas von mir, du Wicht ?"

Der Polizistin erschien eine weitere Entwicklung des Disputs als bedenklich. Sie erinnerte sich daran, was sie während ihrer Ausbildung, die noch nicht lange zurücklag, in einem Deeskalationskurs gelernt hatte.

„Das war eine Amtshandlung", belehrte sie nun dem Bediensteten, „morgen werden Mitarbeiter des städtischen Bauhofs einen neuen Felsblock bringen."

Der Mann entfernte sich.

Den beiden Polizisten erschien das, was sie gerade gesehen hatten, unheimlich, was sich an ihren Gesichtern ablesen ließ.

„Also, Ihre Pässe sind in Ordnung", sagte der Polizist nun zu Wotan und Donar, „und ein Visum brauchen Sie als isländische Staatsbürger nicht. Damit ist der Fall erledigt. Ich wünsche Ihnen noch einen schönen Abend."

Die beiden entfernten sich.

„Was wollten die eigentlich ?" fragte nun Wotan.

„Die wollten wissen, ob eure Papiere in Ordnung sind ?" antwortete Thomas.

„Und warum haben sie nur uns kontrolliert und nicht die anderen ?" wollte nun Donar wissen.

„Nun, ihr seht eben fremdartig aus und damit verdächtig", lag es Thomas auf der Zunge, aber er zog es vor, dies nicht laut zu sagen, doch Donar durchschaute ihn.

„Ja, ja", meinte er, „wenn wir Neger wären, hätten sich jetzt alle hier aufgeregt und die Polizisten als Rassisten beschimpft. Aber uns achtet keiner. Man sollte dieses Geschmeiß in den Ginnungagap werfen oder der Midgardschlange zum Fraß geben."

„Reg dich nicht auf", beruhigte ihn Wotan, „ich habe dir gesagt, was dich hier erwartet, aber du wolltest ja unbedingt mitkommen. Beschwere dich also jetzt nicht,"

„Schon gut", brummte Donar und trank einen großen Schluck Bier.

„Ach, weißt du", meinte schließlich Wotan, „die meisten Götter sind heutzutage ziemlich frustriert. Die Leute glauben nicht mehr an sie, versuchen sie aber als Verkünder und Verfechter irgendwelcher linksgrüner Ideologien zu mißbrauchen. Sie schieben uns dann Worte in den Mund, die wir nie gesagt haben. Und wenn sie dann Streß bekommen, dann fallen sie auf die Knie und beten, flehen um Hilfe, Und sie glauben, das würde etwas nützen und wir würden ihnen helfen. Aber da haben sie sich getäuscht. Wir hätten viel zu tun, wenn wir uns um die Befindlichkeiten eines jedes Einzelnen kümmern würden. Nein, das tun wir nicht. Wir wollen schließlich auch unsere Ruhe haben, insbesondere vor den Quälgeistern, die uns nerven, wenn sie im Dreck sitzen, denen wir aber ansonsten völlig egal sind."

Thomas lächelte.

„Ich sehe, du beobachtest die Situation hier in Deutschland genau. Das ist exakt bei der evangelischen Kirche der Fall."

„Daran sind dieser Jesus und Gott selbst schuld", meinte nun Wotan, „warum sind sie denn nicht im Orient geblieben, wo sie eigentlich hingehören. Warum haben sie ihre Verkünder auch hierher geschickt. Die haben doch nur den Aberglauben der Menschen hier ausgenutzt um uns madig zu machen. Aber diese Missionare waren nicht einmal die schlimmsten. Nach ihnen kamen die Pfaffen. Und als die sich erst einmal festgesetzt hatten, dachten sie nur noch daran sich zu bereichern. Sie drohten den einfältigen Menschen mit Höllenstrafen um ihren Gehorsam zu erzwingen und um ihnen das Geld aus der Tasche zu ziehen. Eine zeitlang konnte man sich sogar durch Ablaßbriefe von allen begangenen und auch sogar von den zukünftigen Sünden loskaufen. Aber all das genügte ihnen nicht. Als sie endlich genügend Macht hatten, unterdrückten sie die Menschen, zeitweise trieben ihre Büttel sie sogar in die Kirche. Unliebsame wurden eingekerkert, gefoltert und umgebracht. Und sie zettelten Kriege an, alles im Namen von Gott und Jesus. Hat je einer in meinem Namen einen Krieg angezettelt ? Und jetzt, wo die Pfaffen keine Macht mehr haben, laufen ihnen die Leute in Scharen davon. Die haben eben keinen Bock auf einen Gott, in dessen Namen sie nur schikaniert und geschunden wurden. Warum auch ? Was haben sie denn eingeführt ? Den Glauben an den Teufel, die Hölle, das Fegefeuer für die armen Sünder, die ewige Verdammnis für die Bösen. Und den Himmel für die Frommen. Aber was ist der Himmel ? Wie leben sie dort ? Welche Vergnügen haben sie ? Dabei ist das alles nichts wirklich Neues, bei uns kommen die

Tapferen, die im Kampf fallen, nach Walhall, die Schlaffis nach Niflhel."

Thomas verzog das Gesicht.

„Das sagst du alles so locker daher. Aber was ist mit den Frauen? Die kämpfen doch normalerweise nicht, haben also gar keine Chance nach Walhall zu kommen."

Donar zuckte mit den Schulter,

„Ein paar schon, aber was sollen wir dort mit Weibern anfangen, die stören nur. Und besaufen dürfen sie sich auch nicht, das gilt bei Weibern als unehrenhaft. Aber das ist ja bei euch auch so. Weiber, die sich besaufen, bezeichnet ihr ja auch als Schlampen."

„Also", fiel ihm nun Wotan in die Rede, „Weiber kommen auch nach Niflhel. Dort ist das Leben zwar armselig im Vergleich zu Walhall, aber sie werden in Ruhe gelassen, Fegefeuer und Höllenqualen gibt es nicht. Nur die wirklichen Verbrecher werden gepiesakt und das gewaltig. Aber die haben es auch nicht besser verdient."

„Nun ja, ganz so ist es ja auch wieder nicht gewesen. Das Christentum hat schon mehr Humanität gebracht. Die Menschenopfer hörten auf", wandte nun Thomas ein.

„Mehr Humanität", erheiterte sich Donar, „daß ich nicht lache. Und was ist mit den verbrannten Ketzern und Hexen. Waren das etwa keine Menschenopfer?"

„Na schön", sagte nun Wotan, „gut, es gab auch Menschenopfer, aber ich habe diese nie von den Menschen gefordert, ich habe überhaupt nie etwas von den Menschen gefordert, außer daß sie mich als Gott anerkennen. Und bei den Menschenopfern handelte es sich meist um Kriegsgefangene. Das waren doch Schwächlinge, ein wahrer Krieger kämpft bis zum Tode. Dann wird er auch in Walhall aufgenommen. Und so viele Menschenopfer wurden auch wieder nicht dargebracht. Das sind alles nur Verleumdungen der Römer. Und die sollen einmal ganz ruhig sein. Bei denen wurden doch Menschen in den Arenen zur Volksunterhaltung von wilden Tieren zerrissen oder mußten sich gegenseitig im Kampf umbringen. So etwas gab es bei uns jedenfalls nicht. Das hätte ich auch gar nicht geduldet. Gut, in Walhall kämpften die Einherier auch gegeneinander, aber sie waren Krieger, übten sich im Kampf für die Schlacht bei der Götterdämmerung und brachten sich nicht zur Volksbelustigung gegenseitig um. Und wurde tatsächlich mal einer tödlich verwendet, dann erweckte ihn die Milch Heidruns wieder zum Leben. Und abends feierte man dann bei Met und Gesang. Du siehst, das war alles nicht so schlimm und keineswegs mit dem vergleichbar, was die Römer angestellt haben."

„Wenn man euch so hört", wandte nun Thomas ein, „dann war es ja ein Unglück, daß bei uns das Christentum Einzug gehalten hat."

„Wie man es nimmt, für uns in gewissem Sinne schon. Wir bekommen jetzt keinen Zuwachs mehr in Walhall. Das ist schlecht im Hinblick auf den Endkampf bei der Götterdämmerung. Da könnten wir noch tapfere Krieger brauchen. Und was hat es euch viel Positives gebracht ? Jedenfalls hat das Volk bekommen, was es verdient. Ich frage mich ohnehin, was an diesem Christentum so toll ist. Die ewigen Debatten um Gottes Sohn. Das ist doch langweilig. Ich habe auch nie verstanden, was das Gerede von der jungfräulichen Geburt von Gottes Sohn sein soll und warum das wichtig ist. Die Muselmanen halten das ohnehin für Unsinn. Sie sagen, Gott habe nie einen Sohn gezeugt und werde auch nie einen Sohn zeugen. Mir ist das einerlei, ihr Streit geht mich nichts an. Ich jedenfalls habe einen Sohn, Donar, mit Jörd gezeugt. Und die war keine Jungfrau mehr. Er wurde aber trotzdem ein tapferer Held, genau so wie Herakles, den Zeus mit Alkmene gezeugt hat. Und die war sogar verheiratet."

Thomas grinste.

„Manchmal denke ich, ihr seid ja nur neidisch auf die christlichen Missionare, weil sie geschickter und schlauer, man kann auch sagen raffinierter waren als ihr."

„Was meinst du damit ?" fragt Donar ungehalten.

„Nun, schau dir doch mal die Geschichte mit der Donareiche an. Da hieß es, jeder, der die Eiche anrührt, wird von dir erschlagen. Und dieser Bonifatius ging nun her, nahm eine Axt und fällte sie. Und was passierte ? Nichts. Damit überzeugte er die Germanen, daß Gott und Jesus mächtiger sind als du. Da seht ihr doch. Die Missionare waren schlauer. Sie sagten zwar auch, daß Gott straft, ließen aber den Zeitpunkt der Bestrafung offen. Traf dann nun später den Frevler ein Unheil, dann konnten sie behaupten, das sei die Strafe Gottes. Und keiner konnte ihnen das Gegenteil beweisen. Das könnt ihr doch nicht abstreiten."

„Nein", stießen beide zerknirscht hervon, „das können wir nicht. Das ist eben morgenländische Tücke."

Thomas blickte nun Donar grinsend an.

„Warum hast du eigentlich Bonifatius nicht erschlagen als er deine Eiche fällte?"

Donar verzog das Gesicht, lief rot an.

„Ich hätte diesen Sack auch erschlagen, wenn es möglich gewesen wäre. Aber es ging nicht. Wahrscheinlich steckte dieser Hund von einem Mönch dahinter und hat die Sache angestiftet und eingefädelt. Aber Thrym der Riese hatte mir in der Nacht zuvor den Hammer gestohlen. Und ich mußte mir ihn erst wieder holen. Das war eine längere Geschichte wie du weißt. Und dann war es zu spät. Aber der Kerl hat seine verdiente Strafe erhalten. Die Friesen haben ihn erschlagen. Und das von alleine, ganz ohne mein Zutun."

Es ging unterdessen auf Mitternacht zu.

„Ich werde mich nun verabschieden", meinte Thomas, „ich muß schließlich morgen früh zur Arbeit."

„Was arbeitest du denn?" fragte Donar.

Thomas erklärte es ihm.

„Untersuchung von Atomen. Wozu ist denn das gut?" brummte Donar.

„Da sieht man wieder, daß du zwar stark bist, aber keine Weisheit besitzt", tadelte Wotan, „man kann das Wissen nutzen um Bomben zu bauen, gegen die selbst die Midgardschlange machtlos ist. Die könnten uns bei der Götterdämmerung nützlich sein."

Donar beugte sich zu Wotan hin.

„Sollten wir den Kerl nicht mit nach Asgard nehmen?" flüsterte er ihm ins Ohr.

„Nein, das geht doch nicht", erwiderte Wotan, „er müßte vorher im Kampf fallen. Aber hier gibt es keinen Krieg."

„Vielleicht sollten wir ihn überreden als Freiwilliger in die Ukraine zu gehen."

Donar hatte nun wieder etwas lauter gesprochen und Thomas hatte den Satz verstanden.

„Ihr seid wohl übergeschnappt", protestierte er, „das streiten sich

Großrussen und Kleinrussen. Sollen sie sich doch gegenseitig abschlachten. Was geht mich das an ?"
Er erhob sich, ging.

Der Banküberfall

In den nächsten beiden Wochen begegnete Wotan Thomas nicht. Das lag wohl auch daran, daß es oft regnete und Thomas daher abends meist zuhause blieb. An einem Donnerstag Vormittag, Thomas hatte einen Tag freigenommen, fuhr er in die Stadt um eine Bankangelegenheit zu klären. Im wesentlichen ging es um zwei Überweisungen, eine war gar nicht getätigt worden, bei der anderen wurde nur ein Teil des angewiesenen Betrags überwiesen. Dadurch wurden die Zahlungstermine überschritten und er mußte nun Säumniszuschläge bezahlen. Die Beträge waren zwar gering, aber er ärgerte sich trotzdem darüber.
In der Fußgängerzone begegnete ihm Wotan.
„Hast du Lust auf ein Vormittagsbier ?" fragte der.
„Im Prinzip schon, ich muß allerdings vorher zur Bank."
„Wenn du hinterher mit mir einen Trinken gehst, dann komme ich mit."
Als sie die Bankfiliale passierten meinte Thomas.
„Ich habe hier kurz etwas zu erledigen. Kommst du mit rein ? Du könntest dich ein bißchen umschauen und auch mal sehen, wie es in so einer Bank aussieht."
„Nein, das interessiert mich nicht", lautete die Antwort, „ich warte hier draußen."
„Ist vielleicht auch besser so", dachte Thomas, „die erschrecken doch nur wenn sie ihn sehen und glauben an einen Überfall."
Thomas betrat das Gebäude; es war nur eine Kundin im Schalterraum anwesend, die gerade bedient wurde. Kurze Zeit später stürmten drei bewaffnete Männer herein.
„Das ist Überfall", schrie einer, „Geld her oder wir schießen."
„Wo kommen denn diese Typen her ?" dachte Thomas, „Banküberfall ? Das lohnt sich heutzutage doch gar nicht mehr so richtig."
Und schon schubste einer der Räuber die Kundin und ihn in eine Ecke und hielt eine Pistole auf sie gerichtet. Die beiden anderen sprangen über die kleine Brüstung, welche den Kundenbereich vom Schalter-

bereich abtrennte. Einer bedrohte die Angestellte.

„Öffne den Tresor !" befahl der Räuber.

„Der ist im Keller."

„Das weiß ich, komm mit in Keller."

„Den kann nur der Filialleiter öffnen."

„Filialleiter soll kommen oder ich dich totschießen", schrie der Räuber.

Der Filialleiter trat verängstigt aus seinem Büro heraus.

„Du mitkommen in Keller und Geld holen. Aber schnell", schrie ihn der andere Räuber an.

„Wenn nicht schnell ich schieße tot", rief nun der andere, drückte ab und verletzt die Angestellte am Arm, „nächstes Mal ich schieße in Kopf."

Der Filialleiter und der dritte Räuber verschwanden nun, kehrten nach etwa zwei Minuten mit einer prall gefüllten Geldtasche zurück. Die Räuber verließen rasch das Gebäude, trieben die verletzte Angestellte, die Kundin und Thomas als Geiseln vor sich her. Ein Einsatzwagen der Polizei fuhr gerade vor.

„He, was macht ihr denn da ?" rief ihnen Wotan zu, „laßt sofort die Leute frei und gebt das Geld zurück, sonst erschlägt euch der Blitz."

„Halte die Fresse, Alter. Sonst du kriegen Kugel", schrie ihn einer der Räuber an und richtete seine Waffe auf ihn.

Im gleichen Augenblick fuhren drei Blitze aus dem Himmel herab und töteten die Räuber auf der Stelle. Die beiden Polizisten aus dem Streifenwagen, welche durch die Blitze erschreckt, einen kurzen Moment wie gelähmt erschienen, eilten nun herbei.

„Ist alles in Ordnung ?" fragte der eine.

„Wie man es nimmt", entgegnete Thomas, der als erster seine Fassung wieder gewonnen hatte, „die Bankräuber sind tot, die Angestellte ist am Arm verletzt. Das ist aber bereits im Schalterraum passiert. Die Kundin und ich sind unverletzt."

„Ich heiße Helene", mischte sich nun die Kundin ein.

„Ihre Personalien werden wir aufnehmen wenn Sie an der Reihe sind", belehrte sie der Polizist, „aber wie konnte das geschehen ? Drei Blitze aus heiterem Himmel. So etwas kann es doch gar nicht geben."

Thomas blickte zu Wotan hinüber.

„Nein, so etwas kann es nicht geben", log nun Thomas, „ich habe keine

Ahnung, was passiert ist. Die Räuber sind jedenfalls mausetot."

Einer der Polizisten ging nun zum Auto zurück um einen Kranken-wagen anzufordern.

Inzwischen war ein zweites Polizeifahrzeug angekommen, dem zwei Polizisten, ein männlicher und ein weiblicher, sowie eine Frau in Zivilkleidung entstiegen. Letztere eilte nun herbei.

„Ich bin die Polizeipsychologin", rief sie leicht außer Atem, „ich bin gleich mitgekommen als durchgegeben wurde, daß Geiseln genommen wurden. Sie brauchen doch sicherlich psycholgische Betreuung."

„Die verletzte Angestellte braucht vornehmlich einen Arzt", antwortete Thomas, „ich brauche keine psychologische Betreuung, aber die Kundin vielleicht."

„Ich heiße Helene, auch wenn ich nicht fromm bin", meldete die sich erneut zu Wort, „und ich brauche auch keine Seelenmassage. Ich könnte aber einen Kognac oder einen Kaffee gebrauchen."

„Das haben wir leider nicht", meinte nun der Polizist, „und Alkohol dürfen Sie jetzt nicht trinken. Sie dürfen nicht betrunken sein, wenn Sie ihre Aussage machen. Oder sind Sie dazu nicht in der Lage ?"

„Und außerdem stehen Sie unter Schock. Da ist Alkohol nicht gut", ergänzte nun die Psychologin.

„Ich will ja nicht die ganze Flasche austrinken", erwiderte Helene.

Wotan war unterdessen zu Thomas herangetreten.

„Können wir jetzt gehen ?" fragte er.

„Nein, ich muß doch noch meine Aussage zu Protokoll geben", lautete die Antwort.

„Dauert das lange ?"

„Ja, das kann etwas dauern."

„Ich habe keine Lust zu warten."

Er wandte sich um, ging.

„He, Sie", rief der Polizist, „Sie können nicht gehen. Sie sind ein Zeuge, müssen Ihre Aussage machen, zumindest ihre Personalien und Adresse angeben."

Wotan kümmerte sich nicht darum, verschwand in einer Seitenstraße. Der Polizist folgte ihm, kehrte aber schon bald wieder zurück.

„Der Kerl ist spurlos verschwunden, als hätte er sich in Luft aufgelöst", murmelte er vor sich hin.

Dann wandte er sich Thomas zu.

„Was war das für ein sonderbarer Kerl. Sie haben ihn doch offensichtlich gekannt."

„Nein", log Thomas, „ich traf ihn vor ein paar Minuten in der Fußgängerzone. Er fragte nach dem Weg zum 'König Ludwig Biergarten'. Und ich sagte ihm, ich käme mit, hätte nur noch kurz etwas in der Bank zu erledigen. Wissen Sie, dieser seltsam aussehende Kerl, der auch so ein bißchen ein altertümliches Deutsch sprach, interessierte mich."

Die zwei zuerst angekommenen Polizisten nahmen nun die Aussagen Helenes und Thomas zu Protokoll, die beiden später eingetroffenen gingen in das Bankgebäude, nahmen die Tasche mit dem Geld mit. Die Psychologin war unterdessen mit der verletzten Bankangestellten zu einem der Polizeiautos gegangen, wo sie diese notdürftig verband. Dann warteten sie auf den Krankenwagen.

Als nun Helene und Thomas ihre Aussagen gemacht und ihre Adressen hinterlassen hatten, wurde ihnen erlaubt zu gehen.

„Sie wollten doch einen Kognac und einen Kaffee", meinte nun Thomas, „ich könnte das nun auch vertragen. Haben Sie Lust mit in ein Straßencafe zu kommen. Ich lade Sie ein."

Sie lächelte.

„Ich habe gesagt 'oder'. Aber ich nehme auch beides, wenn Sie mich einladen."

Sie suchten ein nahe gelegenes Straßencafe auf, nahmen Platz.

„Ich heiße Thomas", stellte er sich nun vor.

„Ich heiße Helene; aber das wissen Sie bereits. Und wer war eigentlich dieser komische Kerl ? Ich bin sicher, Sie kennen ihn, wollten es aber bei der Polizei nicht zugeben. Aus welchen Gründen auch immer. Der hat doch sicherlich mit den Blitzen zu tun. Der redete ja etwas von Blitzen, daß sie vom Blitz erschlagen würden, wenn sie uns nicht freilassen und das Geld zurückgeben. Und gleich darauf passierte es ja dann auch. Ich habe Sie genau beobachtet. Sie waren gar nicht erschrocken als die Blitze aus heiterem Himmel auf die Bankräuber niederfuhren. Mir scheint, Sie haben das erwartet."

Thomas grinste.

„Sie haben gut beobachtet. Ich habe in der Tat nichts anderes erwartet. Das konnte ich vor der Polizei natürlich nicht sagen. Ich will ja schließlich nicht in die Klapsmühle kommen."

„Wieso Klapsmühle?"

„Nun ja, wissen Sie wer der Mann war?"

„Wer war er denn?"

„Er ist Wotan."

„Wotan? Was ist denn das für ein komischer Name? So hieß doch der Obergott der Germanen."

Sie schwieg kurz.

„Nein, das gibt es doch nicht? Sie wollen mich auf den Arm nehmen."

„Nein, ganz und gar nicht. Sie haben es doch selbst gesehen. Wer sonst könnte denn aus heiterem Himmel drei Blitze niederfahren lassen?"

Helene grinste.

„Nun ja, wie Jesus Christus sah er jedenfalls nicht aus."

„Sie können mir ruhig glauben. Ich habe mit ihm schon einiges erlebt. Aber reden Sie nicht darüber. Das glaubt Ihnen kein Mensch. Und denken Sie an die Klapsmühle."

Nach einer knappen Stunde verabschiedeten sie sich. Thomas lief zur Bank zurück, beschwerte sich wegen den 'fehlgelaufenen' Überweisungen, erntete aber nur ein Achselzucken und die Zusicherung, man werde die Angelegenheit umgehend überprüfen. Dann streifte er längere Zeit durch die Innenstadt, suchte auch den 'König Ludwig Biergarten' auf. Wotan traf er allerdings nicht an.

Die Menschenhändlerbande

Zwei Wochen später. An einem sonnigen und warmen Vormittag saßen Thomas und Wotan in einem Straßencafe am Rande der Innenstadt. Sie waren sich zufällig in der Fußgängerzone begegnet. Thomas hatte seinen Sommerurlaub genommen, war morgens in die Stadt gefahren, ohne große Ziele zu haben, nur um ein bißchen durch das Zentrum zu schlendern und irgendwo einen Espresso zu trinken. Thomas hatte so keine rechte Idee zu einem Gesprächsthema, auch Wotan saß schweigend vor seinem Morgenbier. Um überhaupt etwas zu sagen, begann Thomas schließlich.

„Warum legst du eigentlich so großen Wert darauf, daß man dich 'Wotan' nennt, also mit einem 't' in der Mitte. Üblicherweise nennt man dich doch 'Wodan' mit einem 'd' in der Mitte. Der Name 'Wotan' wurde hauptsächlich von Wagner in seinen Opern geprägt, soweit ich weiß. Aber ich kann da natürlich auch falsch liegen, da ich nicht allwissend bin und auch kein Philosoph, der weiß, daß er nichts weiß."

Wotan grinste.

„Da sieht man wieder, daß Philosophie Geschwafel ist. Wenn einer weiß, daß er nichts weiß, dann weiß er doch etwas, nämlich, daß er nichts weiß. Aber dann kann er nicht nichts wissen. Der widerspricht sich doch. Aber egal, das war ohnehin ein Grieche, der an Zeus glaubte. Der geht mich nichts an."

„Du hast aber meine Frage nicht beantwortet."

„Nun ja, ich schätze Wagner, weil er mich so nennt, ich schätze ihn auch als Komponisten. Aber ich nehme es ihm übel, daß er diese gräßliche Söldnertruppe gegründet hat."

Peter schüttelte den Kopf.

„Richard Wagner ist schon seit etwa hundertvierzig Jahren tot, der hat die Söldnertruppe doch gar nicht gegründet. Das waren Russen. Die mißbrauchen seinen Namen."

„Wenn es Russen waren, dann hätten sie diese Truppe nach Iwan dem Schrecklichen nennen sollen. Das hätte besser gepaßt."

„Darüber müssen wir jetzt nicht diskutieren. Also, warum nennst du dich 'Wotan' ?"

Wotan zog die Augenbrauen hoch.

„Also, das müßte dir doch klar sein. Wie klingt denn 'Wodan' ? Doch weich und weibisch ! Aber ich bin ein harter Mann, deshalb muß ich 'Wotan' heißen !"

„Daß du ein harter Mann bist, das weiß ich. Wärst du ein Weichei, dann hättest du es nicht ausgehalten, neun Tage und Nächte kopfüber an der Weltesche Yggastril zu hängen nur um die Kenntnis der Runen zu erhalten. Dann hättest du nämlich in irgendeiner Klosterzelle gehockt und die Zeichen studiert."

„Sie heißt Yggdrasil", belehrte ihn Wotan.

„Das mag sein, aber was hat das mit dem harten 't' und dem weichen 'd' zu tun. Dein Sohn stört sich ja auch nicht daran, daß er 'Donar' heißt und nicht 'Tonar'."

„Das wäre ja noch schöner ! Wie klingt dennn das ? 'Tonar' ! Das hört sich doch an wie 'Tonart' ! Nein, hier ist es das 'o', das den Namen hart und männlich macht."

„Und bei Wodan macht es das 'o' nicht ?"

Wotan antwortete nicht, denn unterdessen hatten sich an einem Nebentisch zwei jüngere, recht hübsche und gut aussehende Frauen niedergelassen, die sich ziemlich lebhaft unterhielten. Thomas versuchte ihr Gespräch mit anzuhören, konnte aber nicht allzu viel verstehen, da sie recht leise, eher undeutlich sprachen, zudem auch englisch miteinander redeten. Auch Wotan lauschte.

„Kannst du etwas verstehen ?" fragte Thomas.

„Moment. Gleich", gab dieser zur Antwort.

Schließlich erhoben sich die Frauen, gingen zur Theke, zahlten. Sie bestiegen dann ein unweit geparktes Auto, fuhren davon.

„Was ist ?" fragte Thomas.

„Also, so richtig schlau geworden bin ich aus ihren Reden nicht. Sie bezeichneten sich als Investigativjournalistinnen. Keine Ahnung, was das ist. Kannst du mir das sagen ?"

„Das sind Journalistinnen, die irgendwelche Skanale, politischer oder gesellschaftlicher Art aufdecken wollen, manchmal auch politischen Verschwörungen und anderen Verbrechen nachgehen, insbesondere, wenn es sich organisierte Kriminalität handelt. Und auf welcher Spur sind die beiden ?"

„Sie redeten von Menschenhändlern, die junge Frauen aus Osteuropa an Bordelle in Deutschland, im Orient und in Nordafrika verkaufen. Was sind eigentlich Bordelle ?"

„Das sind Lokalitäten, wo man gegen Bezahlung mit Frauen bumsen kann."

„Und warum werden sie dorthin verkauft ?"

„Eben um das genau das zu tun. Die machen das ja nicht freiwillig, die werden dazu gezwungen. Und das Geld kassieren natürlich die Bordellbesitzer."

Wotan runzelte die Stirn.

„Das ist keine gute Sache."

„Das ist ein Verbrechen ! Und was die beiden Weiber da treiben, das ist brandgefährlich. Denn wenn die Mädchenhändler auf sie aufmerksam werden, dann sind sie verloren. Die verschleppen sie auch in ein

Bordell, wenn sie die beiden nicht gleich umbringen."

Er dachte kurz nach.

„Ich kann mir eigentlich nicht vorstellen, daß hier in unserer beschaulichen Provinz ein Mädchenhändlerring sein Unwesen treibt. Hast du dich auch nicht verhört ?"

„Nein, ich habe mich nicht verhört."

„Wir müssen etwas tun", stieß nun Thomas hervor, „aber was ? Wir können doch nicht einfach zur Polizei gehen und sagen, daß sich zwei Frauen über einen Mädchenhändlerring unterhielten, der hier in der Gegend einen Schlupfwinkel haben soll. Wir kennen weder die Frauen, noch wissen wir, wo sich dieser Schlupfwinkel befindet. Er muß ja nicht unbedingt hier in der Stadt oder in der näheren Umgebung sein. Die lachen uns doch auf der Polizeiwache aus, wenn wir mit so einer Geschichte kommen."

„Wir müssen Erkundigungen einziehen", schlug Wotan vor.

„Du bist gut. Erkundigungen ? Wir wissen doch gar nicht wo die beiden hingefahren sind."

Wotan stieß einen leisen Pfiff aus. Zwei Raben erschienen.

„Das sind Hugin und Munin", erklärte Wotan, „sie werden die Erkundigungen einziehen."

Er sprach kurz mit den Vögeln. Sie flogen dann davon.

Thomas und Wotan bestellten sich erneut Getränke, Thomas Kaffee, Wotan Bier, warteten. Drei Stunden später kehrten die beiden Raben zurück, berichteten Wotan.

„Was haben sie gesagt ?" fragte Thomas.

„Also, das Räuberlager befindet sich nach euren Maßen etwa zwanzig Kilometer südöstlich von hier, mitten im Wald auf einem Höhenzug."

„Und wo genau ? Wir müssen schließlich die Polizei benachrichtigen."

„Das kann ich nicht sagen. Sie haben mir nur mitgeteilt, welche Richtung man einschlagen muß und wie lange sie geflogen sind."

„Das hilft uns aber jetzt wenig. Und sonst ?"

„Die beiden Frauen wurden gefangen genommen und ins Haus geschleppt."

„Und wie kommen wir jetzt dahin ?"

Wotan stieß einen leisen Pfiff aus. Wenige Augenblicke später trabte ein achtbeiniges Pferd heran. Die Menschen in dem Straßencafe schienen erstarrt, blickten gebannt auf das seltsame Tier.

„Sleipnir wird uns hinbringen. Die Polizei brauchen wir nicht."

Er flüsterte den Raben noch etwas zu. Sie flogen dann davon. Er forderte anschließend Thomas auf, auch das Pferd zu besteigen.

Kurze Zeit später erreichten sie eine Waldlichtung, auf der sich ein größeres Haus sowie einige Nebengebäude befanden, wohl eine aufgegebene Forststation. Mehrere Autos parkten in der Nähe.

„Das scheint eine größere Versammlung zu sein", bemerkte Thomas.

„Ja, sie halten hier einen Thing ab. Munin hat achtundzwanzig Männer gezählt."

„Achtundzwanzig ! Wie sollen wir da die Frauen befreien ?"

„Warte es ab."

Sie stiegen vom Pferd ab, näherten sich vorsichtig dem Haus.

„Was sucht ihr da ? Hände in die Höhe !" ertönte eine Stimme.

Erschrocken fuhr Thomas herum, erblickte einen Mann, der eine Pistole auf sie richtete.

„Marsch ins Haus", befahl dieser.

„Nicht so hastig, junger Mann", sagte Wotan, der sich mittlerweile auch umgedreht hatte, „der Tod kommt früh genug."

„Ja, euer Tod !"

„Nein, deiner."

Im gleichen Augenblick flog ein Hammer heran und zerschmetterte dem Verbrecher den Kopf. Kurz darauf erschien Donar.

„Die Raben haben ihn herbeigerufen", erklärte Wotan dem verdutzten Thomas und fuhr dann an Donar gewandt fort, „hast du Freki und Geri mitgebracht ?"

„Natürlich."

Zwei Wölfe trotteten heran.

„Dann kann es ja losgehen."

„Überlaß die Sache uns", antwortete Donar.

Donar und die Wölfe drangen ins Haus ein. Es dauerte nicht lange, da kehrten sie, begleitet von zehn Frauen aus dem Gebäude zurück.

„Es ist erledigt", sagte Donar lakonisch.

„Was hat das alles zu bedeuten ?" fragte nun eine der Journalistinnen, eine außergewöhnliche Schönheit, schlank, mit schwarzen, langen Haaren, braunen Augen und dunklem Teint.

Sie blickte gebannt auf Wotan und Donar.

„Ich werde versuchen, es euch zu erklären", meinte Thomas.

Ein Rabe flog heran, setzte sich Wotan auf die Schulter, flüsterte ihm etwas ins Ohr.

„Tut mir leid", sagte der zu Thomas, „ich muß dich mit den Weibern alleine lassen, ich habe mit meinen eigenen Schwierigkeiten. Frija und Grid haben Zoff mit Lokis Weib Sigyn. Wir müssen sofort zurück nach Asgard."

Augenblicke später waren alle verschwunden.

„Was war denn das für ein Spuk ?" rief nun eine der befreiten Frauen.

„Regt euch ab, es ist vorbei. Ihr solltet möglichst schnell von hier weg. Es sind ja genügend Autos da", riet Thomas.

„Autos alleine genügen uns nicht. Wir brauchen auch Zündschlüssel", meinte eine andere Frau.

„Die Kerle werden sie eingesteckt haben", entgegnete Thomas.

„Nein, ins Haus gehen wir nicht zurück. Da sieht es gräßlich aus, als hätten die Russen in Irpin gehaust. Die sind alle zerschmettert oder zerrissen", schrie eine dritte.

Eine der Frauen hatte mittlerweile die abgestellten Autos untersucht.

„Hier in dem SUV steckt der Schlüssel", rief sie, „wenn wir ein bißchen zusammenrücken, dann reicht der Platz für uns alle."

„Wir müssen nicht mit euch kommen", meinte nun die schwarzhaarige Journalistin, „wir haben unser eigenes Auto. Es steht in der Nähe. Und der junge Mann kann mit uns kommen."

„Und wo sollen wir hin ?" fragte nun eine.

„Natürlich zur Polizeizentrale in der Stadt", lautete Thomas' Antwort.

„Und wo befindet die sich ?"

„Stellt euch doch nicht dümmer an als ihr seid. In dem Auto befindet sich doch sicher ein Navi."

Die acht bestiegen nun den SUV, fuhren davon.

Die Schwarzhaarige wandte sich an Thomas.

„Danke für die Hilfe. Ich heiße Emanuela, meine Kollegin heißt Mary. Sie spricht aber kein Deutsch. Wir sind Amerikanerinnen, Investigativjournalistinnen. Wir waren einem internationalen Mädchenhändlerring auf der Spur."

„Ich heiße Thomas. Ihr habt da ein sehr gefährliches Spiel getrieben. Das hätte übel ausgehen können."

„Ja schon, wir glaubten aber vorsichtig zu sein. Dich und den Einäugigen habe ich doch in der Stadt im Straßencafe gesehen. Ihr saßet am Nebentisch. Wie kommt ihr hierher ? "

„Wotan hat euer Gespräch belauscht. Ich hielt euer Vorhaben für brandgefährlich und sagte ihm, es kann übel ausgehen. Und so haben wir beschlossen euch zu helfen."

„Das wäre es ja auch um ein Haar. Ich sah mich schon in einem Bordell im Orient. Aber wer ist Wotan ?"

„Das ist der Einäugige."

„Und der andere mit dem Hammer ?"

„Das ist Donar ?"

„Wotan ? Donar ? Was sind denn das für Typen ? Ich habe noch nie von ihnen gehört."

Thomas grinste.

„Das wundert mich jetzt nicht, daß ihr nichts wißt. Schließlich seid ihr ja Amerikanerinnen. Dabei sind doch zwei Wochentage nach ihnen benannt."

Emanuela blickte ihn leicht grantig an.

„Zwei Wochentage ? Was soll denn das heißen ?"

„Zum einen 'wednesday' nach Wotan, zum andern 'thursday' nach Donar. Man nennt ihn nämlich auch Thor."

„Den Namen Thor habe ich schon mal gehört. Das war doch so ein komischer nordischer Gott."

Thomas atmete tief durch.

„Das war kein komischer Gott. Er war der germanische Wettergott. Er war der stärkste aller Götter. Wir nennen ihn hier Donar, daher auch der Name Donnerstag, denn er ist auch der Gott des Donners. Und Wotan, sein Vater, ist der oberste Gott der Germanen. In Skandinavien nennt man ihn auch Odin."

„Und die sollen jetzt hier gewesen sein ?"

„Natürlich, wir befinden hier schließlich in 'germany'."

„Du willst mich wohl auf dem Arm nehmen."

Thomas grinste.

„Nein, ich möchte dich lieber in den Arm nehmen. Aber das darf man ja zu euch Amerikanerinnen nicht sagen. Das gilt ja bereits als sexuelle Belästigung."

Er pausierte kurz.

„Und glaube mir, es ist so, wie ich dir gesagt habe. Ich lüge nicht, mache keine Scherze."

Emanuela runzelte die Stirn, überlegte kurz.

„Ja, und was sollen wir nun der Polizei erzählen? Da im Haus liegen doch mehr als zwei Dutzend zerschmetterte Leichen."

„Ihr seid Journalistinnen, habt doch sicher Phantasie. Laßt euch etwas einfallen. Ich komme jedenfalls nicht mit zur Polizei. Laßt mich vorher aussteigen."

„Nein", erklärte Emanuela bestimmt, „du kannst dich nicht drücken. Du kommst mit zur Polizeistation. Und wenn du dich weigerst, dann lassen wir dich hier. Dann kannst du zurück in die Stadt laufen."

Leicht zerknirscht willigte Thomas ein.

Auf der Polizeistation

Die acht Frauen waren bereits eingetroffen als die drei auf der Polizeistation ankamen. Es schien dort ein ziemliches Durcheinander zu herrschen, wie sich aus dem nach draußen dringenden Stimmengewirr schließen ließ.

„Was wollen Sie hier?" fragte der Beamte an der Eingangspforte leicht mürrisch.

„Wir wollen eine Aussage machen hinsichtlich eines Mädchenhändlerrings", sagte Emanuela.

„Ist das etwa der gleiche, von dem die Horde da drinnen redet?"

„Höchstwahrscheinlich."

„Dann ist das jetzt unmöglich. Erst müssen die da drinnen ihre Aussagen machen. Kommen Sie am besten morgen wieder. Hinterlassen Sie aber bitte ihre Namen und ihre Adressen."

„Wir sind zwei Investigativjournalistinnen, Amerikanerinnen, sozusagen auf der Durchreise", erklärte nun Emanuela, „wir haben hier keine Anschrift und unsere Adressen in Amerika helfen Ihnen kaum weiter."

„Aber Sie haben doch sicher ein Hotelzimmer?"

„Nein, bisher nicht."

„Warten Sie", seufzte der Beamte und griff zum Telefon.

Wenige Minuten später erschien ein jüngerer Mann, der sich als Kommissar Kemmer vorstellte. Er führte sie in sein Büro.

„Es tut mir leid, aber es geht im Moment hier alles drunter und drüber. Es sind insgesamt acht Damen angekommen, die angeblich von einem Frauenhändlerring verschleppt wurden. Sie reden alle durcheinander. Nur drei von ihnen sprechen Deutsch. Und Sie sind auch in die Sache verwickelt?"

„In gewisser Weise schon. Meine Kollegin und ich sind Investigativjournalistinnen und der Bande auf die Spur gekommen, gerieten aber unglücklicherweise in die Hände der Verbrecher", erklärte Emanuela.

„Und der Herr? Was hat er mit der Sache zu tun?"

„Er war in gewissem Sinne in unsere Befreiung verwickelt."

Kemmer schüttelte den Kopf.

„Eine merkwürdige, völlig verworrene Sache. Soviel wir bisher aus den Damen herausbekommen konnten, die reden ja alle durcheinander, soll ein etwa zwanzig Kilometer von hier entferntes Forsthaus ein Schlupfwinkel des Frauenhändlerrings sein. Sie sagten aus, sie seien teils durch Gewalt, teils durch falsche Versprechungen dorthin verschleppt worden und sollten als Sexsklavinnen in den Orient, nach Afrika oder Südostasien verkauft werden. Aber das unglaublichste an der Sache ist, sie reden konfuses Zeug, ein riesiger Mann mit einem gewaltigen Hammer in den Händen, begleitet von zwei Bluthunden oder Wölfen, sei plötzlich erschienen. Sie hätten die gesamte anwesende Bande getötet und die Frauen befreit. Eine sagte sogar, sie habe einen Gaul mit acht Beinen gesehen. Aber keine konnte sagen, wo sich dieses Forsthaus überhaupt befindet."

„Da kann ich Ihnen vielleicht helfen", mischte sich nun Thomas ein, „haben Sie eine Detailkarte der Gegend?"

„Selbstverständlich haben wir so etwas."

Er öffnete eine Schublade seines Schreibtisches, zog eine Karte heraus, entaltete sie.

„Hier müßte es sein", sagte Thomas nach kurzem Blick auf das Blatt.

Der Kommissar lächelte befriedigt.

„Endlich einmal eine nützliche Information."

Er überlegte kurz.

„Sie scheinen vernünftige Leute zu sein. Und ich denke, ich erhalte von Ihnen vernünftige Aussagen. Ist es Ihnen möglich morgen um neun Uhr zu kommen ? Dann haben wir sicher mehr Zeit und auch bereits den Tatort gesichtet."

Er grinste.

„Sie werden doch wohl kaum heute Abend nach Amerika zurückfliegen."

„Nein, das haben wir nicht vor. Morgen früh geht in Ordnung", erwiderte Emanuela, „aber besorgen Sie bitte einen Dolmetscher, meine Kollegin spricht kein Deutsch."

Sie verabschiedeten sich, verließen die Polizeiwache.

„Wir werden uns jetzt erst einmal ein Hotelzimmer suchen", meinte Emanuela, „aber es wäre schön, wenn wir uns heute Abend nochmals treffen könnten."

„Das wäre mir recht", entgegnete Thomas, „treffen wir uns vorm Schloß. Im Schloßpark gibt es ein nettes Gartenlokal, in dem wir zwanglos miteinander plaudern können. Ist dir sieben Uhr recht ?"

„Ja, das geht in Ordnung."

„Über Wotan und Donar mußt du mir jetzt nichts erzählen" begann Emanuela, nachdem sie im 'Schloßgarten' – Lokal Platz genommen hatten, „ich habe mich mittlerweile aus dem Internet informiert. Aber völlig unwahrscheinlich kommt mir die Sache schon vor. Das ergibt auch eine tolle Story, wenn es sich als wahr herausstellt."

„Das ist genau der Punkt", erwiderte Thomas, „wie will man das beweisen. Und ich habe auch echt keine Lust in einer Klapsmühle zu landen. Stell dir das doch einmal vor. Das ist doch genau so als würde plötzlich Jesus auftauchen. Und ich habe auch keine Ahnung, wie ich das morgen dem Kommissar erklären soll. Vor allen Dingen habe ich deshalb eine Bitte an dich und Mary: erwähnt bitte auf keinen Fall, daß ihr uns in dem Straßencafe gesehen habt. Das würde mich in ziemliche Verlegenheit bringen. Ich werde einfach sagen, ich sei mit dem Kerl wandern gegangen und zufällig an dem Forsthaus vorbeigekommen. Über Donar und die Wölfe weiß ich nichts. Wotan und ich waren ja auch gar nicht im Haus, also an den Vorgängen dort nicht beteiligt.

Etwas Gegenteiliges können die befreiten Frauen ja auch nicht aussagen."

„Sehr glaubwürdig wird das aber nicht klingen."

„Darauf kommt es gar nicht an. Hauptsache ist, man verwickelt sich nicht in Widersprüche. Und ich sage dir auch ganz ehrlich, ich gehe gerne in der Gegend wandern und bin schon oft an dem Forsthaus vorbeigekommen. Aber ich hätte niemals vermutet, daß dies ein Schlupfwinkel einer Mädchenhändlerbande ist. Und die Sache ist auch deshalb etwas heiß, weil das Forsthaus und die Umgebung zum Besitz des Fürsten von Karspenstein gehören."

„Das heißt, da drängt sich der Verdacht auf, daß der Fürst Kontakt zu der Bande hat. Du meinst, er stellte ihnen dieses abgelegene Forsthaus für ihre Machenschaften zur Verfügung?"

„Das kann man nicht so einfach sagen. Das heißt ja noch lange nicht, daß der Fürst mit der Bande unter einer Decke steckt. Möglicherweise hat er das Forsthaus in gutem Glauben einem Strohmann vermietet."

„Das kann sein. Aber, wie habt ihr uns eigentlich gefunden?"

„Wotans Raben haben euch aufgespürt. Wir sind dann auf Sleipnir hierher geritten. Wotan hatte unterdessen die Raben zu Donar geschickt und ihn um Unterstützung gebeten. Und der kam mit den Wölfen. Den Rest kennst du ja."

Die Nacht im Hotelzimmer

„Das war heute ein turbulenter Tag", meinte Emanuela schließlich, „es wäre mir lieb, wenn ich die Nacht nicht alleine verbringen müßte. Und du hast doch eine Belohnung verdient."

Thomas grinste.

„Du gefällst mir, ganz ehrlich. Ich komme mit unter einer Bedingung."

„Und die wäre?"

„Daß du mir das Gefühl gibst, es nicht als Belohnung zu machen, sondern weil es dir gefällt, mit mir zusammen zu sein. Ich möchte die Nacht genießen. Du verstehst, was ich meine?"

„Sicher. Das war jetzt nur scherzhaft gemeint. Ich habe nicht vor ein Opfer zu bringen. Und ich verspreche dir, du wirst es nicht bereuen. Ich will ja schließlich auch meinen Spaß haben."

Sie liefen zum Hotel, das nicht allzu weit entfernt lag. Emanuela begab sich zur Rezeption, ließ sich den Zimmerschlüssel geben, bedeutete dann Thomas, der sich derweil etwas im Hintergrund gehalten hatte, durch eine Handbewegung ihr zu folgen.

„Möchtest du etwas trinken ?" fragte sie, nachdem sie sich im Zimmer auf dem Sofa niedergelassen hatten, „ein Glas Sekt vielleicht, zur Einstimmung ?"

„Meinst du, ich muß mir Mut antrinken ?" erwiderte er in leicht ironischem Unterton.

Sie lachte.

„Sehe ich denn so gefährlich aus ?"

„Nein, ganz im Gegenteil."

„Aber irgend etwas hast du. Du schaust so verlegen drein."

Thomas schwieg.

„Na, was hast du denn ?" forderte ihn Emanuela nun auf, „klappts bei dir nicht ?"

„Nein, es ist etwas anderes. Wir kennen uns erst ein paar Stunden. Du gefällst mir, bist mir sympathisch. Ich mag dich, habe mich sogar in bißchen in dich verliebt. Ich weiß daher nicht, ob es recht ist."

Emanuela runzelte die Stirn.

„Was sollte nicht recht sein ?"

„Daß ich jetzt gleich mit dir schlafe. Du sollst nicht denken, daß ich dich für eine Hure halte. Es ist doch so: wir haben uns unter ungewöhnlichen Umständen zufällig kennengelernt. Wir haben keine gemeinsame Zukunft. Du wirst sicherlich nach Amerika zurückfliegen, wenn die Sache hier erledigt ist. Ich bleibe hier."

Emanuela lachte.

„Wenn du sonst keine Probleme hast ! Vielleicht bin ich eine Hure. Was ist denn dabei ? Aber so eine richtige bin ich nicht. Ich verlange kein Geld."

„Trotzdem, ich weiß nicht, ob du dich nicht mißbraucht fühlst. Ich will dir auch deine Ehre und Würde nicht nehmen."

„Rede doch jetzt keinen Quatsch. Wenn du Jungfräulichkeit als Ehre ansiehst, dann kannst du sie mir nicht nehmen. Die habe ich schon lange nicht mehr. Auf eine solche Ehre kann ich auch gut verzichten. Ich bin selbstbewußt und selbständig. Hast du ein Problem mit selbstbewußten und selbständigen Frauen ?"

„Nein, natürlich nicht. Die sind mir sogar lieber als irgendwelche verklemmten Wesen."

„Na, also. Und wenn ich es nicht wollte, dann hätte ich dich gar nicht mit hierher genommen. Aber zwei Bedingungen stelle ich schon. Ich möchte es genießen und ich möchte, daß du hinterher bei mir bleibst, mir Geborgenheit gibst. Ich brauche das nach den Aufregungen des Tages."

„Ich verspreche es dir."

„Also", dachte er, „vergeuden wir die Nacht nicht mit nutzlosem Geschwätz, sondern nutzen sie."

Er hielt es aber für unzweckmäßig dies laut zu sagen, meinte daher.

„Lassen wir uns Zeit, niemand drängt uns."

Eng umschlungen erwachten sie am folgenden Morgen. Thomas wunderte sich, daß er in solch einer Stellung überhaupt hatte schlafen können. Aber er fühlte sich ausgeruht. Es klopfte an der Tür. Emanuela öffnete. Es war Mary, fragte ob sie mit zum Frühstück komme. Sie sah Thomas, der noch im Bett lag. Sie lächelte süffisant. Und er hatte den Eindruck, ihr Blick sage, daß sie gar nichts anderes erwartet habe.

Vernehmungen

Kurz nach neun Uhr fanden sie sich auf der Polizeistation ein. Sie wurden gebeten zu warten oder in zwei Stunden wieder zu kommen, da der Kommissar gegenwärtig sehr beschäftigt sei. Sie entschieden sich für das Letztere, suchten ein Straßencafe in der Nähe auf.

„Ich kann mir vorstellen", meinte Emanuela, „daß es dort drunter und drüber geht. Die haben doch sicherlich mittlerweile das Forsthaus aufgesucht und das Massaker entdeckt."

Gegen halb zwölf kehrten sie zur Polizeistation zurück. Der Kommissar empfing sie mürrisch.

„Also, ich fange mit Ihnen an", begann er mit Blick auf Emanuela und Thomas, fuhr dann mit Blick auf Mary fort, „Sie müssen sich leider noch gedulden. Der Dolmetscher hat erst um ein Uhr Zeit. Sie können solange im Besucherzimmer warten oder auch gehen und dann wiederkommen,"

Emanuela übersetzte. Mary entschied sich fürs Warten im Besucher-zimmer.

Er wandte sich dann wieder Emanuela und Thomas zu.

„Bitte setzen Sie sich. Möchten Sie Kaffee?"

Sie mochten. Er drückte eine Klingel. Ein jüngerer Polizist erschien. Der Kommissar befahl ihm drei Tassen Kaffee zu bringen.

„Also, das ist der unglaublichste Fall, der mir je untergekommen ist", begann er, nachdem sie sich niedergelassen hatten, „also, aus den Frauen, die aus den Händen dieser Mädchenhändler befreit wurden, war nicht allzu viel herauszubringen; aber es muß wohl wahr gewesen sein. Wir haben das Forsthaus aufgesucht. Dort sah es aus wie auf einem Schlachtfeld, als hätten die Wagner – Söldner gehaust."

Er lachte.

„Nach unseren ersten Erkenntnissen handelt es sich um einen dicken Fisch, um die Führung der 'Krasnyye Giyeny', der 'Roten Hyänen', einer russischen Mafiaorganisation, spezialisiert auf Menschenhandel, Prostitution, Kunstraub, Rauschgift; ihr Anführer, Vladimir Schurkinin, war früher ein hoher KGB – Offizier. Er ist auch unter den Toten. Es muß sich um ein wichtiges Treffen gehandelt haben."

Er pausierte kurz.

„Eigentlich dürfte ich Ihnen das gar nicht sagen. Aber ich möchte Sie warnen. Die Organisation ist noch lange nicht zerschlagen. Reden Sie also nicht öffentlich über die Sache; das gilt besonders für Sie als Journalistin, Emanuela; wer weiß, wie die noch lebenden Banden-mitglieder reagieren."

Er trank einen Schluck Kaffee, fuhr dann fort.

„Kommen wir zur Sache. Nach unseren bisherigen Erkenntnissen wurden alle mit einem schweren Gegenstand erschlagen oder von wilden Tieren zerrissen. Die Geschichte von dem Kerl und dem Hammer und den Wölfen könnte also stimmen. Kein einziger der bisher untersuchten Toten wies Stich- oder Schußverletzungen auf."

„Das deckt sich teilweise mit unseren Recherchen", unterbrach ihn nun Emanuela, „wir waren auf einen internationalen Menschenhändlerring gestoßen, der seinen Sitz vermutlich in Berlin hat. Er betreibt nicht nur Menschenhandel, ich sage das jetzt einmal so ganz allgemein. Es geht nämlich nicht nur um Prostitution, sondern auch um so Vermittlung von

Arbeitskräften. Es handelt sich hierbei allerdings um sogenannte illegale Arbeitskräfte. Die Menschen werden unter falschen Versprechungen hinsichtlich guten Lohns angeworben und dann aber unter elendsten Bedingungen bei kargem Verdienst gehalten. Und wer sich auflehnt, der verschwindet spurlos. Man kann das auch als moderne Sklaverei bezeichnen. Aber das ist noch nicht alles. Hinzu kommen noch Drogenhandel, illegales Glücksspiel und so weiter. Der oberste Boß soll ein Berliner Clanchef sein, der natürlich nach außen hin ein seriöser Geschäftsmann ist. Und es sollen auch einige prominente Politiker mit ihm unter einer Decke stecken. Von 'Krasnyye Giyeny' wußten wir allerdings nichts."

Der Kommissar lächelte.

„Das ist ein interessanter Hinweis. Es könnte also durchaus sein, daß hier zwei Organisationen eine Kooperation planten. Die Ermittlungen stehen allerdings erst am Anfang. Und auf 'Krasnyye Giyeny' sind wir deshalb gekommen, weil wir Schurkinin einwandfrei identifizieren konnten. Aber sagen Sie, wie sind Sie eigentlich auf das Forsthaus gekommen?"

„Wir hatten erfahren, daß sich eine größere Gruppe hochrangiger Führer der Organisation dort zu einer Besprechung versammelten. Auch ein Vertreter des Clanchefs, sowie ein hochrangiger Politiker sollten teilnehmen, der Clanchef selbst aber nicht. Wir erhofften dort nähere Information zu erhalten."

„So, so, na, das werden wir später im Detail besprechen."

Er wandte sich dann an Thomas.

„Und Sie ?"

„Ich habe damit wenig zu tun. Mein Begleiter und ich waren wandern. Wir sind zufällig dort vorbeigekommen."

„Das können Sie doch Ihrer Großmutter erzählen. Ich glaube Ihnen kein Wort."

„Das mag sein, aber mein Begleiter und ich haben mit der Geschichte wirklich nichts zu tun. Ich war auch gar nicht im Haus. Das können Sie nachprüfen. Sie können dort so lange nach genetischen Fingerab-drücken von mir suchen wie Sie wollen. Sie werden nichts finden."

„Das werden wir klären. Verlassen Sie sich darauf. Und daß Sie die Kerle nicht erschlagen haben, das glaube ich Ihnen gern. Sie sehen mir nämlich nicht so aus als könnten Sie einen schweren Hammer schwingen. Das spielt aber jetzt keine Rolle. Aber wer war denn nun Ihr Begleiter? Der Beschreibung nach sah er aus wie ein alter Wikinger, war in Fell gekleidet und trug eine Augenklappe. Und der mit dem Hammer war so ähnlich gekleidet, trug aber keine Augenklappe."

Thomas grinste leicht.

„Mein Begleiter nannte sich Wotan."

„Wotan? Wotan? Diesen Namen habe ich doch schon irgendwo gehört. In welchem Zusammenhang aber?"

Er wandte sich seinem Computer zu, tippte etwas ein.

„Aha, hier haben wir es, Wotan Burrson, Isländer. Es war ein Banküberfall mit Geiselnahme vor zwei Wochen. Eine merkwürdige Geschichte. Die drei Täter wurden nach Verlassen des Gebäudes von Blitzen aus heiterem Himmel erschlagen. Dieser Kerl war Zeuge, hat sich allerdings vom Tatort entfernt. Er wurde aber zwei Tage später aufgegriffen, ein Streifenpolizist hatte ihn wiedererkannt. Na ja, mit seiner Aussage konnten wir wenig anfangen."

Er stutzte.

„Ein Thomas S. wurde bei diesem Banküberfall als Geisel genommen. Das sind doch Sie."

„Ja, ich war eine der Geiseln."

„Und sie sagten aus, daß sie diesen Kerl, seinen Namen wußten Sie angeblich nicht, kurz zuvor kennengelernt hatten und mit ihm, nach Erledigung einer Angelegenheit in der Bank, zu einem Biergarten gehen wollten."

Er blickte Thomas dabei scharf an.

„Ja, das habe ich ausgesagt", gab er zu, „und es entsprach ja auch der Wahrheit."

„Also hören Sie mal. Die Bankräuber wurden damals von Blitzen aus heiterem Himmel getötet. Und nun wurde eine ganze Bande von einem Kerl mit zwei Wölfen ausgelöscht. Achtundzwanzig Männer, von einem einzigen Kerl und Wölfen mit dem Hammer erschlagen oder zerrissen. Und dieser Wotan ist auch in der Nähe. Das gibt es doch nicht, jedenfalls nicht normalerweise. Da steckt etwas dahinter. Und Sie wissen das. Sie waren jedesmal mit dabei. Das ist doch kein Zufall. Sie verschweigen etwas. Aber ich sage Ihnen, das hier ist kein Spiel. Es geht um die Aufklärung eines schweren Verbrechens ! Und Sie verschweigen etwas ! Ich sage Ihnen eins: entweder Sie reden oder ich beantrage Beugehaft für Sie. Das ist mein voller Ernst."

Thomas brummte etwas vor sich hin.

„Beugehaft oder Klapsmühle, das kommt auf das gleiche heraus."

„Wieso kommen Sie auf Klapsmühle ?"

„Weil ich dort hinkomme, wenn ich die Wahrheit sage."

„Und was ist die Wahrheit ?"

„Ganz einfach: Wotan ist Wotan !"

„Ja, und wer ist Wotan ?"

„Das wissen Sie nicht. Wo sind Sie denn zur Schule gegangen ?"

„Ich war auf einer hessischen Gesamtschule. Aber was hat das damit zu tun ? Langsam verliere ich die Geduld."

„Also, Wotan ist der oberste Gott der Germanen. Und er kam auf die Erde, weil es ihm in Asgard langweilig war. Er hat ja auch nichts mehr zu tun, seitdem Europa christianisiert wurde. Na ja, jetzt wird es bald islamisiert, aber das bringt ihm auch keine Beschäftigung."

„Unterlassen Sie gefälligst diese fremdenfeindlichen Ausfälle", schnauzte ihn der Kommissar an.

„Ich bin nicht fremdenfeindlich", verteidigte sich Thomas, „ich habe auch keine rassistischen Vorurteile. Emanuela kann das bestätigen."

Thomas konnte ein Grinsen nicht verbergen.

Der Kommissar blickte ihn böse an.

„Unterlassen Sie gefälligst diese dummen Sprüche. Sagen Sie die Wahrheit oder Sie kommen wirklich in Beugehaft."

„Also, um es kurz zu machen. Wotan war Wotan, die beiden Wölfe waren Freki und Geri. Und der mit dem Hammer war Donar. Wotan hatte das Gespräch von Emanuela und Mary mitangehört. Er sandte dann seine beiden Raben Hugin und Munin aus. Die haben herausgefunden, daß die beiden gefangen genommen worden waren und wo sie sich befanden. Wir sind dann auf Sleipnir, das ist das achtbeinige Pferd, dorthin geritten. Wotan ließ unterdessen durch seine Raben Donar zur Unterstützung rufen. Der brachte Freki unf Geri mit. Und die drei haben dann unter den Verbrechern aufgeräumt. Das ist alles. Nehmen Sie das bitte zu Protokoll. Ich werde es unterschreiben und meine Aussage vor jedem Gericht beeiden. Und dann können Sie mich meinetwegen in eine Klapsmühle einweisen."

Der Kommissar schluckte.

„Und das soll ich zu Protokoll nehmen ? Mein Chef, der Hauptkommissar, reißt mir den Kopf ab, wenn er das liest oder er läßt mich in eine Klapsmühle einweisen."

„Ja, aber etwas anderes kann ich Ihnen nicht erzählen. Das ist die Wahrheit."

„Und es hat sich genau so abgespielt", pflichtete Emanuela bei, „die Wahrheit ist eben manchmal nicht so einfach wie man das gern hätte. Sie ist manchmal unbequem."

Der Kommissar atmete tief durch.

„Das ist doch gar nicht der Kern der Sache. Die Tatsachen liegen doch offen zutage: achtundzwanzig Leichen, mit einem Hammer erschlagen oder von wilden Tieren zerrissen. Aber was hat sich in dem Forsthaus abgespielt ? Sie wissen das genau. Doch anstatt mit der Wahrheit herauszurücken tischen Sie mir eine abenteuerliche Räuberpistole auf. Sie wollen doch etwas vertuschen."

„Und was sollten wir vertuschen wollen ?" fragte Thomas.

Der Kommissar brummte etwas vor sich hin.

„Andererseits, Ihre Erzählung ist so haarsträubend, daß man sie schon fast für wahr halten muß. Wer kann sich schon solche Lügenmärchen ausdenken."

„Das ist ja auch die Wahrheit", beteuerte Emanuela.

„Ja, wie soll es sich denn sonst zugetragen haben ?" warf Thomas ein, „sehe ich etwa so aus als könnte ich alleine mit einem Hammer mehr als zwei Dutzend Männer erschlagen."

„Nein, Sie sehen nicht besonders kräftig aus. Nach unseren Erkenntnissen wurden elf mit einem Hammer erschlagen und siebzehn von wilden Tieren zerrissen."

„Auch elf sind eine ganz schöne Menge. Und wie ein wildes Tier sehe ich nun wirklich nicht aus. Haben Sie schon einmal elf Männer innerhalb weniger Minuten mit einem Hammer erschlagen ?"

„Was soll denn das jetzt heißen ?" empörte sich der Kommissar.

Er beruhigte sich aber gleich wieder.

„Nun, eine ganze Bande hat ja nicht im Haus gewütet", meinte jetzt Emanuela, „das hätte die Spurensicherung feststellen müssen."

„Das habe ich auch gar nicht behauptet", erwiderte der Kommissar, „ich habe doch gesagt, es waren ein Mann und zwei wilde Tiere. Den Bißverletzungen nach waren es hundeähnliche Tiere um es einmal konkret zu sagen."

„Es waren Wölfe", bekräftigte Emanuela.

„Meinetwegen waren es Wölfe", seufzte der Kommissar, „aber was schreibe ich nun ins Protokoll ? Das geht doch an meinen Vorgesetzten und an den Staatsanwalt."

„Ich verstehe Sie ja voll und ganz", erwiderte Thomas, „aber wir können Ihnen doch nichts vorlügen. Sonst belangt man uns am Ende noch wegen uneidlicher Falschaussage."

Es klopfte an der Tür. Der Dolmetscher trat ein.

„Mit Ihnen bin ich jetzt erst einmal fertig. Wir kommen ohnehin nicht weiter. Sie können erst einmal gehen. Aber Sie müssen sich zur Verfügung halten. Ihre Adressen und Telefonnummern habe ich ja. Mal sehen, was mir jetzt diese Mary Smith für Geschichten auftischt."

Der Kommissar klingelte. Der junge Polizist, der den Kaffee gebracht hatte, erschien. Der Kommissar befahl ihm, Mary zu holen. Emanuela und Thomas verabschiedeten sich, verließen das Polizeigebäude.

„Suchen wir erst einmal ein Straßencafe auf", schlug Emanuela vor.

Sie fanden bald eines, welches einen einladenden Eindruck machte, ließen sich nieder.

„Der arme Kerl kann einem fast leid tun", begann Emanuela, „was werden wohl der Hauptkommissar und der Staatsanwalt sagen, wenn sie den Bericht lesen."

Thomas lachte.

„So schlimm liest sich das wahrscheinlich gar nicht. Wenn er natürlich die Sache genau so schildert wie wir ihm das ausgesagt haben, dann werden sie ihn sicher für verrückt erklären. Aber wenn er Verstand hat, dann formuliert er das möglichst unverbindlich, erwähnt einen großen, kräftigen Kerl mit Hammer und zwei Wolfshunden. Das deckt sich ja auch mit dem Ergebnis der Spurensicherung. Da kan ihm keiner etwas am Zeug flicken. Die Namen 'Wotan' und 'Donar' sollte er aber besser nicht erwähnen."

„Und wenn er intelligent ist", unterbrach ihn Emanuela, „dann gibt er uns das Protokoll zu lesen bevor er es an seinen Chef schickt. Das ist für uns ja auch wünschenswert, damit wir bei einer späteren Vernehmung nichts gegenteiliges sagen."

„Hm", erwiderte Thomas, „eigentlich muß er das ja tun, wir müssen doch sicher das Protokoll mit unseren Aussagen unterschreiben."

„Da hast du recht. Aber warum hat er uns das nicht gesagt?"

Thomas grinste.

„Er war vermutlich so verwirrt, daß er es schlichtweg vergessen hat."

Sie schwiegen eine Weile.

„Also", setzte dann Emanuela die Unterhaltung fort, „das hat mich nun alles neugierig gemacht. Ich möchte diesen Wotan und auch Donar wirklich einmal näher kennenlernen. Kannst du ein Treffen arrangieren?"

Thomas schüttelte den Kopf.

„Eigentlich nicht wirklich. Von meiner Seite aus kann ich keinen Kontakt zu ihm aufnehmen. Bisher tauchte er immer unvermittelt auf. Ich weiß also nicht, wann ich ihn wieder treffen werde. Das kann morgen sein oder auch erst in drei Wochen. Ich werde es ihm auf jeden Fall verschlagen. Aber ob er zu einem Treffen mit dir bereit ist, das kann ich natürlich nicht voraussagen."

Emanuela lächelte.

„Ich bin optimistisch, es klappt bestimmt. Es gäbe auf jeden Fall eine gute Story – Wotan und Donar kehren auf die Erde zurück."

„Sei da mal ein bißchen vorsichtig", gab Thomas zu bedenken, „das ist genau so als würde man schreiben, Jesus und Maria Magdalena kehren auf die Erde zurück. Das glaubt doch keiner. Und Photos taugen da auch nicht als Beweis. Man kann doch entsprechend Leute verkleiden. Und selbst der achtbeinige Sleipnir läßt sich durch entsprechende Computertricks so gut produzieren, daß jeder ihn für echt hält."

„Das ist mir natürlich klar. Aber eine gute Story gibt das schon. Die Leute mögen so etwas, lesen das gern. Man muß es nur richtig verpacken. Und kennenlernen möchte ich sie schon, auch um einen Eindruck von ihrer Person und ihren Taten gewinnen. Dann kann man sie auch besser beschreiben. Ansonsten besteht die Gefahr, daß die Geschichten hölzern und trocken wirken. Du verstehst was ich meine?"

Der Überfall

Die polizeilichen Ermittlungen zogen sich hin und so sah sich Emanuela gezwungen ein paar Wochen in der Stadt zu bleiben. Neue Erkenntnisse zu den Geschehnissen im Forsthaus ergaben sich aus den weiteren Vernehmungen Emanuelas und Thomas' allerdings nicht. Die beiden trafen sich nun häufig, unternahmen nicht nur Besichtigungstouren in die malerischen Städtchen in der Umgebung und ausgedehnte Spaziergänge am Abend. Sie führten auch lange Gespräche und verbrachten natürlich auch zahlreiche genußvolle Nächte miteinander. Wotan tauchte längere Zeit nicht auf.

„Vermutlich will er unsere Zweisamkeit nicht stören", meinte Emanuela einmal mit einem süffisanten Lächeln.

Sie saßen an einem warmen Abend an einer einsamen Stelle am Flußufer und unterhielten sich. Die Sonne war gerade untergegangen als eine Gruppe junger Männer südlichen Aussehens vorbeischlenderte. Sie redeten wild durcheinander, einige trugen Flaschen in der Hand, schienen von Emanuela und Thomas zunächst keine Notiz zu nehmen. Auch die beiden beachteten die Männer nicht. Die Gruppe hatte sich bereits wieder etwa zehn Meter entfernt als einer recht laut meinte.

„Habt ihr die geile Puppe da gesehen ? Die fickt garantiert gerne."

„Wir können sie ja mal fragen", entgegnete ein anderer.

Die Gruppe kehrte um.

„Na, Schätzchen, wie sieht's denn aus ?" fragte der erste grinsend, „du wirst bestimmt nicht enttäuscht. Wir sind gut drauf."

Er griff ihr in den Ausschnitt.

„Nimm deine Dreckspfoten weg, du Sauwatz", schrie ihm Emanuela entgegen und gab ihm eine Ohrfeige.

„Die ist ja eine richtige Wildkatze", rief nun der zweite, „bei denen mach es besonderen Spaß."

Und er griff ihr zwischen die Beine. Thomas stürzte sich auf den Kerl.

„Laß sie gefälligst los, du Dreckschwein."

Als Antwort erhielt er einen Schlag ins Gesicht. Er fiel zu Boden, erhob sich aber gleich wieder, trat dem Kerl in den Hintern. Emanuela schrie um Hilfe.

In diesem Augenblick stürmten zwei Wölfe herbei, bissen dem, der

Emanula belästigte und dem Mann neben ihm ins Bein. Ehe sich die Unholde versahen, wurden zwei weitere von ihnen gebissen. Die Kerle packte nun das Entsetzen, die Unverletzten rannten davon, die anderen humpelten aus der Gefahrenzone.

Wotan erschien. Er lachte.

„Das wäre jetzt erledigt. Mit Geri und Freki ist eben nicht zu spaßen. Aber das mag für heute genügen. Ich kann ja nicht immer ein Blutbad anrichten. Das bringt schließlich Euch nur Ärger."

„Du hättest sie ja auch in die Hölle holen können", sagte nun Thomas, der sich unterdessen wieder gefaßt hatte."

Wotan reagierte zunächst nicht darauf, meinte.

„Deine Visage sieht ja etwas übel aus. Tut es weh?"

Thomas spielte den Tapferen.

„Es geht."

Wotan grinste, zog ein Tüchlein aus seiner Hosentasche.

„Na, mir scheint, du hast noch Hoffnung in Walhall aufgenommen zu werden, versuchst den Tapferen zu spielen. Wisch dich damit ab. Es wird den Schmerz lindern."

Er schwieg kurz.

„Und was den Teufel betrifft, der ist im Moment in Rußland unterwegs, da soll es so einige Kerle geben, die reif für die Hölle sind. Einer von ihnen heißt Pudding oder so ähnlich. Und dann gibt es noch so einen Irren in Kiwiroff oder so ähnlich, einer Stadt am Danaper. Den wollte er sich auch einmal anschauen, ob er ihn nicht in der Hölle brauchen kann, als Aufseher. Da wollte ich ihn nicht mit solchen Lappalien belästigen. Außerdem will ich nicht von mir aus irgendwelches Gesocks in die Hölle schicken, das er nicht vorher inspiziert hat. Die Hölle ist schließlich sein Revier. Da mische ich mich nicht ein. Ordnung muß sein. Jeder sollte sich nur um seinen eigenen Kram kümmern und sich nicht in alles einmischen, schon gar nicht wenn er von der ganzen Sche nichts versteht, wie das heute auf der Erde bei linken Politikern üblich ist. Das führt nur zu Chaos wie wir wissen."

„Sie sind also Wotan?" unterbrach nun Emanuela seine Rede, „wir haben uns ja bisher nur kurz gesehen. Ich möchte mich daher zunächst einmal recht herzlich für die Rettung aus den Klauen der Mädchenhändler bedanken. Und dann scheinen Sie mir eine recht interessante

Persönlichkeit zu sein. Wissen Sie, ich bin Journalistin und daher neugierig. Ich gehöre aber nicht zu denen, die nichts anderes können als von dummen Ideologien gefärbte politische Meinungen von sich zu geben. Ich kann selbständig denken und urteilen."

Wotan blickte sie zunächst leicht irritiert an, musterte sie dann ausgiebig.

„Also erstens, nenne mich einfach Wotan und sage 'du' zu mir. Was meinst du also mit deiner Rede ? Du bist intelligent und du redest daher keinen Unsinn. Und du bist auch ziemlich braun im Gesicht, an den Armen und Beinen. Und du kannst auch selbständig denken. Von hier bist du jedenfalls nicht. Wo liegt denn das Land, in dem es Weiber gibt, die selbständig denken können ?"

Er wartete allerdings keine Antwort ab, sondern fuhr fort.

„Ich verstehe aber trotzdem nicht, was du meinst."

„Na ja, du bist doch ein germanischr Gott. Und Germanentum", sie blickte Thomas an, „ich habe doch recht, gilt heuzutage in Deutschland als Ausdruck rechtsextremistischer und fremdenfeindlicher Gesinnung."

Wotan lachte.

„Die Germanen hatten ihre Götter, die Römer, die Griechen, die Kelten, die Inder und so weiter. Die Juden haben ihren Gott, die Christen, die Muselmanen. In dem Ort, den ihr Christen als Himmel bezeichnet, alle Götter haben ihren eigenen Himmel, kommen wir ganz gut miteinander aus, obwohl wir in vielen Dingen unterschiedliche Ansichten haben. Das liegt daran, daß wir zu der Erkenntnis gekommen sind, daß jeder von uns nicht immer und überall recht hat. Ihr auf der Erde seid von dieser Erkenntnis noch weit entfernt."

„Ich sehe, wir können uns über viele Dinge geistvoll unterhalten", meinte nun Emanuela.

„Ja natürlich", entgegnete Wotan, „und ich rede auch gern über alles. Aber reden macht durstig. Suchen wir also einen Biergarten auf. Es ist ja auch noch nicht so spät."

Der Abschied

„Nachdem nun alle uns betreffenden Untersuchungen abgeschlossen sind, werde ich morgen in die USA zurückfliegen", meinte Emanuela als sie drei Tage später nachmittags in einem Straßencafe zusammensaßen, „mein Chef sehnt sich schon nach mir."
Thomas grinste.
„Hast du etwa ein Verhältnis mit ihm ?"
Sie lachte.
„Nein, das war jetzt nur im übertragenen Sinn gemeint. Er möchte mit mir unbedingt neue Projekte durchsprechen. Das klappt am Telefon oder per email nicht so optimal. Weißt du, er gehört zu jenen Männern, die gern große Helden wären, denen aber der hierfür erforderliche Mut fehlt. Er führt zwar gern große Reden, ihm fallen auch stets kernige Sprüche, Schlagzeilen und Überschriften ein. Aber ansonsten ist er bieder und brav, ein richtiger Ehekrüppel, der voll unter dem Pantoffel seiner Frau steht. Er würde zwar gerne mit mir schlafen, hätte aber dann ein schlechtes Gewissen und würde es seiner Frau beichten. Und die ist eine Furie. Die würde über mich herfallen, mich vor aller Welt schlechter machen als ich bin, behaupten, ich hätte ihn zum Ehebruch verführt. Nein, mit solchen Männern macht es keinen Spaß. Die können ja nicht einmal so richtig aus sich herausgehen. Die bekommen ja schon ein schlechtes Gewissen, wenn sie ihren Spaß dabei haben."
Thomas grinste.
„Bei mir war das anders. Du hast mir das schlechte Gewissen genommen."
Emanuela lachte.
„Nun, dann habe ich ja etwas Gutes bewirkt. Aber ich schließe auch aus deinen Worten, daß du die letzte Nacht mit mir verbringen willst."
„Du etwa nicht ?"
„Doch, schon."
„Na, dann sollten wir aber die Nacht nicht zu spät beginnen lassen."

„Jetzt müssen wir uns aber wirklich bald trennen", begann Thomas als sie am nächsten Morgen beim Frühstück zusammensaßen, „unsere Zeit ist vorbei. Ich werde dich aber immer in bester Erinnerung behalten. Ich bringe dich aber noch zum Flughafen, wenn du magst. Ich habe mir heute extra freigenommen."

Emanuela blickte ihn leicht skeptisch an.

„Was heißt 'unsere Zeit ist vorbei' ? Vorerst ist sie das wohl. Aber wir können doch in Kontakt bleiben. Du kannst ja auch einmal nach Boston kommen oder ich hierher."

Sie grinste.

„Wenn es dich nicht stört, daß ich zwischendurch ein paar andere Männer hatte. Ja, wie eine Nonne werde ich nicht leben. Das kannst du nicht von mir erwarten. Aber gräme dich nicht deswegen, denke nicht, du seiest nur einer von vielen. Nein, du bist etwas Besonderes. Jeder ist etwas Besonderes."

Sie grinste.

„Fast jeder."

Thomas atmete tief durch.

„Das ist eine merkwürdige Bedingung."

„Was heißt merkwürdig. Ich sagte dir doch, ich bin selbständig, lebe mein Leben selbstbestimmt. Und ich lasse mich nicht binden und festlegen, vorläufig jedenfalls nicht, vielleicht später einmal. Und ich betrüge dich nicht, bin ehrlich zu dir, spiele dich auch nicht gegen andere Männer aus. Und in der Zeit, in der wir zusammen sind, bin ich dir auch treu."

Thomas fuhr sie zum Flughafen. Dann trennten sie sich endgültig.

Am Abend unternahm Thomas eine Fahrradtour, ließ sich irgendwann auf einer Bank am Flußufer nieder, las in einem Buch.

„Bist du jetzt frustriert weil sie weg ist ?"

Eine Stimme ließ ihn aufblicken. Wotan stand vor ihm.

„Ja und nein", antwortete Thomas, „weißt du, es war schon eine herrliche Zeit mit ihr. Es war aber auch eine Ausnahmesituation, ein gemeinsames Abenteuer oder auch eine Art Urlaub. Den Alltag haben wir nicht zusammen erlebt. Verstehst du, was ich meine ? Es ist doch so: was man am Anfang heftig begehrt, wird oft nach einiger Zeit lästig. Vielleicht wären wir uns bald gegenseitig auf die Nerven gegangen. Sie liebt die Ungebundenheit und ich im Grunde auch. Ich habe zwar wegen meines Berufs einen geregelten Tagesablauf, muß mich da in ein System einordnen, aber nach Feierabend bin ich frei, kann tun, was ich will, bin niemandem Rechenschaft schuldig. Und wenn man diese kurze freie Zeit mit einem Weib teilen muß, dann fühlt man sich bald unfrei, weil man auf ihre Interessen und ihre Launen Rücksicht nehmen muß."

Wotan grinste.

„Ja, da fühlt man sich wie in einem russischen Straflager. Aber glaube mir, das hängt vom Weib ab. Manche sind erträglich, manche weniger erträglich."

„Das beruhigt mich jetzt. Kannst du mir eine Erträgliche empfehlen ? Emanuela ist ja jetzt weg."

„Nein, ich bin doch kein Heiratsvermittler. Und in Walhall gibt es keine Weiber. Aber ich werde einmal Freyja fragen. Die kennt sich da aus."

Er pausierte kurz.

„Ansonsten bist du mich jetzt auch los. Ich habe erst einmal genug von eurer Erde, ich ziehe mich nach Asgard zurück. Ins richtige Asgard, nicht zu der Tarnadresse in Island."

„Und dort bleibst du dann bis zur Götterdämmerung ?"

Wotan lachte.

„Ich lege mich nicht fest. Vermutlich besuche ich die Erde bald wieder. Ich muß mich erst einmal ein bißchen ausruhen. Aber ich komme sicherlich nicht so schnell wieder hierher, in diese Stadt. Es gibt ja so viele Länder. Vor allen Dingen will ich mir einmal dieses Land anschauen, wo es diese braunen Weiber gibt, die selbständig denken können. Weißt du, vermutlich habe ich damals nicht alles richtig gemacht mit den Männern und Weibern. Und diese Christenmönche haben das dann völlig verpfuscht. Außerdem will ich auch wissen, wo diese sexuell diversen Menschen herkommen. Ich habe sie nicht gemacht. Und der Christengott und der Gott der Muselmanen haben auch abgestritten, daß sie diese gemacht haben."

Thomas grinste.

„Es soll da in Asien ein Land geben, in dem die Götter zwei-geschlechtlich sind. Und wenn sie bei den Menschen Weiblichkeit und Männlichkeit in verschiedenen Verhältnissen mischen, kommt eine sexuelle Diversität zustande."

„Ein guter Rat" entgegnete Wotan, „ich werde oben nachfragen, wo dieses Land liegt. Vielleicht besuche ich auch einmal Emanuela. Es kann ja sein, daß sie meine Hilfe braucht."

Er verabschiedete sich dann, verschwand. Thomas vertiefte sich wieder in sein Buch, las noch, bis die einbrechende Dunkelheit es nicht mehr erlaubte. Dann fuhr er nach Hause zurück.

Das geheimnisvolle Tal

Jürgen unternahm an jenem warmen und sonnigen Himmelfahrtstag eine größere Fahrradtour. Sie führte über Messel, Münster, Babenhausen zunächst nach Stockstadt und von dort aus den Main entlang nach Seligenstadt, wo er eine längere Pause einlegte. Gegen fünf Uhr nachmittags trat er die Rückfahrt an. Er wählte nun eine etwas andere Route, fuhr über Rodgau und Rödermark nach Eppertshausen, wollte von da aus weiter durch den Wald nach Messel fahren. Es wurde bald dämmrig, was ihn verwunderte, da es erst kurz nach sechs Uhr war. Der Weg wurde immer schmaler und schlechter, er mußte absteigen, das Fahrrad schieben.

„Ich habe mich offensichtlich verirrt", dachte er, „aber wie ist das möglich? Ich bin den Weg doch bereits öfters gefahren."

Er überlegte, ob es nicht besser sei umzukehren. Doch dann überwog die Neugier.

„So wirklich verirrt kann ich mich nicht haben", sagte er sich, „ich muß doch bald das Ende des Waldes erreichen. Bis Messel sind es maximal noch drei Kilometer."

Und ein Blick auf seinen Kompaß zeigte ihm, daß er auch nicht in die falsche Richtung fuhr. Nach kurzer Zeit besserte sich der Zustand des Weges und er konnte wieder das Fahrrad besteigen. Bald erreichte er den Waldrand und erstaunte. Er befand sich auf einer Anhöhe und etwa hundert Meter unter ihm lag ein weiter, ebener, etwa kreisförmiger Talkessel, an dessen ihm zugewandten Rand ein größeres Dorf lag und etwa in der Mitte erblickte er eine größere Industrieanlage. Er holte sein Fernglas aus der Gepäckträgertasche. Das Dorf wirkte nicht ungewöhnlich, bestand aus überwiegend ein- oder zweigeschossigen Häusern, er erblickte auch einen Bahnhof, eine Kirche. Eine Bahnlinie und eine Straße führten nach Nordwesten, mündeten in eine Schlucht.

Bei der Industrieanlage schien es sich um eine Grube zu handeln, an die sich eine größere Verladestation anschloß. Er konnte eine große Diesellokomotive und einige Waggons erkennen, der Art wie sie üblicherweise zum Transport von Schüttgut verwendet werden. Ein Schienenstrang führte in Richtung Schlucht, schien sich dort mit der aus dem Dorf herausführenden Bahnlinie zu vereinigen. Ihm fiel auch auf, daß der Talkessel ringsum von recht steilen, bewaldeten Wänden begrenzt wurde.

„Was mag das wohl sein ?" fragte er sich, „also Messel ist dieses Dorf auf jeden Fall nicht, seltsam. Ich wohne zwar noch nicht allzu lange in Darmstadt, kenne die Umgebung auch noch nicht so gut, aber andere Ortschaften kommen nicht in Frage. Und einen so weiten Talkessel sollte es hier schon gar nicht geben. Der sieht ja aus wie der Einschlagskrater eines riesigen Meteoriten."

Er holte seine Fahrradkarte, seine Kamera und sein Notizbuch, in das er stets bei jeder Rast den Kilometerstand eintrug, aus der Gepäckträgertasche. Nein, solch ein Talkessel war da nicht eingezeichnet und Darmstadt - Kranichstein konnte maximal zehn Kilometer entfernt liegen. Er beschloß nach kurzem Überlegen, sich dieses merkwürdige Dorf anzuschauen. Es war ja auch noch nicht spät, erst dreiviertel sieben. Außerdem mußten die Straße und die Bahnlinie aus dem Talkessel herausführen. Alles andere machte ja keinen Sinn. Da aber das Tal einen schönen Anblick bot, nahm er noch einige Photos auf bevor er den Weg nach unten einschlug. Auf halber Höhe erblickte er eine Frau, die auf einer Bank saß und in einem Buch las. Sie war blond, recht hübsch, trug eine Jeanshose und ein bedrucktes T-Shirt. Jürgen hielt an, stieg vom Fahrrad.

„Entschuldigen Sie; ich glaube, ich habe mich ein bißchen verfahren. Wie heißt das Dorf da unten ?"

Sie schaute kurz auf, antwortete nicht gerade freundlich:

„Das ist Alarichshausen."

Sie vertiefte sich dann wieder in ihrem Buch, schien kein Interesse an einer weiteren Unterhaltung zu haben. Er erreichte das Dorf, fuhr kurze Zeit durch die verwinkelten Straßen, schaute sich nach Hinweisschildern und Wegweisern um, fand aber nichts. Schließlich suchte er die nahe des Bahnhofs gelegene Gaststätte auf um nach dem Weg zu fragen. Es war auch die einzige im Ort. Sie war recht gut besucht. Er fand aber einen freien Tisch, nahm Platz, bestellte einen Kaffee. Auf der Theke stand ein Bildschirm, auf dem eine Landkarte zu sehen war. Die Entfernung war aber zu groß um Einzelheiten erkennen zu können. Er erhob sich, ging zu ihm hin, konnte aber nichts sehen.

„Wahrscheinlich so ein neumodischer Flachbildschirm, wo man das Bild nur aus einer bestimmten Blickrichtung sieht", brummte er leise vor sich hin.

Er betrachtete ihn aus mehreren Blickwinkeln, aber die Landkarte blieb verschwunden. Er ging zu seinem Platz zurück, sah von dort aus die Landkarte wieder, konnte allerdings erneut keine Details erkennen. Er trank seinen Kaffee, winkte dem Schankmädchen um ihm zu bedeuten, daß er zahlen wolle. Sie kam herbei. Sie hatte ihn offenbar zuvor beobachtet, denn sie fragte ihn, ob ihm etwas fehle, da er sich so merkwürdig benommen habe. Jürgen antwortete, ihm fehle nichts, er habe eine Fahrradtour unternommen, wolle nun nach Darmstadt zurück, habe sich offenbar verfahren, wolle nun nach dem Weg fragen. Er lebe erst seit kurzem in Darmstadt, kenne sich daher in der Gegend noch nicht so sehr aus. Er habe die Landkarte auf dem Bildschirm gesehen, wollte dort nachschauen, aber als er vor dem Bildschirm stand war die Landkarte verschwunden.

Das Schankmädchen lächelte.

„Das ist ein Trick um die Gäste zu belustigen, einer der Scherze, die sich der Wirt erlaubt. Die Stammgäste kennen das natürlich, aber die Fremden fallen darauf herein. Da ist nämlich ein Sensor eingebaut. Und wenn man näher als fünfzig Zentimeter herankommt, dann schaltet sich der Bildschirm aus. Aber ich kann Ihnen den Weg zeigen. Sie müssen allerdings ein bißchen warten. In einer halben Stunde habe ich Dienstschluß. Dann kann ich weg."

Jürgen bestellte noch einen Kaffee, zahlte gleich. Sie kam dann vierzig Minuten später zu ihm; sie verließen das Lokal. Das Schankmädchen gefiel ihm, er nahm sie unwillkürlich in den Arm. Sie hatte nichts dagegen, ihr schien es zu gefallen. Sie erklärte ihm den Weg, meinte dann.

„Wegweiser brauchen wir nicht. Es gibt ja nur eine Hauptstraße und die führt nach Darmstadt."

Sie lächelte.

„Aber warum willst du heute noch wegfahren ? Es lohnt sich doch nicht mehr. Es wird bald dunkel. Du kannst dir ein Zimmer im Gasthaus nehmen. Sie haben Zimmer frei. Offiziell. Ich wohne auch dort. Du kannst dann bei mir schlafen. Es würde mir gefallen. Auch Jürgen gefiel das Mädchen. Er ging daher gerne auf ihren Vorschlag ein. Sie kam dann allerdings mit zu ihm auf sein Zimmer. Sie verbrachten die Nacht zusammen.

Am nächsten Morgen fühlte er keine große Lust weiterzufahren, sondern eher das Verlangen diese merkwürdige Gegend näher kennenzulernen.

„Es sollte kein Problem sein, ein paar Tage hierzubleiben", meinte das Schankmädchen, „wir haben gegenwärtig wenig Gäste und das Zimmer ist sicher noch frei. Du wirst dich aber alleine umsehen müssen, ich kann nicht mitkommen, ich habe meine Arbeit."

Sie verließ dann das Zimmer.

Jürgen überlegte. Im Prinzip konnte er bleiben. Seine Wohnung hatte er gestern in einem Zustand verlassen, der einige Tage Abwesenheit erlaubte. Er hatte heute frei, auch am Montag Urlaub genommen, da er ursprünglich über das verlängerte Wochenende hinweg eine kleine Reise ins Altmühltal unternehmen wollte, sich es aber dann doch anders überlegte. Allerdings hatte er gestern zur Fahrradtour nur wenig Geld mitgenommen, das nicht reichte um das Zimmer bis Montag zu bezahlen. Er ging daher zunächst in die Gaststube hinunter, frühstückte, wunderte sich, daß ihn der Wirt bediente und nicht das Schankmädchen. Der Wirt schien seine Gedanken zu erraten.

„Lisa hilft in der Gaststube nur aus, wenn Not am Mann ist. Sie ist eigentlich für die geschäftlichtlichen Angelegenheiten zuständig, erledigt jetzt die Buchhaltung."

Jürgen fragte den Mann, ob es hier am Ort eine Bankfiliale mit einem Geldautomaten gebe."

Der Wirt schaute ihn leicht verwundert an.

„Natürlich."

Und er erklärte dann Jürgen wo sich die Bankfiliale befand. Nach dem Frühstück begab sich Jürgen dorthin, konnte problemlos Geld abheben, lief dann zur Gaststätte zurück, fragte den Wirt, ob er das Zimmer bis Montag behalten könne. Der schaute in seinem Computer nach, meinte dann.

„Ihr Zimmer ist leider vergeben, ich habe aber noch etwas frei. Es ist etwas größer, kostet zehn Euro mehr pro Nacht", er lächelt süffisant, „es liegt aber etwas weiter von Lisas Zimmer entfernt."

Jürgen grinste.

„Daran soll es nicht scheitern."

Er überlegte, ob er nicht erst nach Hause zurückfahren solle und frische Wäsche und auch einige Toilettenartikel zu holen. Doch dann entschied er sich anders, sagte sich, er wolle erst einmal nachsehen, ob er die Sachen in dem kleinen Supermarkt, der ihm auf dem Weg zur Bank-filiale aufgefallen war, besorgen könne. Dabei spielte natürlich auch die Überlegung eine Rolle, dieses geheimnisvolle Tal könne ver-schwunden sein wenn er zurückkommt. Er fand in dem Laden was er benötigte. Er kaufte außerdem noch eine Badehose, ein Badetuch, zwei belegte Brötchen und eine Flasche Linomade. Er brachte die Wäsche in das neue Zimmer, packte die Badesachen, die Brötchen und die Limonade in die Gepäckträgertasche, brach dann mit dem Fahrrad auf. Er fuhr zunächst die Straße entlang bis zum Rande des Talkessels. Die Strecke betrug etwa sechs Kilometer. Sie mündete dort in eine leicht aufwärts führende Schlucht, die am Ausgang recht breit war, sich aber nach ein paar hundert Metern abrupt verengte und dann nur noch Platz für die Straße und die zweisträngige Eisenbahnlinie bot. Es war ihm bereits beim Verlassen des Dorfes aufgefallen, daß die Bahnschienen auf einem sanft ansteigenden Damm verliefen, der bis zum Schlucht-ausgang eine Höhe von etwa vierzig Metern erreichte. Dort vereinigte sich der Schienenstrang mit der zweigleisigen, aus Richtung der Verladestation herankommenden Strecke. Da er das Ende der Schlucht nicht sehen konnte, überlegte er, ob er nicht der Straße folgen solle, meinte dann aber, dies habe Zeit und er entschloß sich erst einmal das Tal zu erkunden. Er folgte einem recht gut ausgebauten Feldweg. Ackerbau wurde nur in einem Streifen von etwa drei Kilometern um den Rand des Talkessels betrieben. Es wurden Getreide, Mais, Kartoffeln und Raps angebaut. Zur Mitte des Talkessels hin erstreckten sich Wiesen, auf denen teilweise Kühe grasten. Sie waren von kleinen

Seen durchsetzt, deren Uferregionen fast ausschließlich als Naturschutzgebiete ausgewiesen waren. Nur ein größerer See schien als Freizeitgebiet genutzt zu werden. Es führte vom Dorf, das etwa drei Kilometer entfernt lag, eine Straße hierhier, die in einem recht großen Parkplatz endete. Unweit davon, vielleicht fünfzig Meter vom Seeufer entfernt, stand ein flaches, längliches Gebäude, das Umkleideräume, Toiletten und auch einen Kiosk beherbergte, vor dem eine größere Zahl Tische und Stühle standen. Es herrschte aber kein Betrieb. Er fuhr weiter zum südlichen Rand des Talkessels, dessen Durchmesser gemäß der Anzeige seines Fahrradcomputers etwa fünfundzwanzig Kilometer betrug. Neben Feldern erblickte er dort zwei etwa drei Kilometer lange und fünfhundert Meter breite offensichtlich künstlich angelegte Teiche, die sich an den Rand des Talkessels anschmiegten. Die Bereiche waren eingezäunt, auf dem Gelände stand jeweils ein größeres Haus.

„Sieht aus wie große Fischteiche", dachte er sich, „vielleicht werden dort Forellen gezüchtet."

Es war Mittag geworden. Jürgen suchte sich ein schattiges Plätzchen unter einem Baum, holte die Flasche mit der Limonade und die belegten Brötchen aus der Gepäckträgertasche hervor, ließ sich im Gras nieder, begann nachzudenken.

„Wo bin ich hier eigentlich gelandet ?" fragte er sich, „abgesehen davon, daß der Talkessel nicht auf meiner Karte eingezeichnet ist, wirkt hier nichts ungewöhnlich. Die Menschen hier sehen hier völlig normal aus, auffällig ist lediglich, daß die meisten blond und blauäugig sind. Sie kleiden sich normal, sprechen normales Deutsch. Was es im Supermarkt an Lebensmitteln, Getränken und Toilettenartikel zu kaufen gab, das sind alles bekannte Marken, bei den Autos, die mir unterwegs begegnet sind, handelt es sich um bekannte Typen, das Geld ist das gleiche und die Einrichtung der Zimmer im Gasthaus ist auch so, wie ich es von anderen Gasthöfen gewohnt bin."

Er hatte einige Jahre zuvor in einem utopischen Roman über die Existenz von Parallelwelten gelesen, fragte sich nun, ob er nicht vielleicht in einer Parallelwelt gelandet sei, erinnerte sich an die seltsame, einige Zeit anhaltende Dämmerung im Wald am Vortag. Je länger er sich besann um so unwahrscheinlicher erschien es ihm allerdings in einer Parallelwelt gelandet zu sein. Der Talkessel paßte nicht in diese Vorstellung. Parallelwelten, so hatte er damals gelesen, entstehen durch Aufspaltung des Universums in zwei identische Teile in einer fünften Dimension. Sie haben bis zur Teilung die gleiche Entwicklungsgeschichte, erst hinterher entwickeln sie sich unterschiedlich. Ihm fiel ein, daß dieser Talkessel grob dem Nördlinger Ries ähnelte, das vor etwa fünfzehn Millionen Jahren durch den Einschlag eines Meteoriten entstanden war. Auch dieser Talkessel konnte das Ergebnis eines Meteoriteneinschlags sein. Aber der mußte auch vor mehreren Millionen Jahren erfolgt sein. Und es erschien ihm vollkommen unwahrscheinlich, daß sich die Menschheit unter diesen Umständen und in diesem Zeitraum genau so entwickelt hatte wie in der ihm bisher bekannten Welt und nun hier Deutsche auf der gleichen Zivilisationsstufe lebten.

Was bedeutete dies also alles ?

Nach etwa zwei Stunden brach er auf, steuerte das Freizeitgebiet an. Es herrschte nun ein wenig Betrieb. Er schlenderte den Strand entlang, erblickte eine Frau, die sich sonnte. Er schritt möglichst unauffällig an ihr vorüber, sie sollte ja nicht den Eindruck gewinnen, daß er sie belästigen wolle, betrachtete sie aber trotzdem so gut es ging. Es bestand kein Zweifel. Sie war die Frau, die er gestern Abend auf der Bank angetroffen und die er nach dem Namen des Ortes gefragt hatte. Er legte sich dann etwa zehn Schritte von ihr entfernt ins Gras, blieb kurze Zeit liegen, stand dann auf um ins Wasser zu gehen. Die Frau folgte ihm ein wenig später. Ohne große Scheu schwamm sie zu ihm hin, sprach ihn an.

„Schön Sie hier zu sehen. Da kann ich mich bei Ihnen wegen meines Verhaltens gestern Abend entschuldigen. Ich war ja etwas unfreundlich. Tut mir leid. Ich hatte mich so in die Lektüre vertieft, daß ich leicht unwirsch wurde, als man mich störte."

„Kein Problem", antwortete Jürgen, „aber wenn Sie heute Zeit haben, dann können wir uns ja nachher am Strand ein bißchen unterhalten. Hier im Wasser geht das schlecht."

„Ja, das wäre nett. Sie haben mich ja auch ein bißchen neugierig gemacht."

Nach einer guten Viertelstunde verließen sie den See.

„Gehen wir rüber zum Kiosk, holen uns etwas zu trinken und lassen uns dann an einem Tisch nieder", schlug Jürgen vor, „im Sitzen redet es sich angenehmer als im Liegen."

„Meinetwegen."

Nachdem sich jeder ein Getränk besorgt hatte nahmen sie Platz.

„Ich möchte mich zunächst einmal vorstellen. Ich heiße Jürgen, ich wohne in Darmstadt, habe eine Stelle als Diplom-Ingenieur an der Technischen Universität, alledings erst seit einem halben Jahr, deshalb kenne ich mich auch noch nicht so recht in der Umgebung aus."

„Und ich heiße Annette, bin Lehrerin an der hießigen Grundschule. Deshalb haben Sie wohl auch gefragt wie der Ort hier heißt?"

„Ja, sicher, als ich hier den Talkessel erblickte, er hat mich etwas an das Nördlinger Ries erinnert, wurde ich neugierig, habe ihn deshalb aufgesucht. Wissen Sie, ich habe vorher in Ulm gewohnt. Ich wußte gar nicht, daß es hier so etwas gibt. Es ist ja auch ein richtiger Talkessel mit recht steilen Wänden. Er ist doch sicherlich auch durch einen Meteoriteneinschlag entstanden. Weiß man da genaueres darüber?"

„Ja, so einiges. Der Einschlag erfolgte, so schätzt man, vor etwa fünf Millionen Jahren. Der Meteorit hatte vermutlich einen Durchmesser von etwa zwei Kilometern, seine Masse bestand zu sechzig Prozent aus Eisen und im Periodensystem benachbarten Metallen wie Titan, Vanadium, Chrom, Mangan, Kobalt und Nickel. Kupfer und Zink enthielt er nur in geringen Mengen. Die Erze werden seit etwa hundertdreißig Jahren abgebaut. Die Grube und die Verladestation haben Sie sicherlich schon gesehen. Das ist aber eine längere Geschichte."

Sie pausierte kurz, nahm ein Schluck Limonade.

„Mich wundert nur Sie hier zu sehen", sie lächelte etwas süffisant, als sei dies nicht die reine Wahrheit, als wolle sie ihm etwas entlocken, doch Jürgen bemerkte das nicht, „Sie schienen mir gestern auf der Durchfahrt zu sein. Hat Sie die Gegend neugierig gemacht? Sind Sie daher heute zurückgekommen um sich ein bißchen umzuschauen? Darmstadt ist ja nicht weit entfernt."

Jürgen wußte ncht so recht, was er antworten sollte. Die Wahrheit konnte er ihr schlecht sagen, doch wirklich anlügen wollte er sie auch nicht.

„Nun ja, ich war bereits etwas müde, habe daher in der Gaststätte eine längere Rast eingelegt, länger als ich eigentlich wollte. Dann war es bereits etwas spät und da habe ich mich kurzfristig entschlossen hier zu übernachten, fragte, ob ich ein Zimmer haben könne. Und ich hatte Glück, es war etwas frei. Und da mir die Gegend gestern Abend auf den ersten Blick gefiel, wollte ich sie mir heute etwas näher ansehen."

Annette lachte.

„Da haben Sie sich jetzt geschickt diskret ausgedrückt. Aber sicherlich hat Lisa den Ausschlag gegeben. Sie ist meine Nichte, hat mir bereits die Geschchte erzählt. Aber machen Sie sich keine Hoffnungen. Lisa ist da etwas eigen. Halten Sie Lisa jetzt nicht für ein Flittchen. Sie ist keine von denen, die mit jedem Mann gleich ins Bett gehen. Aber wenn einer sie sehr beeindruckt, aus welchen Gründen auch immer, dann geht das sehr schnell bei ihr. Und Sie haben ihr offensichtlich gefallen und sie wollte ein schönes Erlebnis mit Ihnen. Das hat sie dann wohl auch gehabt. Und nun ist sie zufrieden. Aber glauben Sie mir, eine Fortsetzung gibt es nicht. Sie ist nicht an einer Bindung interessiert. Außerdem sind Sie ja auch mehr als doppelt so alt wie sie."

Jürgen blickte Annette leicht entgeistert an. Sie fuhr dann fort.

„Seien Sie mir nicht böse, aber ich will nicht um den heißen Brei herumreden. Sie wollen bis Montag bleiben, natürlich wegen Lisa, hoffen auf ein Lustwochenende. Aber daraus wird nichts. Das war eine einmalige Nacht. Sie sind doch ein vernünftiger Mensch. Machen Sie sich also keine Illusionen und lassen Sie bitte Lisa in Ruhe."

„Nein", erwiderte Jürgen, „ich bin Ihnen keineswegs böse, werde auch Lisa nicht belästigen. Das verspreche ich Ihnen. Ich bin ja auch gar nicht speziell wegen Lisa hiergeblieben, sondern wegen der Gegend. Sie wirkt auf mich geheimnisvoll, rätselhaft. Deswegen möchte ich sie ja auch näher kennenlernen."

Annette schüttelte den Kopf.

„Jetzt reden Sie um den heißen Brei herum. Was ist denn hier rätselhaft und geheimnisvoll ?"

„Also, ich sage das jetzt einmal ganz konkret, auch wenn Sie mich nun für geistesgestört halten. Weder der Talkessel noch Alarichshausen sind auf meiner Karte verzeichnet. Und ich frage mich warum. Ich wohne zwar noch nicht allzu lange in Darmstadt, habe aber schon des öfteren Fahrradtouren in die Umgebung unternommen. Und der Talkessel hier ist mir bisher noch nicht aufgefallen. Er hätte mir aber unbedingt auffallen müssen, schließlich ist er ja nicht klein, sondern hat einen Durchmesser von etwa fünfundzwanzig Kilometern, wie ich ausgemessen habe. Zudem sind die meisten Menschen hier blond und blauäugig. Das ist doch ebenfalls auffällig."

Annette lachte.

„Was hast denn du für eine Karte ? Der Talkessel existiert seit fünf Millionen Jahren. Und was ist an unserem Aussehen auffallend ? Wir sind Goten."

Sie hatte unvermittelt zum 'Du' gewechselt.

„Goten ?" wunderte sch Jürgen, „wie kommen denn die Goten in diese Gegend. Die sind doch längst ausgestorben."

„Sehe ich etwa wie ausgestorben aus ?"

„Nein, natürlich nicht. Aber wie kommt ihr hierher ?"

„Das ist eine lange Geschichte. Aber ich will es kurz machen: Nachdem die Mauren in Spanien eingefallen waren und das Gotenreich vernichtet hatten, floh eine Gruppe über die Pyrenäen in den Süden des Frankenreiches. Aber dort fanden sie keine Ruhe. Ständig mußten sie sich der Überfälle und der Raubzüge der Mauren erwehren. Und so zogen sie nach Norden bis an den Rhein. Sie waren Christen gewesen, aber da sie Gott und Jesus nicht vor den Mauren geschützt hatten, wandten sie sich wieder den alten Göttern zu. So an die hundert Jahre blieben sie in ihrem Glauben unbehelligt, aber dann versuchten die Franken sie mit Gewalt zu ihrer Art Christentum zu bekehren. Daher wichen sie in diesen abgelegenen, schwer zugänglichen Talkessel aus. Hier konnten wir Jahrhunderte in Frieden leben, denn das Tal war größtenteil von Sümpfen bedeckt, bot keiner größeren Anzahl von Menschen eine Lebensgrundlage. Es war daher für die Grafen von Katzenelnbogen und später für ihre Erben, den Landgrafen von Hessen-Darmstadt, nicht von Interesse. Und so kamen lediglich ab und zu ein paar Männer, meist zur Jagd, hierher. Die Menschen lebten in Frieden, blieben von den vielen Kriegen und Seuchen verschont. Das änderte sich erst vor etwa einhundertvierzig Jahren als zwei Professoren der Technischen Hochschule in Darmstadt hier Bodenuntersuchungen vornahmen und das Erzlager entdeckten."

Hier brach Annette ihren Bericht ab, sagte sie wolle nochmals zum Schwimmen in den See. Jürgen folgte ihr. Hinterher als sie am Strand in der Sonne lagen hätte er gerne noch mehr erfahren, doch Annette hatte keine Lust zu weiteren Erzählungen, schien vielmehr näheres Interesse an ihm zu haben, fragte ihn nach seinen Lebensumständen, seinen Neigungen, seinen Feizeitbeschäftigungen. Sie begann dann auch bald ihn diskret zu streicheln. Jürgen gefiel dies, erwiderte die Zärtlichkeiten. Er argwöhnte nur, sie habe vorhin mit ihrer Rede ihn von Lisa abbringen und zu sich hinziehen wollen. Aber war Annette eine schlechtere Liebhaberin als Lisa ? Und sie war auch im passenden Alter. Schließlich küßte sie ihn.

„Weiter wollen wir hier aber nicht gehen", meinte sie, „wir haben Zuschauer; es sind sicher einige aus dem Dorf darunter, die mich kennen. Und als Lehrerin muß ich doch in gewisser Weise ein Vorbild sein. Gehen wir noch einmal ins Wasser und fahren dann zu mir nach Hause. Ich bereite dann nicht nur ein leckeres Abendessen zu."
Und Jürgen wurde nicht enttäuscht. Erst nach Mitternacht kehrte er in den Gasthof zurück.

Annette hatte ihm als sie sich verabschiedeten mitgeteilt, daß sie am Morgen bereits früh nach Darmstadt fahren werde um dort etliche Bersorgungen und Einkäufe zu erledigen. Sie hatten daher vereinbart, sich nachmittags um zwei Uhr bei ihr zu treffen und dann zum See zu fahren.
Sie schwammen zunächst eine Weile, legten sich dann am Ufer nieder, schwiegen einige Zeit, genossen die Sonne.
„Wie war es eigentlich möglich, daß ihr so lange unentdeckt leben konntet ? Und hattet ihr da keine Schwierigkeiten euch anzupassen als plötzlich die moderne Zeit, das Indusriezeitalter über euch hereinbrach ?" fragte Jürgen schließlich.
Annette lachte.
„Ich habe mich gestern da wohl etwas mißverständlich ausgedrückt. Der Talkessel hier war zwar schwer zugänglich, aber nicht von der restlichen Welt abgetrennt. Es gab schon Verbindungen zur Außenwelt, wenn ich das so sagen darf, aber es waren fast ausschließlich Verbindungen von innen nach außen und nur wenige von außen nach innen."
Jürgen blickte sie fragend an.
„Wie ist das zu verstehen ?"

„Also, in fange am besten nochmals von vorne an. Unsere Vorfahren, die hierherkamen und sich hier ansiedelten, waren keine unzivilisierten Barbaren. Sie waren mit der römisch geprägten Zivilisation in Süd- und Westeuropa vertraut, im Gegensatz zu den hier lebenden Franken. Es war auch keine kleine Gruppe, sondern etwa tausend Menschen. Unter ihnen waren zahlreiche Schriftkundige, Handwerker, modern ausgedrückt, Schmiede und Mechaniker, Töpfer, Textilhersteller, Kürschner, Lederverarbeiter und so weiter. Insbesondere das Schmiede- und Metallverarbeitungshandwerk blühte auf nachdem man hier Erzlager entdeckt und Schmelzöfen gebaut hatte. Und insbesondere wegen der Beimischungen von Chrom und Mangan ließ sich hochwertiger Stahl herstellen. Diese Metalle wurden hier entdeckt. Im Deutschen Reich und im übrigen Europa waren sie damals noch nicht bekannt. Und wir hüteten auch das Geheimnis. Über die Geschichte der Goten hier gibt es umfangreiche Aufzeichnungen, denn man pflegte die Schreibkunst, richtete auch eine Schule ein, in der die lateinische Sprache, Mathematik, Astronomie und Heilkunde gelehrt wurden. Und dann gab es Verbindungen nach draußen, insbesondere dort, wo die Hänge nicht so steil waren. Es wurden Wege angelegt, die von Reitern und auch von Eselskarawanen begangen werden konnten. Für Gespanne waren sie allerdings ungeeignet. Das war auch nicht beabsichtigt. Man wollte keine Fremden in den Talkessel locken. Es gab wenige Versuche fränkischer Bauern sich hier niederzulassen, aber die wurden vertrieben. Die erste für Gespanne passierbare Straße ließ der Großherzog von Hessen nahe der 'Schlucht' nach Ende der napoleonischen Kriege anlegen."
Sie pausierte kurz, trank einen Schluck Limonade.
„Also", fuhr sie dann fort, „oft verließen junge Männer das Tal um draußen zu lernen, ihre Handwerkskunst zu verbessern, modern ausgedrückt, neue Techniken kennenzulernen. Manche blieben in der Fremde, doch die meisten kehrten zurück. Es wurde auch in bescheidenem Maße Handel getrieben um Güter zu erwerben, die wir nicht besaßen, Salz zum Beispiel. Unsere Händler verkauften ihre Erzeignisse, Lederwaren, Stoffe, Geschirr auf den Märkten in der näheren Umgebung. Bei Eisenwaren, insbesondere den Schwertern und Säbeln, war das anderes. Den Schmieden war bewußt, daß ihre

Erzeugnisse von höherer Qualität und Härte waren als die im Reich hergestellten Waren, wollten daher keine Begehrlichkeiten wecken. Sie waren daher vorsichtig, mieden die Märkte in der Umgebung, verkauften die Waffen in Mainz, in Hanau, in Aschaffenburg und sogar in Würzburg. Und sie hielten ihre Herkunft geheim, gaben vor, aus dem Odenwald oder dem Spessart zu kommen. Die Außenwelt, wenn ich sie einmal so nennen darf, erfuhr von den Erzlagern erst durch die Untersuchungen der beiden Professoren, wie ich dir gestern sagte. Es kam auch zu Eheschließungen mit Menschen von außerhalb. Meist waren es sogenannte 'ehrlose' Frauen, also ledige Mütter, die man verstoßen hatte oder Frauen, welche der Hexerei bezichtigt worden waren und hierher flohen. Aber man erzählt viel Gutes über sie. Eine der bekanntesten Geschichten betrifft die 'Weiße Frau'."

„Weiße Frau?" fragte Jürgen.

„Ich werde sie dir bei Gelegenheit erzählen. Männer kamen auch hierher, allerdings überwiegend üble Burschen, Verbrecher, die ihrer Strafe entgehen wollten. Sie sorgten hier bloß für Ärger, wie man sich heute ausdrückt, wurden daher wieder weggejagt. So, jetzt habe ich erst einmal genug geredet. Ich will nochmals ins Wasser."

„Ich komme mit."

Als sie dann wieder dem See entstiegen meinte Annette,

„Ich habe jetzt Lust auf einen Kaffee und was Süßes. Die haben im Kiosk einen recht leckeren russischen Zupfkuchen. Magst du so etwas auch?"

Sie ließen sich dann an einem freien Tisch nieder.

„Hast du heute Abend schon etwas vor?" fragte Annette.

„Nein, aber deiner Frage entnehme ich, daß du einen Vorschlag hast."

„Richtig geraten. Heute Abend findet auf dem Thingplatz eine Musikveranstaltung statt. Es sind junge Leute aus dem Dorf, sie nennen ihre Gruppe 'Amelungen', nach unserem berühmten Königsgeschlecht. Sie bringen traditionelle gotische, aber auch mittelalterliche deutsche Musik. Interessiert dich so etwas?"

„Ja, sicher, wenn du mich mitnimmst so wie ich aussehe. Ich habe schließlich keine andere Kleidung dabei."

„Kein Problem, wir gehen ja in kein Opernhaus."

Jürgen runzelte die Stirn.

„Du sagtest Thingplatz. Gibt es so etwas hier ?"

„Du weißt, was das ist ?"

„Ja."

„Ich sagte dir ja bereits, daß unsere Vorfahren sich wieder den alten Göttern zuwandten und die alten Traditionen pflegten. Man ließ uns auch Jahrhunderte in Ruhe. Erst als hier die Erzförderung aufgenommen wurde, zwang man uns das Christentum anzunehmen. Aber im Herzen blieben wir unseren alten Göttern treu. Und heute herrscht ja Religionsfreiheit. Den Thingplatz haben wir erhalten und es finden auch noch Things statt, man nennt sie heute aber Bürgerversammlungen und es sind auch Frauen zugelassen."

Sie lachte.

„Die wichtigste Bürgerversammlung des Jahres findet übrigens am Tag der Sommersonnenwende statt und hinterher wird das Sonnwendfeuer entzündet und das Sonnwendfest gefeiert. Es gibt dann auch Met und traditionelle Speisen. Das mußt du unbedingt mal erleben, in drei Wochen ist es soweit."

„Jetzt hast du mich neugierig gemacht. Ich werde kommen."

„Ja, und ansonsten wird er in der warmen Jahreszeit für Freilichtveranstaltungen, Musikkonzerte und Theateraufführungen genutzt."

Gegen halb neun trafen sie sich, brachen zum Thingplatz auf, der etwa einen Kilometer außerhalb des Dorfes lag. Er nahm eine recht große Fläche ein, bot wohl dreitausend Besuchern Platz. Den Abschluß hinter der Bühne bildete eine künstliche Felswand.

Das Konzert gefiel Jürgen, es fand allgemeine Begeisterung und es schienen auch zahlreiche Besucher von auswärts gekommen sein.

„Bleib noch sitzen, es gibt noch etwas interessantes zu sehen", meinte Annette nach Ende der Musikveranstaltung als sich die meisten Zuhörer erhoben und gingen.

„Was denn ?" wollte er wissen.

„Warte es ab."

Nach etwa einer halben Stunde ertönte eine merkwürdig klingende Musik. Jürgen drehte sich um, erblickte eine Gruppe in Fell gekleideter Männer, die seltsam geformte Blasinstrumente trugen."

„Die sehen fast so aus wie Luren", wunderte er sich.

„Die sehen nicht nur aus wie Luren", erwiderte Annette, „das sind Luren."

Die Männer platzierten sich dann rechts und links neben einen Altar oder Opfertisch. Die Musik verstummte. Die Anwesenden, es mochten wohl an die zweihundert Männer und Frauen sein, erhoben sich. Ein Mann mit langen, grauen Haaren und einem langen, grauen Bart trat vor den Altar, verneigte sich, richtete sich wieder auf, hob die Hände in die Höhe, rief laut 'Wodan' und begann dann in einer fremden Sprache zu reden.

„Das ist der Priester, er spricht ein gotisches Gebet", raunte ihm Annette zu.

Als der Alte geendet hatte trat eine junge Frau mit langen, blonden Zöpfen, die ein bis zu den Knien reichendes, ärmelloses Kleid trug, zum Altar hin, erhob ebenfalls die Arme, sprach ein paar Worte, Jürgen konnte nur 'Wodan' berstehen. Dann zog sie aus der Tasche, die sie umhängen hatte, ein Tablet hervor und legte es auf den Altar.

„Warum legt sie das Tablet auf diesen Altar ?" wunderte sich Jürgen.

„Das ist die Opfergabe an Wodan."

„Ein Tablet als Opfergabe ?"

„Still, ich erkläre dir das nachher", raunte Annette ihm zu.

Nun setzte die Lurenmusik wieder ein, der Zug setzte sich, angeführt von dem Priester, in Bewegung, verließ den Thingplatz.

„Das war also ein moderner gotisch – heidnischer Götterdienst", dachte Jürgen als sie den Rückweg ins Dorf antraten, sagte es aber nicht laut, da er fürchtete Annette mit solchen Worten zu kränken, was er natürlich nicht wollte, sondern fragte:

„Was hat denn das zu bedeuten ? Ein Tablet als Opfer für Wodan ?"

Annette lächelte.

„Was hast du denn ? Was ist daran ungewöhnlich ? Wir leben ja schließlich im einundzwanzigsten Jahrhundert. Als sich unsere Vorfahren wieder den alten Göttern zuwandten, begannen sie ihnen auch nach alter Tradition zu opfern. Sie waren lange Christen gewesen, lehnten Menschenopfer ab, später auch Tieropfer. Und so opferten sie Feldfrüchte, Lederwaren, Metallgegenstände, Schwerter. Und heute opfert man eben auch Tablets, DVD – Spieler, iPhones und andere technische Geräte, also moderne Sachen. Warum sollten das die Götter nicht mögen und brauchen können ?"

Jürgen lachte.

„Haben die etwa in Asgard schon elektrischen Strom ?"

Annette wurde ernst.

„Was lachst du denn ? Wieso sollten sie das nicht haben ? Oder glaubst du etwa in eurem Paradies leben sie noch in der Steinzeit ?"

Das Gespräch wurde durch eine seltsame Erscheinung unterbrochen. In etwa einhundert Meter Entfernung schwebte eine weißgekleidete Gestalt vorüber.

„Was ist denn das ?" fragte Jürgen erstaunt, „das sieht ja aus wie ein Gespenst."

Annette grinste.

„Das ist die 'Weiße Frau', die ich heute Nachmittag am See erwähnt habe."

„Ich erinnere mich. Was hat es damit auf sich ?"

„Die Geschichte lautet folgendermaßen: Einst kehrte ein Bursche, er hieß Dietrich, von seiner Wanderung in die Welt nach Alarichshausen zurück. Nahe des Talkessels fand er eine verletzte Frau. Sie hieß Hildegard. Man hatte sie in Dieburg der Hexerei bezichtigt und auch gefoltert um ihr ein Geständnis abzupressen. Es war ihr aber gelungen zu fliehen. Er nahm sie mit, gewann sie lieb und bald heirateten sie. Hildegard war klug, tüchtig und verstand sich in der Heilkunst, konnte vielen Kranken Linderung oder Heilung bringen. Sie gewann Ansehen, wurde von den Menschen geliebt. Als sie eines Tages oben im Wald Kräuter sammelte, wurde sie von zwei Forstgehilfen, welche eine Gruppe Holzhacker beaufsichtigten, erkannt und gefangen genommen. Sie brachten sie nach Dieburg, wo sie vor Gericht gestellt und wegen Hexerei zum Tod auf dem Scheiterhaufen verurteilt wurde. Als die Flammen sie bereits umzingelten flehte sie Donar um Rettung an. Und sogleich zog ein heftiges Gewitter heran. Die gewaltigen Blitze und das furchtbare Donnergrollen entsetzte die Gaffer, den Amtsvogt und seine Gehilfen so sehr, daß sie von Grauem gepackt flohen. Ein gewaltiger Regen stürzte hernieder und löschte die Flammen. Diese hatten bereits die Stricke, mit denen Hildegard gebunden war, erfaßt und so sehr angesengt, daß sie sich leicht befreien und fliehen konnte. Hildegard blieb aber wie durch ein Wunder fast unverletzt. Als sich die Dieburger von ihrem Schrecken erholt hatten und die Flucht der vermeindlichen Hexe bekannt wurde, sandte der Amtsvogt seine Kriegsknechte aus um sie wieder einzufangen. Und sie fanden Hildegard im Wald. Sie schrie um Hilfe, wehrte sich, doch es half nichts. Die groben Gesellen banden sie. Dietrich war nach dem Verschwinden seiner geliebten Frau mit einigen Freunden ausgezogen um sie zu suchen. Sie hatten bereits einige Tage vergeblich die Wälder durchstreift. Sie hörten ihre Hilfeschreie, eilten herbei, stürzten auf die Häscher, befreiten Hildegard. Vier der Schergen mußten ihr Leben lassen, die anderen flohen. Der Amtsvogt war außer sich vor Zorn als er dies erfuhr. Er sandte Boten zum Landgrafen von Hessen nach Darmstadt, forderte die Bestrafung der Goten, da Alarichshausen auf dessen Territorium lag. Nun war aber Dieburg kurmainzisch und damit katholisch, der Landgraf aber Protestant. Der fragte, warum sie die Frau gefangengenommen hätten und die Boten antworteten, sie sei eine Hexe und mit Hilfe höllischer Mächte vom bereits lodernden Scheiterhaufen geflohen. Da begann der Landgraf zu lachen, sagte Hexenwahn sei nichts weiter als katholischer Aberglaube, die Goten hätten recht gehandelt und er denke gar nicht daran irgendwelche Maßnahmen gegen sie zu ergreifen. Dietrich brachte aber Hildegard nach Alarichshausen, wo sie gesund gepflegt wurde, Sie lebte noch lange glücklich mit Dietrich zusammen und wirkte segensreich."

„Eine schöne Geschichte", meinte Jürgen.

„Ja, und sie geht noch weiter. Es heißt, daß sie noch heute an manchen Nächten durch das Tal streift und Segen spendet. Sie läßt die Feldfrüchte wachsen und jeder, der sie erblickt, wird von allen möglichen Leiden befreit."

„Ja, aber das ist doch nur eine Sage."

„Nur eine Sage ? Du hast sie doch eben selbst gesehen."

Jürgen schüttelte den Kopf.

„Ja, ich habe eine weiße Gestalt gesehen, die über das Feld schwebte. Aber es gibt keine Geister, keine Gespenster. Da steckt doch sicherlich ein Trick dahinter. Und du kennst ihn."

Annette grinste, beugte sich zum ihm hin.

„Es ist ein Geheimnis, das darfst du nicht weitererzählen. Wenn du es versprichst, dann verrate ich es dir."

„Ich verspreche es."

„Wir wollen natürlich die Sage am Leben erhalten. Es ist natürlich kein Geist, sondern eine präparierte Drohne, eine Konstruktion des Heimat- und Kulturvereins."

Wenige Minuten später erreichten sie Annettes Wohnung verbrachten eine wundervolle Nacht miteinander.

Sie standen erst am späten Vormittag auf, frühstückten.

„Wir sollten heute nicht schon wieder zum See gehen, du möchtest doch sicher noch etwas mehr von dem Tal sehen. Es gibt zahlreiche Naturschutzgebiete, in denen hier ansonsten eher seltene Pflanzen wachsen und eher seltene Tiere leben."

„Hoffentlich keine Wölfe."

„Nein", beruhigte ihn Annette, „keine Raubtiere und auch keine giftigen Schlangen und Spinnen."

Sie brachen bald auf, durchstreiften auf Fahrrädern fast vier Stunden den Talkessel. Jürgen war erstaunt über Annettes Wissen.

„Es ist meine Heimat und es ist in Deutschland wenig darüber bekannt. Ich habe mir daher vorgenommen, das heißt, ich habe bereits begonnen, ein Buch zu schreiben."

Schließlich ließen sie sich im Gras nieder, holten die mitgebrachten Getränke aus den Fahrradtaschen.

„Ich habe dir schon einiges erzählt, aber du willst doch sicher auch wissen, wie die moderne Welt hier Einzug gehalten hat ? Also, es begann mit den Bodenuntersuchungen der beiden Professoren, die ein reiches Erzlager entdeckten."

„Ja, aber ihr habt doch seit Jahrhunderten hier Erz gefördert."

„Das war aber außerhalb unbekannt."

„Ja, aber sie müssen doch die Erzgrube und den Schmelzofen gesehen haben ?"

Annette lachte.

„Es waren zwei ältere Professoren."

„Du meinst, zerstreute Professoren."

„Nein, das habe ich jetzt nicht so gemeint. Ich sagte zwar, die

Erzvorkommen waren außerhalb unbekannt, aber womöglich doch nicht völlig unbekannt. Sonst hätten sie ja wohl hier keine Bodenuntersuchen vorgenommen. Bald danach begannen Probebohrungen und sie zeigten, daß es sich lohnte, die Vorkommen hier auszubeuten." Annette trank einen Schluck Wasser, fuhr danach fort.

„Die Eisenerzförderung in großem Stil erwies sich dann allerdings als schwierig, zum einen wegen des sumpfigen Geländes, zum anderen wegen des Abtransports. Die um 1820 gebaute Straße erwies sich als völlig ungeeignet, konnte nur von Fuhrwerken befahren werden. Naja, Lastwagen gab es ohnehin noch nicht. Man beschloß daher eine Eisenbahn zu bauen und hierfür an der günstigsten Stelle diese Schlucht nach oben zu graben. Die Trasse war aber steil, konnte nur im Zahnradbetrieb bewältigt werden, was keine schweren Güterzüge erlaubte. Und so blieb die Förderung bescheiden. Der Erzabbau war ohnehin auf Betreiben der preußischen Regierung aufgenommen worden, die auch die Eisenbahnlinie finanzierte. Das Erz wurde dann ins Ruhrgebiet transportiert, da es im Großherzogtum Hessen keine Hochöfen und keine Stahlindustrie gab. Es kamen damals eine größere Anzahl von Arbeitern von außerhalb ins Tal. Sie wohnten allerdings nicht im Dorf, sondern in Baracken nahe der Grube, auch nur die Werktage über, am Samstag Abend begaben sie sich nach Hause zu ihren Familien. Im Dorf wohnten nur der Grubendirektor und ein paar Ingenieure. Eine Änderung trat im Dritten Reich ein. Aufgrund der Autarkiepolitik wurde beschlossen die Förderung drastisch anzuheben. Zunächst wurde das Sumpfgelände durch Gräben entwässert. Anfangs plante man das Wasser auf die Hochebene zu pumpen. Den Plan gab man allerdings wegen der hohen Kosten auf, stattdessen legte man am Südrand des Talkessels die beiden großen Sickerbecken an. Die sind dir doch sicherlich aufgefallen. Dann wurde die neue zweispurige Eisenbahnlinie angelegt und Strecke auch gleich elektrifiziert. Sie wies wegen der bereits hier im Tal beginnenden Dämme und auch wegen der Weiterführung der künstlich angelegten Schlucht auf der Höhe, eine geringere Steigung auf und konnte dank neu entwickelter starker elektischer Lokomotiven auch von schweren Güterzügen befahren werden. Es war sogar geplant, eine achtgleisige Strecke zu bauen, man hatte im unteren Bereich die Schlucht bereits auf ein paar hundert

Meter entsprechend erweitert, die Arbeiten wurden dann wegen der Kriegereignisse eingestellt. Und die Förderung war beträchtlich, sie betrug schließlich drei Millionen Tonnen pro Jahr. Aber auch das brachte keinen Bevölkerungszustrom. Die Arbeiter wohnten weiterhin während der Woche in Baracken nahe der Gruben, im Laufe des Krieges wurden dann auch immer mehr Fremdarbeiter eingesetzt."

Annette nahm einen großen Schluck Wasser.

„Nach Beseitigung der Kriegsschäden, ein Bombenangriff gegen Ende des Krieges hatte einen Großteil der Förderanlagen und der Verlade-einrichtungen zerstört, auch die Bahnlinie war unterbrochen worden, wurde der Erzabbau Mitte 1947 wieder aufgenommen. Er erreichte dann auch fast wieder den alten Umfang. Man hatte mittlerweile auch einen regelmäßigen Personenverkehr zur Grube hin eingerichtet. Die meisten Beschäftigten wohnten in Darmstadt, Messel oder Urberach, kamen morgens hierher zur Arbeit, fuhren abends nach Hause. Nur eine kleinere Anzahl Fernpendler, Wochenendheimfahrer, wohnten noch in den Baracken. Mit der sogenannten Stahlkrise in den 1970er Jahren, als billiger Stahl aus Ostasien den Weltmarkt zu überschwemmen begann, kam beinahe das Aus. Man hatte mittlerweile die obere Erzschicht abgetragen und förderte nun aus größere Tiefe noch immer hochwertiges Erz, aber mit anderer Zusammensetzung. Der Eisenanteil betrug nur noch etwa fünfzig Prozent, der Rest verteilte sich im wesentlichen auf Vandium, Chrom, Mangan und Kobalt. Das erforderte natürlich eine aufwendige chemische Trennung vor der Verhüttung, war daher wirtschaftlich weniger interessant. Die meisten Anlagen wurden abgebaut, die Gruben zugeschüttet oder man ließ sie mit Wasser vollaufen. Das heißt, die Landschaft wurde, wie man das modern ausdrückt, renaturalisiert. Heute werden nur noch etwa zweihundert-tausend Tonnen Erz pro Jahr gefördert, hauptsächlich wegen des Vanadiums, Chroms und Mangans."

Annette lächelte.

„Jetzt habe ich aber genug erzählt. Reden wir nun von schöneren Dingen."

„Und was soll das sein."

Sie grinste.

„Die Liebe, zum Beispiel."

Jürgen grinste auch.

„Darüber sollte man nicht reden, sondern handeln. Das können wir tun, wenn es dunkel ist."

„Warum so lange warten? Dann können wir es auch wieder tun. Jetzt ist es schön warm und niemand stört uns."

Und sie genossen es.

„Du erinnerst an die großen Sickerbecken, von denen ich erzählte", begann Annette als sie sich schließlich erhoben.

„Ja, ich habe sie am Freitag gesehen. Sie sind umzäunt. Wird dort Fischzucht betrieben."

„Ganz genau. Auf dem einen Gelände wird sogar ein Fischlokal betrieben. Die bieten äußerst leckere Fischgerichte an. Es hat aber nur an Wochenenden geöffnet, also auch heute. Wir können dort zu Abend essen. Es ist nicht mehr weit bis dorthin."

Das Essen schmeckte hervorragend. Annette hatte wieder einmal recht gehabt. Als sich die Sonne dem Horizont näherte traten sie die Rückfahrt an. Es war bereits dunkel als sie Annettes Wohnung erreichten. Trotz der Müdigkeit genossen sie den restlich Abend. Erst nach ein Uhr nachts kehrte Jürgen in den Gasthof zurück.

Jürgen erwachte kurz nach acht Uhr, blieb noch eine Weile liegen, dachte nach.

„War das das alles Wirklichkeit, was ich die letzten drei Tage erlebt habe? Aber so lange kann man doch nicht träumen!"

Ein leichter Schauer überkam ihn. In ein paar Stunden mußte er Abschied nehmen. Ein Abschied für immer?

Er kleidete sich an, ging in die Gaststube hinunter.

Nach dem Frühstück beschloß er dann den Ort und die nähere Umgebung noch einmal zu durchstreifen und zu photographieren, seinen Aufenthalt zu dokumentieren. Zum Abschluß betrat er die Kirche. Sie wirkte im Innern recht schmucklos, auffallend waren lediglich die hinter dem Altar an der Wand hängenden großen Holzplatten, deren Zwischenräume ein Kreuz bildeten. Auf den Platten waren Szenen aus dem Neuen Testament dargestellt, Jesus in der Krippe, die Taufe Jesu im Jordan, der Einzug in Jerusalem, Jesus am Kreuz.

„Guten Morgen", ertönte plötzlich eine Stimme hinter ihm.

Jürgen drehte sich um, erblickte den Pfarrer.

„Sie sind einer der wenigen, die sich für die Kirche interessieren. Sind Sie ein Neubürger ?"

Jürgen schüttlte den Kopf.

„Nein, ich unternehme eine Fahrradtour, bin zufällig in das Dorf hier gekommen und wollte mir die Kirche anschauen und ein paar Photos aufnehmen bevor ich weiterfahre. Ich interessiere mich für Kirchen und deren Gestaltung im Innern. Ich tue doch nichts Unrechtes ? Sie war schließlich offen."

„Nein, nein", wehrte der Pfarrer ab, „es ist eben so, die einen kommen zum Beten in die Kirche, die anderen zum Besichtigen. Dabei ist es doch ein Gotteshaus und kein Schaustück. Aber man muß froh sein, daß überhaupt jemand kommt. Gottes Wort will kaum noch jemand hören. Hier ist es besonders schlimm. Die Bewohner wurden erst vor gut hundert Jahren zum Christentum bekehrt, aber nur äußerlich. Die meisten sind in ihren Herzen Heiden geblieben und auch mittlerweile aus der Kirche ausgetreten."

Seine Stimme wurde nun schärfer.

„Sie versammeln sich heute noch auf ihrem Thingplatz, nennen es Bürgerversammlung oder 'Event'. Aber das ist nur Tarnung. Hinterher feiern sie dann ihre heidnischen Bräuche. Und ich predige sonntags vor leeren Reihen. Meist kommen weniger als zehn Besucher zum Gottesdienst, nur an Heiligabend und an Karfreitag sind es ein paar mehr, etwa zwanzig. Und das bei fast dreitausend Einwohnern. Eine Schande ist das. Aber da kann man nichts machen. Religionsfreiheit nennt die Regierung das. Ich nenne es aber Gottlosigkeit."

„Dazu kann ich nicht viel sagen", entgegnete Jürgen, „ich bin zum ersten Mal in Alarichshausen, kenne die Sitten hier nicht."

Er verließ dann die Kirche.

„Was interessiert mich das Geschwafel des Pfarrers. Ich bin schon lange aus der Kirche ausgetreten."

Gegen zwei Uhr suchte er Annette auf um sich zu verabschieden.

„Ich fühle mich heute etwas schlaff, will daher mit dem Zug zurückfahren."

„Wann fährst du ?"

„Um halb vier. Ich weiß, das ist früh. Der nächste Zug geht aber erst um halb sieben. Das ist mir ein bißchen spät. Ich muß morgen wieder arbeiten, habe noch einiges zu erledigen. Aber sei nicht traurig, nächstes Wochenende ist Pfngsten. Da können wir uns wieder treffen, wenn du magst."

„Natürlich mag ich."

„Ach, kannst mir du noch die Nummer deines Mobiltelefons geben ?"

Er schrieb sie auf.

Sie küßten sich lange zum Abschied.

Nachdem er Annette verlassen hatte wuchs seine Nervosität. Die Zeit Abreise rückte näher. Am liebsten wäre er bei ihr im Dorf geblieben. Aber er mußte ja am nächsten Tag wieder auf seinem Arbeitsplatz an der Universität erscheinen. Was erwartete ihn nun ? Kam er wirklich zuhause an oder lag auf der Höhe jenseits der Schlucht eine völlig fremde Welt ? Vielleicht gab es dort sogar eine Stadt namens Darmstadt. Aber war sie mit dem Darmstadt identisch, das er am Donnerstag verlassen hatte ?

Er holte seine Sachen aus dem Gasthaus, begab sich zum Bahnhof. Von dort aus rief er Annette an.

„Was gibt es ?" fragte sie.

„Nichts, ich wollte nur überprüfen, ob ich die Nummer richtig aufgeschrieben habe bevor ich wegfahre."

Mit klopfendem Herzen bestieg er gegen halb vier den Triebwagen nach Darmstadt. Was erwartete ihn ? Sobald der Zug die Schlucht durchquert hatte mußte er eine bekannte Landschaft erblicken. Die nächsten Minuten würden darüber entscheiden, ob er sich die letzten drei Tage in einer anderen Welt oder lediglich in einer ihm noch unbekannten Gegend aufgehalten hatte. Der Triebwagen setzte sich in Bewegung. Er spürte die Müdigkeit nicht, die ihn plötzlich übermannte. Er schlief ein ohne es zu bemerken.

„He, Mann, steh auf, wir sind da."

Jemand stieß ihn sanft an. Er öffnete die Augen, erblickte ein junges Pärchen. Sie sahen wie Punker aus. Ein   dünner, hochgewachsener

Mann mit Irokesenschnitt und feuerroten Haaren, ein zierliches Mädchen mit grünen, langen Haaren und je einem Piercingring in der Nasenscheidenwand und in der Oberlippe.

„Wo sind wir?" fragte er noch im Halbschlaf.

„Na, in Darmstadt, im Hauptbahnhof, hier ist Endstation."

Jürgen war sichtlich verwirrt.

„Ja, aber das kann doch nicht der Triebwagen aus Alarichshausen sein, der Waggon sah doch anders aus."

Der Bursche blickte ihn mißtrauisch an.

„Alarichshausen? Nie gehört. Wo soll das denn liegen?"

„Das ist er Zug aus Aschaffenburg", fügte nun das Mädchen hinzu, „und du bist in Babenhausen eingestiegen."

„Ich bin wohl gleich eingeschlafen?"

„Ja, das ist richtig", meinte das Mädchen.

Jürgen riß sich zusammen.

„Wißt ihr, ich habe die letzten Tage eine längere Tour durch den Spessart unternommen. Ich bin dann mit dem Fahrrad nach Babenhausen weitergefahren, da ich in Mainaschaff den Zug verpaßte und ich nicht auf dem Bahnhof auf den nächsten warten wollte. Ich war müde, bin eingeschlafen, habe geträumt, bin jetzt noch nicht so richtig wach. Entschuldigt, wenn ich Unsinn geredet habe. Ich bin in Ordnung, brauche nur noch einen Moment um richtig zu mir zu kommen."

Das Pärchen gab sich mit der Antwort zufrieden, entfernte sich. Jürgen nahm sein Fahrrad, verließ den Zug. Die Uhr am Bahnsteig zeigte 16:04 h an.

Er setzte sich erst einmal auf eine Bank.

„Ich bin am Donnerstag gegen fünf Uhr in Seligenstadt losgefahren, kann daher nicht gegen vier Uhr in Darmstadt angekommen sein. Es ist also unmöglich Donnerstag. Aber welchen Tag haben wir heute? Wirklich Montag? Wo war ich dann die Zeit über?"

Er ging nach oben, kaufte an einem Kiosk eine Tageszeitung: Montag, 30. Mai 2022! Kein Zweifel.

Er setzte sich auf die nächste Bank, die er fand.

„Ich bin vor vier Tagen zu dieser Fahrradtour aufgebrochen. Das ist sicher. Den Triebwagen habe ich etwa um halb vier bestiegen, kam etwa um vier Uhr mit dem Zug aus Aschaffenburg in Darmstadt an. Das ergibt etwa eine halbe Stunde Fahrzeit. Das könnte der Strecke von Babenhausen nach Darmstadt entsprechen. Aber wie kam ich nach Babenhausen? Die Stelle, an der ich den Talkessel erreichte liegt doch etwa fünfzehn Kilometer von Babenhausen entfernt, „und wo bin ich in den dreieinhalb Tagen gewesen?"

Er fuhr zu seiner Wohnung zurück, fand dort alles so vor wie er sie verlassen hatte. Er legte die Sachen einfach ab, setzte sich an seinen Computer, überspielte den Speicherchip seiner Kamera: die Landschaftsaufnahmen, die Bilder vom Bahnhof, der Verladestation, der Gaststätte, der Kirche, des Thingplatzes, des Freizeitgebietes, die Photos von Annette: alles war vorhanden. Ihn schauderte. Wie war das möglich?

Er verbrachte eine recht unruhige Woche, war oft geistig abwesend. Sein Zimmerkollege an der Universität bemerkte das.

„Was ist mit dir los?" fragte er einmal, „du bist so komisch in den letzten Tagen."

„Nichts?" antwortete Jürgen.

„Nichts! Das gibt es nicht. Hast du etwa Streß mit deiner Freundin? Ich wußte gar nicht, daß du eine hast."

„Ich habe auch keine."

Über die Vorgänge vom vergangenen Wochenende wollte er aus guten Gründen natürlich nicht sprechen. Er hatte Angst, daß man ihn dann für geistesgestört halten würde.

Das Pfingstwochenende verbrachte er damit die Gegend um Messel, Eppertshausen, Münster, Dieburg bis hin nach Babenhausen genau zu erkunden. Er fand alls so vor, wie es auf der Fahrradkarte eingezeichnet war und wie er es von anderen Touren im Frühjahr her kannte. Keine Spur von einem Talkessel, keine Spur von einem Ort namens Alarichshausen.

Er versuchte natürlich auch mehrfach Annette anzurufen, erhielt aber jedesmal die Mitteilung, daß diese Nummer nicht vergeben sei.

Müde kam er am Montag Abend zuhause an. Er setzte sich bei einer Flasche Bier auf den Balkon, zog Bilanz.

„Das ist alles unerklärlich, aber es war doch Realität. Die Photos beweisen es. Es bleibt nur eine Lösung. Es gibt mehrere Realitäten und durch ein unerklärliches Phänomen bin ich für einige Tage in eine andere geraten. Aber wer so etwas nicht selbst erlebt hat, der glaubt das nicht, ja, der kann es gar nicht glauben, wenn er vernüftig ist. Und er wird jeden für geistesgestört halten, der ihm so etwas berichtet. Das ist zu verstehen. Ich würde das ja auch tun, wenn mir jemand so etwas erzählen würde. Aber ich habe es erlebt ! Und das ist auch gewiß ! Es wird mir daher wohl nichts anderes übrig bleiben, diese Tage und besonders Annette in angenehmer Erinnerung zu behalten und bei anderen darüber zu schweigen."

Eutorischja

Die Flucht

Alice saß beim Frühstück auf der Terrasse und genoß den sonnigen, warmen Morgen. Sie hatte keine Eile. Ihr erster Dreh begann erst in drei Stunden, um elf Uhr. Unvermittelt stieß jemand sie von hinten an. Sie drehte sich um.

„Achmed", stieß sie erstaunt hervor, „wie kommst du denn hierher ?"

„Du mußt schnellstens weg. Gleich beginnt eine Polizeirazzia."

„Polizeirazzia ? Was hat denn das zu bedeuten ? Weswegen ?"

„Es ist jetzt keine Zeit für lange Erklärungen. Pack schnell das Notwendigste zusammen: Paß, Geld, Kreditkarte, Mobiltelefon. Ich kann auch nur fünf Minuten warten. Sag auch deinen Kolleginnen Bescheid, mit denen du dich am besten verstehst. Aber mehr als fünf kann ich nicht mitnehmen. Sie dürfen auch nicht mehr zusammenpacken. Und zieht eure besten Schuhe an. Wir müssen eine größere Strecke laufen. Und der Weg ist teilweise schlecht. Eilt euch, ich kann nicht länger warten. Es muß wirklich schell gehen !"

Alice eilte verstört davon, kam nach wenigen Minuten in Begleitung von fünf Frauen zurück.

„Das sind Ellen, Lilian, Beth, Mary und Claire. Geht das in Ordnung ?"

„Ja, aber nun schnell los."

Er führte sie durch den Park des luxoriösen Anwesens, in dem sie Quartier genommen hatten, zu einer kleinen Pforte in der hintersten Ecke des Parks. öffnete sie, lugte hinaus.

„Die Luft ist rein", rief er ihnen leise zu.

Er schlüpfte hinaus, gebot den Frauen ihm zu folgen.

Sie durchquerten einen Wald, der Weg führte bergauf.

„Was ist los ?" fragte Alice.

„Später. Jetzt ist keine Zeit. Vergeudet euren Atem nicht durch unnützes

133

Reden. Zuerst müssen wir in Sicherheit sein."

Zwei Stunden später lichtete sich der Wald, ging allmählich in eine Wiesenlandschaft über. Der Weg führte weiter bergauf. Einige begannen bereits zu klagen.

„Seid ruhig, spart euren Atem. Zum Jammern habt ihr später noch genug Zeit."

Nach etwa fünf Stunden Marsch erreichten sie die Höhe eines Bergrückens.

„Hier ist die Grenze", sagte Achmed, „aber laßt uns noch ein Stück den Berg hinunterlaufen, bis man uns von oben nicht mehr sehen kann. Es ist jetzt auch nicht mehr so anstrengend. Es geht bergab."

Sie liefen noch einige hundert Meter weiter. Dann gebot Achmed hinter einer Buschreihe Halt.

„Hier könnt ihr ein bißchen ausruhen. Hier sind wir in Sicherheit", er grinste, „na ja, nicht in völliger Sicherheit. Aber der schlimmsten Gefahr sind wir entronnen."

„Was ist eigentlich los?" fragte nun Alice, „warum hetzt du uns stundenlang durchs Gebirge?"

Achmed atmete tief durch.

„Also, setzt euch mal. Ich muß euch das näher erklären. Wie ihr wißt, befindet ihr euch hier auf der Insel Eutorischja. Die ursprünglichen Bewohner der Insel, die Eutorianer hängen einer Religion an, die nach ihrem Verkünder Verastiros als Verastirismus bezeichnet wird. Sie umfaßt sehr strenge Lebensregeln. Im Laufe der letzten drei Jahrhunderte siedelten sich zahlreiche Chinesen und Europäer auf der Insel an, denen der Verastirismus fremd blieb. Und so entstand eben eine Mehrklassengesellschaft. Man lebte so friedlich wie es ging nebeneinander her, der Sultan tolerierte das auch, denn Chinesen und Europäer bildeten bald aufgrund ihrer zivilisatorischen Überlegenheit und ihrer höheren technischen Fähigkeiten die Oberschicht, die zwar fleißig Steuern bezahlte, was der Kasse des Sultans zugute kam, aber nicht nach politischer Macht strebte. Das lag auch schon daran, daß sie ja selbst keine Einheit bildeten und daher keine gemeinsame politische Organisation zustande kam, die irgendwie Einfluß auf das Staatswesen nehmen konnte. Das änderte sich vor etwa fünf Jahrzehnten als eine fundamentalistische religiöse Bewegung immer mehr Anhänger gewann, natürlich auch unter Ausnutzung eines gewissen Sozialneides der überwiegend armen Eutorianer gegenüber den wohlhabenden Chinesen und Europäern. Dies hatte zwar auch bereits früher zu gelegentlichen Konflikten geführt, die aber eher unbedeutend blieben. Die Fundamentalisten gewannen immer mehr Macht, Terror und Ausschreitungen nahmen zu, doch der Sultan zögerte, energisch gegen sie vorzugehen. Schließlich wurde er von den Fundamentalisten gestürzt und diese riefen die 'Verastiristische Republik Eutorischja' aus. Die neuen Herren errichteten eine Diktatur, die religiösen Vorschriften des Verastirismus wurden Gesetz. Das erregte natürlich den Widerstand der Chinesen und Europäer und zum ersten Mal in der Geschichte der Insel schlossen diese sich zu einem Bündnis zusammen. Es folgte ein kurzer, blutiger Bürgerkrieg, der mit einer Teilung der Insel in die VRE, die 'Verastiristische Republik Eutorischja' und die FRE, die 'Freie Republik Eutorischja' endete, begleitet natürlich von einem Bevölkerungsaustausch. In der 'Verastiristischen Republik Eutorischja' gelten noch immer die strengen Religionsvorschriften des Verastirismus. Dazu zählen natürlich eine strikte Trennung der Geschlechter. Frauen dürfen sich nur tief verschleiert und in Begleitung von Männern in der Öffentlichkeit bewegen und vor allem, das betrifft jetzt euch, ist gewerbsmäßige Unzucht, dazu zählt auch eure Filmerei strengstens verboten."

„Davon haben wir bisher aber nichts bemerkt", wandte nun Ellen, eine der Frauen, ein.

Achmed lachte.

„Strenge Vorschriften sind eine Sache, Geld ist eine andere. Die Trennung in zwei Staaten und die Vertreibung der Chinesen und Europäer, welche in Handel und Industrie dominierten, aus der 'Verastiristischen Republik Eutorischja' führte natürlich zu einer Verschlechterung des Lebensstandards dort. Man besann sich daher auf den Tourismus, der bereits in der Zeit vor dem Bürgerkrieg eine bedeutende Einnahmequelle war, errichte eine Touristenzone, in welcher die strengen Regeln nicht gelten. Einheimische Frauen werden dort natürlich auch heute noch nicht beschäftigt."

„Aber doch sicherlich einheimische Männer, wie du?" fragte Lilian.

Achmed lachte.

„Nein, ich bin kein Eutorianer, sondern Ägypter, Moslem, kein Anhänger des Verastirismus. Aber in gewissem Umfang werden schon einheimische Männer beschäftigt. Doch das ist ein harter Job für sie. Sie müssen ihre männlichen Gefühle unterdrücken, denn sie dürfen sich nicht mit Touristinnen abgeben. Nun ja, zahlreiche Touristinnen, insbesondere ältere, finden schon Mittel und Wege um sich mit einem jungen, gut aussehenden Eutorianer zu vergnügen. Und die sind nicht so wählerisch, nehmen jede, mit der sie ihre Lust befriedigen können. Aber ich will nicht ablenken. Es ist ja auch eine attraktive Tourismusgegend, eine wundervolle Landschaft, ein herrlicher, weißer Strand, kristallklares Wasser, eine gute Einnahmequelle für den Staat. Da sieht man über manches hinweg, drückt beide Augen zu."

„Aber warum mußten wir fliehen? Warum drohte uns Verhaftung und Gefängnis?" fragte nun Beth.

„Damit hat euer Produzent mit Sicherheit nicht gerechnet. Die Anlage, in der ihr gearbeitet habt", er sagte das mit einem leichten Grinsen, „gehört einem reichen Geschäftsmann mit besten Beziehungen nach oben. Euch wäre vermutlich gar nichts passiert, wenn er nicht vor zwei Tagen wegen eines Bestechungsskandals verhaftet worden wäre. Korruption ist hier üblich. Aber er hat sich wohl mit dem Falschen eingelassen, vielleicht mit einem Rivalen des herrschenden Präsidenten. Was weiß ich. Auf jeden Fall wurde eine Razzia auf seiner Ferienanlage angesetzt um Beweise für sein verderbliches Handeln zu finden, also euch. Hätte man euch erwischt, dann wäre es euch schlecht ergangen. Das hätte euch so zehn Jahre Gefängnis eingebracht. Ich habe aber so meine Beziehungen, rechtzeitig davon erfahren und auch erreicht, daß die kleine Gartenpforte zunächst unbewacht blieb."

„Und warum wird die Grenze nicht bewacht?" wollte Mary wissen.

„Nun ja, die können nicht an jedem Bergpfad eine Grenzstation unterhalten. Die Überwachung erfolgt durch Streifengänger. Aber heute sind wegen der Razzia nur wenige Streifen unterwegs."

„Und warum hast du nicht alle gewarnt und gerettet?" fragte Claire.

Achmed schüttelte den Kopf.

„Zum einen war es dazu zu spät. Eine Massenflucht wäre sofort aufgefallen und ihr wäret verfolgt worden. Man hätte dann sicherlich auch unseren Weg zur Grenze bewacht. Er ist schließlich der kürzeste.

Und vor allen Dingen, sie hätten sofort mich in Verdacht gehabt, daß ich hinter der Flucht stecke. Und dann wäre es mir schlecht ergangen. Aber ihr paar seid vermutlich zunächst gar nicht aufgefallen. Es ist ja auch nicht wichtig, daß sie alle erwischen. Es genügt doch, wenn sie nachweisen können, daß auf dem Anwesen gewerbsmäßige Unzucht getrieben wurde. Also, mehr konnte ich wirklich nicht tun."

„Und wie geht es jetzt mit uns weiter?" fragte Claire.

„Ich hoffe, ihr habt auf das gehört, was ich Alice sagte und eure Pässe, euer Geld, eure Kreditkarten und eure Mobiltelefone mitgenommen. Ihr seid jetzt in der 'Freien Republik Eutorischja'. Da ist gewerbsmäßige Unzucht, sofern nicht ausdrücklich staatlich genehmigt, zwar auch verboten, aber da ihr es hier nicht getrieben habt, kann man es euch auch nicht vorwerfen. Das einzige, was man euch anhängen kann, das ist unerlaubter Grenzübertritt oder illegales Eindringen in das Staatsgebiet. Das kann auch üble Folgen haben, wenn man euch unterstellt, damit die Sicherheit des Staates bedroht zu haben. Also, merkt euch eines. Wenn ihr aufgegriffen werdet, versucht nicht zu fliehen oder gar Widerstand zu leisten. Gebt euch als harmlose Flüchtlinge aus. Versucht auch nicht euch damit herauszureden, die Grenze unbeabsichtigt überschritten zu haben und nicht zu wissen, daß ihr in der 'Freien Republik Eutorischja' seid. Das glaubt euch niemand. Erwähnt auch auf keinen Fall meinen Namen. Ich muß euch auch jetzt verlassen, denn man darf mich nicht mit euch zusammen sehen. Denn das wäre schlecht für mich, dann bekäme ich Schwierigkeiten."

Er verließ sie dann.

„Gehen wir also weiter", schlug Alice vor.

Die anderen folgten. Zwei Stunden später stießen sie auf eine Streife.

Die Festnahme

„Eine Patrouille", stieß Alice hervor, „was unternehmen wir jetzt?"

„Neun Mann, alle bewaffnet", ergänzte Claire.

„Jetzt gilts", fügte Lilian hinzu, „entkommen können wir ihnen nicht."

„Tun wir also, was uns Achmed geraten hat", meinte Ellen lakonisch, „und hoffen das Beste."

Die Soldaten hatten sie bereits entdeckt. Einer aus der Gruppe winkte den Frauen jetzt zu, zeigte damit an, daß sie zu ihnen kommen sollten. Die Frauen gehorchten.

„Wer seid ihr ?" rief ihnen einer der Soldaten, offensichtlich der Truppführer, zu.

„Ich heiße Alice und meine Begleiterinnen heißen Ellen, Lilian, Beth, Mary und Claire, Herr Soldat."

„Wollt ihr mich etwa hochnehmen ? Laßt die Blödelei. Außerdem redet man mich mit 'Herr Leutnant' an", erwiderte er unwirsch, „ich will wissen, was ihr für Weiber seid, wo ihr herkommt und was ihr hier treibt."

„Entschuldigen Sie, Herr Leutnant", sprach nun Ellen, „wir wollten Sie nicht beleidigen. Wir sind fremd und kennen die Rangabzeichen in der Armee Ihres Landes nicht. Wir sind Schauspielerinnen und mußten wegen einer Polizeirazzia aus der 'Verastiristischen Republik Eutorischja' fliehen. Unsere Pässe sind in Ordnung, wir haben auch gültige Visa für die 'Verastiristische Republik Eutorischja'. Hier bitte."

Sie zog ihren Paß aus ihrem kleinen Rucksack, reichte ihn dem Offizier. Der warf einen kurzen Blick darauf.

„Die Visa interessieren mich nicht, da sie hier ohnehin nicht gelten. Ihr befindet euch in der 'Freien Republik Eutorischja'. Habt ihr eine Einreiseerlaubnis für unser Land ?"

„Nein, Herr Leutnant. Wir mußten doch fliehen."

„Ihr seid also illegal über die Grenze gekommen ?"

„Was blieb uns denn anderes übrig ? An einer Grenzstation wären wir doch verhaftet worden."

„Und weshalb wäret ihr verhaftet worden ? Ihr habt von einer Polizeirazzia geredet. Was hatte es damit auf sich ? Was habt ihr verbrochen ?"

„Wir haben nichts verbrochen, Herr Leutnant. Ich sagte doch, wir sind Schauspielerinnen, haben lediglich in Filmen mitgewirkt, die dort unter die Rubrik 'gewerbliche Unzucht' fallen. Aber das wußten wir nicht, ganz ehrlich. Wir glaubten das ginge in Ordnung."

Der Leutnant grinste.

„Pornofilme also. Und die wolltet ihr unbedingt dort drüben drehen. Ihr hättet doch wissen müssen, was euch blüht, wenn das offenbar wird."

„Ich sagte doch, wir haben es nicht gewußt. Unser Produzent hat den Aufenthalt arrangiert. Wir befanden uns auch auf einen privaten

Anwesen in der Touristenzone, das einem Geschäftsmann gehört, der gute Beziehungen zur Regierung hat. Wir glaubten wirklich, alles sei in Ordnung."

Das war natürlich nicht die Wahrheit, denn sie hatten sich gar nicht um die Verhältnisse in diesem Land gekümmert, alles erst von Achmed erfahren. Aber Notlügen sind bekanntlich keine wirklichen Lügen."

Der Leutnant schwieg eine Weile.

„Bitte schicken Sie uns nicht zurück, Herr Leutnant", flehte nun Alice, „wir führen nichts Übles im Schilde. Wir wollen Ihrem Land auch nicht zur Last fallen. Wir möchten lediglich in unsere Heimatländer zurückkehren. Wir besitzen auch Geld, können unsere Flugtickets bezahlen. Bitte bringen Sie uns zu unserem Konsul."

Der Leutnant zog die Stirn kraus, blickte sie aber nicht unfreundlich an, sagte dann.

„Da seid ihr ja wirklich in die Sch..., in große Schwierigkeiten geraten", er grinste, „Hurenschicksal. Aber solche Filme zu drehen ist hier auch verboten, es sei denn ihr habt eine behördliche Genehmigung."

„Wir wollen hier ja gar nicht solche Filme drehen", beteuerte Beth, „wir wollen auch gar kein Asyl beantragen, auch keine staatliche Unterstützung, wir wollen lediglich sobald wie möglich in unsere Heimatländer zurückkehren. Bringen Sie uns also bitte zu unserem Konsul."

Der Leutnant schüttelte den Kopf.

„So einfach wie ihr euch das vorstellt ist das nicht. Ihr seid illegal in unser Land eingedrungen. Das ist es Vergehen, ja sogar eine schwere Straftat, wenn es mit üblen Absichten geschah."

„Nein, wir haben keine üblen Absichten", versicherte Ellen, „oder ist der Wunsch nach Hause zurückkehren zu wollen eine üble Absicht?"

„Nein, wenn es der Wahrheit entspricht, dann nicht. Aber das werden wir aufklären. Aber es bleibt der illegale Grenzübertritt. Das wird auf jeden Fall geahndet. Und was dann mit euch geschieht, das entscheidet das Gericht. Auf jeden Fall seid ihr erst einmal festgenommen. Zwei meiner Leute bringen euch in die Kaserne. Dort werdet ihr vorerst untergebracht bis weiteres entschieden ist. Macht aber keine Zicken, versucht auch nicht abzuhauen. Damit schadet ihr euch nun selbst."

Er nahm nun einen kleinen Block und einen Tintenstift aus seiner Brusttasche, schrieb einige Notizen nieder. Dann winkte er zwei

Soldaten herbei, gab ihnen einige Anweisungen, überreichte einem von ihnen die Zettel, wandte sich anschließend wieder den Frauen zu.

„Bevor ihr geht noch eine Frage. Wie seid ihr eigentlich hierhergekommen? Ihr habt den Weg doch nicht nicht von alleine gefunden. Ihr hattet sicher einen Führer, wohl einen aus dem Gesindel, das über die Grenze hin und herpendelt, so einen Gauner, der Schmuggel betreibt."

„Nein, wir hatten keinen Führer", erwiderte Beth.

„Ach, das könnt ihr doch eurer Großmutter erzählen."

„Nein", bekräftigte Ellen, „Sie können mich meinetwegen als Hure bezeichnen. Damit habe ich kein Problem. Aber halten Sie mich bitte nicht für blöde. Wir haben nicht nur den ganzen Tag herumgef..., Sie wissen, was ich meine, wir hatten auch Freizeit, haben uns die Gegend angeschaut, waren am Strand, haben auch längere Spaziergänge unternommen. Wir waren schließlich bereits zehn Tage dort. Ich wußte, daß der Bergkamm die Grenze bildet, vermutete auch, daß der Weg nach oben zur Grenze führt. Ich wußte allerdings nicht, ob da oben ein Wachhaus steht. Das war natürlich ein Risiko, das wir aber eingehen mußten, wir hatten ohnehin keine Wahl, waren allerdings vorsichtig."

Der Leutnant grinste.

„Das hast du dir schön zusammengereimt. Ich bin aber auch nicht blöde, deshalb glaube ich dir kein Wort. Ihr wart doch nicht die einzigen. Euer Filmteam war doch sicher recht groß. Und wo sind die anderen? Warum sind sie nicht mit euch zusammen getürmt? Das wäre doch das naheliegendste. Ich sage dir, es hat euch einer kurzfristig gewarnt. Und der hat euch auch zur Grenze geführt. Gut, ihr wollt den Kerl nicht verraten, der euch vor dem Zuchthaus oder noch Schlimmerem bewahrt hat. Das rechne ich euch sogar an. Vermutlich hat er euch auch nicht seinen richtigen Namen genannt."

„Aber wir könnten eine Personenbeschreibung geben", erwiderte Ellen leicht grinsend.

Auch der Leutnant grinste.

„Und die wäre bestimmt erlogen. Aber das ist nicht so wichtig. Und daß ihr ihn nicht in die Pfanne hauen wollt, das ehrt euch, auch wenn ihr Huren seid."

„Eine zweifelhafte Ehrung", bemerkte Alice.

Sie brachen auf. Nach zwei Stunden erreichten sie die Kaserne.

Der General

Die beiden Soldaten übergaben die Frauen und die Nachricht des Leutnants dem Befehlshaber der Wache, einem Feldwebel. Der überflog die Notizen mit einem sich von einem Augenblick zum anderen steigernden Grinsen.

„Ihr seid also die Huren, die an der Grenze aufgegriffen wurden. Ich habe, ehrlich gesagt, noch nie eine Hure im Naturzustand gesehen. Meine Leute vermutlich auch nicht. Es wird also Zeit, daß wir diesem Zustand ein Ende bereiten. Zieht euch also nackt aus."

Eine solche Behandlung hatten sie jetzt nicht erwartet, zögerten daher. Das schien den Feldwebel zu erzürnen.

„Was zögert ihr noch, ihr Schlampen ? Macht schnell oder ich lasse euch auspeitschen. Ich habe ja schließlich nicht den ganzen Abend Zeit."

Verängstigt leisteten die Frauen dem Befehl Folge.

„Wir wollen doch erst einmal ein bißchen Spaß mit euch haben."

Er ging dann zu Claire hin, griff ihr zunächst an den Busen, dann zwischen die Beine.

„Das fühlt sich gut an", rief er seinen Männern zu, „ich dachte bisher, solche Weiber seien an diesen Stellen abgenutzt. Das scheint aber nicht der Fall zu sein. Kommt her und überzeugt euch selbst."

Das ließen sich die Soldaten natürlich nicht zweimal sagen.

„Was geht hier vor ?" ertönte plötzlich unvermittelt ein Stimme.

Ein Mann in Generalsuniform, begleitet von drei Offizieren, wandte sich an den Feldwebel.

„Ach, das sind ein paar Huren. Sie wurden nahe der Grenze aufgriffen. Sie wollten sich drüben der Verhaftung entziehen, weil sie Pornofilme gedreht haben."

„Das ist aber noch lange kein Grund sie entwürdigend zu behandeln."

„Ach, was heißt schon entwürdigend, Herr General. Das ist doch für die normal. Das sind doch Huren. Die lassen sich für solche Sachen bezahlen. Und nun sollen sie es eben kostenlos tun. Da ist doch kein großer Unterschied. Und wirklich kostenlos ist es ja nicht. Sie wollen von uns versorgt werden. Da kann man schon eine kleine Gegenleistung erwarten"

Der General blickte ihn zornig an.

„Was bilden Sie sich denn ein ? Das haben Sie nicht zu bestimmen. Wer hat das eigentlich angeordnet ?"

„Ich natürlich, Herr General."

Der General schritt auf ihn zu, riß ihm die Schulterklappen ab.

„Ich degradiere Sie zum Unteroffizier. Außerdem verurteile ich Sie zu sieben Tagen Arrest."

Er drehte sich nun zu den Soldaten hin, die sich von den Frauen abgewendet und sich stramm in einer Reihe aufgestellt hatten.

„Zwei von euch führen ihn ab."

Zögernd traten nun zwei Soldaten hervor, nahmen den ehemaligen Feldwebel in ihre Mitte, marschierten ab.

„Seien Sie froh", rief ihm der General nach, „daß ich gnädig war und Sie nicht zum Gemeinen degradiert habe."

„War das wirklich notwendig, Herr General ?" fragte nun einer der begleitenden Offiziere, dem Rang nach Hauptmann.

„Ja, natürlich", antwortete der General, „solche Zustände können wir nicht einreißen lassen. Das untergräbt die Disziplin."

Er lächelte.

„Wenn ich es befohlen hätte, dann wäre das in Ordnung gewesen; einen Offizier hätte ich zwar maßregeln müssen, hätte ihm aber im Grunde verziehen. Aber wenn einer aus dem Unteroffizierskorps mit solchen Spielchen anfängt, dann glauben bald die Obergefreiten, sie könnten sich das auch erlauben. Und dann hätten wir bald keine Armee mehr, sondern einen Sauhaufen. Da muß man konsequent einschreiten. Merken Sie sich das. Denn wenn Sie so etwas hinnehmen, zeigen Sie Schwäche und dann nimmt Sie bald niemand mehr wirklich ernst. Dann werden Sie niemals ein guter Kommandeur. Disziplin ist der Kern, das Herzstück einer Armee."

Er lächelte nun.

„Aber wenn die D a m e n schon so nackt herumstehen, dann können wir sie uns auch einmal näher betrachten. Aber nur anschauen, begrapschen ist verboten."

Er schaute sie intensiv an, schritt um sie herum. Sein Blick blieb auf Ellen haften.

„Wie heißen Sie ?"

„Ellen."

Der General wandte sich nun dem Hauptmann zu.

„Befehlen Sie den Frauen sich wieder anzuziehen, entschuldigen Sie sich für den unrühmlichen Vorfall und besorgen Sie ihnen ein ordentliches, menschenwürdiges Quartier, mit Bad, sorgen Sie für ihre Verpflegung und was sonst noch wichtig ist."

Er nahm nun einen Block aus seiner Brusttasche, schrieb etwas darauf, übergab ihn dann dem Hauptmann.

„Das ist der Befehl. Sie haben alle Vollmachten."

Er wandte sich dann einem anderen Offizier zu.

„Und Sie übernehmen die Wache bis zur Ablösung."

Er ging dann mit dem dritten Offizier weiter.

Der Hauptmann wartete, dachte unterdessen nach. Ihm fiel Block 37 ein. Der verfügte über zehn Schlafräume, einen Gemeinschaftsraum, ein großes Bad, eine Küche und auch eine Terrasse, stand seines Wissens nach derzeit leer. Der Hauptmann führt sie dorthin.

„Entschuldigen Sie, Herr Hauptmann", fragte unterwegs Ellen, „wer ist dieser Offizier eigentlich?"

„Das war General Richard Harterstein, der Gouverneur und der militärische Befehlshaber der Nordprovinz. Merkt euch eines. Sein Wort gilt hier, ist so gut wie Gesetz. Da gibt es keinen Widerspruch."

Sie erreichten Block 37.

„Das ist euer Quartier", sagte der Hauptmann, „wir haben genügend Platz. Jede von euch erhält ein Zimmer für sich. Wie ihr sie verteilt, das müßt ihr untereinander ausmachen. In Weiberangelegenheiten mische ich mich grundsätzlich nicht ein. Macht aber nicht so lange, denn ihr braucht noch Bettzeug, vielleicht auch Ersatzwäsche. Ihr müßt euch allerdings mit Militärsachen begnügen, denn etwas anderes haben wir hier nicht. Kleider könnt ihr euch morgen in der Stadt kaufen. Wenn ihr Ausweise habt, dann dürft ihr auch das Kasernengelände verlassen. Allerdings nicht allein, ich werde euch begleiten. Das ist auch gut so, denn ich kann ein Fahrzeug besorgen. Ansonsten müßtet ihr zu Fuß in die Stadt laufen Und das sind immerhin so an die sechs Kilometer."

Er stockte kurz.

„Ach so, ich habe mich noch gar nicht vorgestellt. Ich bin Hauptmann Boris Barrasoff. Ich bin euer Betreuer. Ihr könnt also mit allen Sorgen, die ihr einem Mann mitteilen wollt, zu mir kommen. Schaut euch die

Unterkunft einmal kurz an, haltet euch aber bitte nicht so lange auf, denn wir müssen noch zur Ausrüstungskammer."

Knapp zehn Minuten später kamen die Frauen zurück.

Der Feldwebel, welcher die Ausrüstungskammer verwaltete, war zunächst ungehalten darüber, daß er sie so spät, es ging immerhin bereits auf acht Uhr zu, noch einmal öffnen mußte. Doch als ihm Boris den Schrieb zeigte und er sah, daß dies auf Befehl des Generals geschah, da wurde er freundlich. Die Frauen nahmen sich, was sie benötigten und ihnen auch gefiel. Dann marschierten sie zur Unterkunft zurück.

„Ihr habt sicherlich Hunger und Durst", sagte Boris als sie angekommen waren, „ihr könnt in der Kantine zu Abend essen. Das kostet nichts. Ich muß das aber mit dem Kantinenwirt abklären. Deshalb werden wir zusammen gehen müssen. Toilettenartikel, Waschzeug und sonstige Kleinigkeiten, die ihr braucht, erhaltet ihr im Kiosk im Kantinenbau. Der hat bis zehn Uhr offen. Die Sachen müßt ihr allerdings bezahlen."

„Geld haben wir schon", bemerkte nun Lilian, „aber nur Dollar und Euro."

„Das ist jetzt überhaupt kein Problem, das werde ich regeln. Also legt eure Sachen ab und kommt dann."

Er führte die Frauen zur Kantine, die eigentlich für die Mannschaftsdienstgrade eingerichtet worden war. Sie bot daher keinerlei Komfort und Bequemlichkeit, einfache Tische, rohe, ungepolsterte Stühle. Sie wurde trotz der einfachen Ausstattung allerdings auch gerne von Unteroffizieren und Offizieren aufgesucht, wenn sie nicht unbedingt unter sich sein wollten, da die Preise hier niedriger waren als in ihren Casinos. Man hatte dem durch die Einrichtung jeweils eines abgetrennten Bereichs für Unteroffiziere beziehungsweise Offiziere Rechnung getragen. Die Frauen holten sich Essen und Getränke an der Theke, nahmen dann im Mannschaftsbereich Platz, Boris nahm sich ein Glas Wein, setzte sich in den Offiziersbereich. Kurze Zeit später gesellte sich ein Oberleutnant namens Pecjing zu ihm, begann ein Gespräch.

„Die Sache mit den 'Damen' hat sich ja herumgesprochen wie ein

Lauffeuer", begann Pecjing, „einen Feldwebel vor den Augen gefangener Weiber zu degradieren, die nichts weiter sind als Huren, das hat es noch nie gegeben. Und das, nur weil er und seine Leute die Schlampen ein bißchen begrapscht haben."

„Sie wissen doch genau, was der General für ein Mensch ist", entgegnete Boris, „der ist aufrichtig und geradlinig. Und Menschen, egal wer und was sie sind, entwürdigt man nicht. Solches ist für ihn Ausdruck eines niederen Charakters. Na ja, hätten sie das in irgendeiner Stube mit ihnen getrieben, dann hätte er wahrscheinlich ein Auge zugdrückt und der Feldwebel wäre mit einer symbolischen Strafe davongekommen. Aber so etwas mitten auf dem Kasernenhof anzustellen, nein, das geht nun wirklich nicht."

Pecjing wiegte den Kopf.

„Da muß ich Ihnen recht geben. Trotzdem, das hätte er nicht unbedingt auf dem Kasernenhof regeln müssen. Mir steht es zwar nicht zu, den General zu kritisieren, aber das war unbeherrscht."

„Diesen Eindruck hatte ich jetzt nicht. Er sagte das zwar nicht so zu uns, aber ich weiß wie er denkt. Ob Huren oder nicht, die Weiber sind Ausländerinnen. Und wir sind verpflichtet, ihnen den Schutz ihres Konsuls zu gewähren. Und was glauben Sie, was passiert, wenn sie dem erzählen, sie seien öffentlich von unseren Soldaten mißbraucht worden. Das gibt einen gewaltigen Skandal. Auch wenn sie Huren sind, die internationale Presse interessiert das in diesem Zusammenhang überhaupt nicht. Es gibt genügend Staaten, denen unser Regierungssystem nicht paßt, die jede Gelegenheit nutzen um uns vor der Weltöffentlichkeit schlecht zu machen. Und entwürdigende Behandlung von Frauen ist doch ein gefundenes Fressen. Ich denke, das hat der General genau bedacht und entsprechend hart reagiert."

„Das klingt zwar einerseits durchaus vernünftig, aber andererseits doch ein bißchen weit hergeholt. Glauben Sie denn wirklich, daß der General in diesem Augenblick daran gedacht hat?"

„Ich stehe mittlerweile seit drei Jahren unter seinem Kommando. Damals war er noch Oberstleutnant. Ich denke, ich kann ihn einschätzen. Und glauben Sie mir, er hat immer die Gesamtheit im Auge, wenn ich mich jetzt einmal so ausdrücken darf. Wissen Sie, viele sehen ein Problem als abgetrennt von der restlichen Welt an, sind zufrieden, vielleicht auch stolz, wenn sie es lösen können, übersehen dabei aber, daß sie dadurch aber vielleicht an anderer Stelle ein neues Problem schaffen. Der General überblickt aber stets die Gesamtlage und handelt entsprechend, auch wenn er dadurch andere brüskiert oder gar verletzt und manche glauben, daß er sich damit ins eigene Fleisch schneidet. Das kümmert ihn aber wenig, da er überzeugt ist richtig gehandelt zu haben. Wissen Sie, das ist bei ihm alles wohlüberlegt, auch wenn es blitzschnell abläuft. Was ihm wichtig und richtig ist, das zeigt er offen und wenn er damit wirklich aneckt, dann denke ich, wird er die Konsequenzen ziehen."

„Er ist so der Typ, der mit dem Kopf durch die Wand will", unterbrach ihn Pecjing, „da kann er sich auch einmal leicht den Kopf einrennen."

„Sie haben mich eben unterbrochen. Ja, das ist natürlich möglich, daß er sich auch einmal nicht durchsetzen kann. Sie müssen allerdings bedenken, daß er Härte nur dann zeigt, wenn ihm eine Sache wirklich wichtig ist und er davon überzeugt ist, daß er richtig handelt. Das kommt aber nicht so häufig vor. Meist hat er gar keine vorgefaßte Meinung, wenn eine Debatte über ein möglicherweise kontroverses Thema beginnt. Er hört sich erst einmal die Ansichten aller an, bevor er eine Entscheidung trifft, die er dann auch begründet. Nur wenn einige stur und seinem Dafürhalten nach uneinsichtig bleiben, dann zeigt er Härte. Und wenn er sich einmal wirklich nicht durchsetzen kann, obwohl er sich im Recht fühlt, dann wird er nicht nachgeben, sondern sagen 'wenn ihr mir nicht nachfolgt, dann habe ich nichts mehr mit euch zu schaffen'. Und er wird gehen und nie mehr zurückkehren."

Boris lächelte.

„Und meine Aufgabe ist nun, die Damen zu betreuen, das heißt, dafür zu sorgen, daß ssie ordentlich behandelt wrden."

Er blickte zu ihnen hinüber.

„Oh, die Damen haben ihr Abendessen beendet. Ich muß daher unser Gespräch beenden, mich meiner Pflicht zuwenden. Schönen Abend noch."

Er erhob sich.

Die Frauen kauften im Kiosk noch einige Toilettenartikel, auch ein paar Flaschen Wein, liefen dann in Begleitung des Hauptmanns zum Bau zurück.

„Ich werde mich für heute von euch verabschieden", sagte Boris als sie angekommen waren, „bevor ich gehe, möchte ich mich allerdings auch im Namen von General Harterstein für den widerlichen Vorfall auf dem Kasernenhof heute Abend entschuldigen. Das war eine üble Tat eines Kerls aus dem Unteroffizierskorps. Ihr dürft daraus keine Rückschlüsse auf unsere Streitkräfte ziehen. Das ist nicht das übliche Verhalten unserer Armee gegenüber Frauen oder Gefangenen. Wir sind schließlich zivilisierte Menschen und keine Barbaren. Der Verantwortliche wurde auch umgehend zur Rechenschaft gezogen. Noch einmal, bitte entschuldigt den unerfreulichen Vorfall. Das soll nie wieder vorkommen. Dafür garantiere ich mit meiner Offiziersehre", er grinste, „und auch mit meinem Rang. Ich werde dann morgen früh gegen neun Uhr wieder zu euch kommen, mit neuen Instruktionen, falls welche vorliegen."
Er ging dann.

Gespräch über Achmed

„Das mit der Offiziersehre verstehe ich schon", meinte Lilian als er außer Hörweite war, „aber was meinte er 'mit meinem Rang' ?"
Mary grinste.
„Das ist doch ganz klar. Er hätte auch sagen können 'mit meinem Kopf'. Er ist für uns verantwortlich. Und wenn wieder so etwas vorkommt, dann wird er auch degradiert."
Die Frauen holten sich Gläser aus der Küche, ließen sich dann auf der Terrasse nieder. Der Abend war warm, es war angenehm draußen zu sitzen.
„Wir haben in der Aufregung des Tages bisher gar nicht daran gedacht dir zu danken, Alice", begann nun Mary, „hättest du uns nicht mitgenommen, dann säßen wir jetzt irgendwo im Gefängnis, in einer muffigen und schmutzigen Zelle. Wer ist eigentlich dieser Achmed ?"
„So ganz bin ich mir mit ihm noch nicht so richtig im Klaren", sagte Alice, „ich lernte ihn vor vier Tagen kennen. Ich hatte am Nachmittag frei, ging zum Strand, schwamm ein Stück ins Meer hinaus, legte mich schließlich auf einer Sandbank in die Sonne. Wenig später kam ein Mann herangeschwommen. Er grüßte freundlich, fragte höflich, ob er

auch auf der kleinen Insel, so drückte er sich aus, Platz nehmen dürfe. Ich antwortete etwas schnippisch, ich hätte nichts dagegen, wenn er mich nicht belästige. Dann würde ich entsprechend reagieren. Er lächelte, meinte 'dann werden Sie mir wohl eine Ohrfeige verpassen.' 'Mindestens eine', entgegnete ich, 'aber eher zwei oder gar drei.' Er lächelte. 'Nein, das will ich nicht riskieren. Ich werde brav sein, das verspreche ich Ihnen. Aber wieso kommen Sie überhaupt darauf, daß ich Sie belästigen will ?' 'Sie suchen doch ganz offenbar meine Bekanntschaft, Sie folgen mir doch schon die ganze Zeit. Denken Sie bloß nicht, ich hätte das nicht bemerkt.' 'Ich gebe zu, ich bin Ihnen gefolgt, aber nicht um Sie zu belästigen, sondern um Sie zu beschützen.' 'Mich beschützen ? Vor wem ? Gibt es hier Strolche, die sich an Frauen vergreifen oder etwa Haie ? Und wie wollen Sie mich beschützen ? Sie haben doch gar keine Waffe dabei.' Er schüttelte den Kopf. 'Seien Sie doch nicht so grantig. Natürlich gibt es hier keine Strolche, auch keine Haie, aber es gibt gefährliche Strömungen. Sie sind weit über den Badebereich hinausgeschwommen. Haben Sie denn nicht die Absperrung gesehen ?' 'Gefährliche Strömungen ? Davon habe ich bisher nichts bemerkt. Ich bin außerdem eine gute Schwimmerin.' Er wies nun mit dem Arm nach rechts auf das Meer hinaus. 'Sehen Sie davorne, gute einhundert Meter entfernt. Da ist schon eine. Und ein Stück links davon ist wieder eine. Die sind jetzt bei ablaufender Flut besonders stark. Und wenn Sie da hineingeraten, dann haben Sie keine Chance, Sie werden aufs Meer hinausgetrieben.' 'Und wie wollten Sie mich schützen ?' 'Ich hätte Sie rechtzeitig gewarnt. Außerdem habe ich ein kleines Funkgerät. Damit kann ich die Strandwache alarmieren.' Er wies auf einen uhrenähnlichen Gegenstand, der am linken Handgelenk befestigt war. Er schwieg nun kurz, meinte dann. 'Ach, ich habe mich noch gar nicht vorgestellt. Ich heiße Achmed. Und Sie sind sicherlich eine Touristin. Europäerin vermutlich.' 'Ja, ich heiße Alice, komme aus Deutschland. Und Sie sind auch Tourist ?' Er schüttelte den Kopf. 'Nein, ich lebe hier, seit fast acht Jahren. Ursprünglich komme ich aus Ägypten. Ich war Offizier. Aber das Leben in der Armee, eingezwängt in militärische Disziplin, das war auf Dauer nichts für mich. Ich brauche Freiheit.' 'Und was machen Sie hier ?' 'Ich bin Geschäftsmann.' 'Und welche Geschäfte betreiben Sie ?'

'Das kann man nicht so genau sagen. Mal dies, mal jenes, mal mit denen hier, mal mit denen auf der anderen Seite der Grenze. Was sich eben so ergibt und was Gewinn bringt.' 'Das hört sich nach krummen Geschäften an.' Er grinste. 'Nein, dafür bin ich nicht zu haben. So etwas ist zwar verlockend, da auf der Insel, hüben wie drüben, eine gewisse Korruption herrscht. Allerdings wechseln die Personen in führenden Stellungen häufig. Da kann man leicht den falschen auf die Füße treten und landet schneller im Gefängnis als einem lieb ist. Und Gefängnisse sind hier auf der Insel nicht sehr komfortabel, hüben wie drüben. Nein, auf solche Geschäfte lasse ich mich nicht ein.' 'Was heißt eigentlich hüben wie drüben ?' fragte ich dann. 'Sie kennen die politischen Verhältnisse hier nicht ?' fragte er. 'Nein, die interessieren mich auch nicht. Warum auch ? Ich bin Touristin, bleibe ohnehin nur noch knapp zwei Wochen.' 'Na schön, dann kann ich es kurz machen, brauche nicht ins Detail zu gehen. Es existieren hier auf der Insel zwei Staaten, die 'Verastiristische Republik Eutorischja', da befinden wir uns jetzt. Das ist also hüben. Und dann gibt es die 'Freie Republik Eutorischja', das ist drüben. Die beiden Länder sind sich nicht freundschaftlich gesonnen, aber es herrscht auch keine wirkliche Feindschaft zwischen ihnen. Man lebt eben so nebeneinander her.' Wir unterhielten uns dann noch einige Zeit. Das war teilweise recht schwierig für mich, denn ich verschwieg ihm meine Tätigkeit. Ehrlich gesagt, ich schämte mich auch ein bißchen deswegen. Das mag jetzt etwas merkwürdig klingen. Aber ich fand ihn sympathisch und hatte den Eindruck, daß auch er mich für sympathisch hielt, ich ihm gefiel. Er ließ mich auch wissen, daß ich ihm gefiel. Er machte allerdings keine plumpen Annährungsversuche, ja er machte gar keine Annäherungsversuche. Sollte ich ihm nun Mitteilungen machen, aufgrund derer er mich für eine Hure halten mußte ? Er wollte schließlich zum Strand zurückschwimmen, bestand allerdings darauf, daß ich mitkomme. Er lud mich dann zu einem Kaffee in einer Strandbar ein und ich war einverstanden, als er fragte, ob wir uns am nächsten Tag wiedersehen könnten. Wir verabredeten uns für den Abend, da ich am Nachmittag Dreharbeiten hatte. Ich hatte dann, ehrlich gesagt, ein komisches Gefühl als wir beim Abendessen zusammensaßen. Ich weiß nicht, ob ihr das versteht. Da war ein Mann, der mich offensichtlich achtete, mich für eine mehr oder weniger ehrbare Frau hielt, offensichtlich nicht ahnte, daß ich zwei Stunden zuvor noch 'gewerbliche Unzucht' betrieben hatte. Ich hatte, ehrlich gesagt, manchmal den Eindruck ihn zu betrügen. Trotzdem wurde es ein nettes Treffen. Nach dem Abendessen in einem kleinen Strandrestaurant besuchten wir eine Show, saßen anschließend bis Mitternacht zusammen. Ich sagte natürlich nichts über meine Tätigkeit, er fragte auch nicht danach. Als wir uns aber dann am nächsten Abend trafen hatte ich den Eindruck, daß er über mich Bescheid wußte. Er machte diverse Andeutungen, sagte aber nichts Konkretes. Er blieb auch überaus liebenswürdig, zeigte mir, daß er mich achtete, versuchte auch nicht mich irgendwie anzumachen, was mich wunderte, da er ja offensichtlich wußte, was ich für eine Person bin. Ich fragte mich natürlich, was er für ein Spiel mit mir trieb, wagte aber nicht konkrete Fragen zu stellen. Ich spürte allerdings, daß er mich weiterhin achtete und, ich mußte bei dem Gedanken grinsen, edle Gefühle für mich empfand."

Sie trank einen Schluck Wein, fuhr dann fort.

„Viele Männer fühlen sich Frauen wie uns gegenüber eben unsicher. Wir gefallen ihnen zwar", sie grinste dabei leicht, „und unter normalen Umständen wären sie auch zu einer näheren Beziehung mit uns bereit, aber sie halten uns nun einmal für Huren, für Frauen, die zwar gut fürs Bett sind, mit denen man aber kein gemeinsames Leben aufbauen kann, da sie sich an jeden Mann verkaufen, der sie bezahlt. Daher gibt es mit Frauen wie uns auch keine Gemeinschaft, was für eine feste Bindung Veraussetzung ist."

Lilian lachte.

„Das hast du jetzt umständlich gesagt; knapp und leicht vulgär ausgedrückt heißt das, zwischen uns und ihnen steht immer noch ein anderer Schwanz und der stört, verhindert eine Bindung aneinander. Dezenter ausgedrückt, als Gefährtin wollen die Männer eine Frau für sich alleine, sie nicht mit anderen teilen."

„Ja", sagte Mary, „die einen halten uns für Huren, sagen uns dann auch klipp und klar, daß sie mit uns schlafen wollen, aber wir zu sonst nichts gut sind. Andere wiederum, scheint mir, idealisieren uns, halten uns für gefallene Engel, wollen uns wieder aufrichten. Sie vermeiden uns gegenüber alles, was bei uns den Eindruck erwecken könnte, sie würden uns für Huren halten. Im Gegenteil, sie halten sich uns gegenüber sehr zurück, geben uns aber doch ganz dezent zu verstehen, daß wir uns auf einer schiefen Bahn befinden, sie uns aber wieder auf den geraden Weg zurückbringen wollen. Diese Kerle sind manchmal nerviger als solche, die gleich bumsen wollen."

„Das sind aber jetzt Extremfälle", meinte Claire, „gibt es denn eurer Meinung nach keine Männer, die sich uns gegenüber normal verhalten?"

„Was heißt hier normal?" fragte Ellen.

„Nun ja, uns so akzeptieren wie wir sind", erwiderte Claire.

Lilian schüttelte den Kopf.

„Ich denke, die meisten sind dazu nicht in der Lage, sie verlangen, daß wir unsere Tätigkeit aufgeben. Einer sagte einmal zu mir, Frauen, an denen das Sperma eines anderen klebt, duften nicht gut."

„Es ist eben so", bemerkte Alice, „die suchen Zweisamkeit. Und ein anderer Mann, egal welche Rolle er spielt, stört da. Ich vermute, Achmed gehört auch zu diesem Typ Männer. Aber so weit, daß solche Sachen zwischen uns zur Sprache kamen, gedieh unsere Bekanntschaft gar nicht. Aber er sagte etwas recht merkwürdiges gestern Abend als wir uns verabschiedeten. Wir waren Tanzen gewesen, berührten uns daher auch öfters. Er begleitete mich dann bis zum Eingang von 'Paradise Resort'. Er umarmte, küßte mich, sagte dann leise, er könne sich durchaus vorstellen, mich als seine Lebenspartnerin anzusehen, wenn sich vorher gewisse Umstände ändern."

„Was ist daran merkwürdig?" lachte Beth, „er hat sich doch ganz klar ausgedrückt. Er ist bereit dich zu nehmen, wenn du deinen Job aufgibst. Aber mach dir darüber keine Gedanken. Das ist doch jetzt ohnehin vorbei. Den siehst du nicht wieder."

Alice schüttelte den Kopf.

„Ich bin sicher, ich werde ihn wiedersehen."

„Träume sind schön", bemerkte nun Mary, „aber schau dir die Realität an: hier in der Kaserne wird er dich mit Sicherheit nicht besuchen. Wir werden vor Gericht gestellt. Wenn wir Glück haben, dann werden wir gleich ausgewiesen, wenn es schlecht ausgeht, landen wir vorher für einige Zeit im Gefängnis. Wo ist da noch Platz für einen Achmed?"

„Vielleicht gibt es noch eine dritte Möglichkeit."

„Und wie sollte die aussehen?"

Alice zuckte mit den Schultern.

„Ach, laß sie doch in Ruhe", mischte sich jetzt Ellen ein, „es heißt doch, die Hoffnung stirbt zuletzt."

Die Runde löste sich nun auf. Alice und Ellen gingen zusammen in Richtung ihrer Schlafräume.

„Würdest du wegen ihm die Filmerei aufgeben ?" fragte Ellen.

„Nun ja, wir werden älter. Und ewig kann man das sowieso nicht machen. Und für unsere Produzenten sind wir doch nur Ware. Noch sind wir jung und sehen gut aus. Aber was ist in zehn Jahren ? Dann laufen unsere Filme vermutlich unter Titeln wie 'Alte Nutten frisch genudelt'. Möchtest du das ?"

„Du meinst, wir werden dann als Dreck präsentiert."

„Genau, daher sollte man rechtzeitig aussteigen."

„Und du hältst die Gelegenheit jetzt für günstig."

„Ja, es gibt zumindest eine Motivation."

Alice dachte noch längere Zeit nach. War sie wirklich schlecht ? Sie fühlte sich nicht als Hure, was sie tat, das war ihr Job. Es war ja auch nicht so, daß sie sich privat jedem hingab, der mit ihr schlafen wollte. Im Gegenteil, sie lebte alleine, hatte keine Beziehung. Die Szenen, die sie drehte, genügten ihr als Umgang mit Männern. Ein Ausdruck von Liebe und Zuneigung war das aber nicht. Natürlich sehnte sie sich danach. Aber sie glaubte auch, es hänge ein Makel an ihr, den sie nicht mehr loswerden würde. Das betrübte sie; sie dachte oft daran davonzulaufen, sich irgendwo in einen fernen Winkel zu verkriechen. Aber überall konnte die Vergangenheit sie einholen. Im Zeitalter weltweiter Kommunikation war man nirgends sicher.

Sie war beeindruckt von dem netten Mann, der so offen und ehrlch wirkte. Sie hatte sich zuweilen sogar schlecht gefühlt, weil sie ihm über ihre Tätigkeit nichts sagte. Sie fürchtete, daß er dies falsch auffassen könne und glaube, daß er bei ihr gleich zum Zuge kommen könne. Das wollte sie nicht. Doch der Mann drängte sie auch nicht. Er hatte sie aber durchschaut, ihr trotzdem zur Flucht verholfen als Gefahr drohte. Aus welchem Grund aber ? Aus purer Menschenfreundlichkeit einer Fremden gegenüber, deren Schicksal ihm im Grunde gleichgültig sein konnte. Oder empfand er trotzdem eine Zuneigung zu ihr ?

Der Gouverneur und die Hure

Am nächsten Morgen erschien Boris zur angegebenen Zeit, kurz nachdem sie vom Frühstück aus der Kantine zurückgekehrt waren. Er bat sie ihm zu folgen, führte sie in das Verwaltungsgbäude. Sie wurden dort zunächst photographiert, mußten dann längere Fragebögen ausfüllen, erhielten schließlich Ausweise und einen Block mit Essensmarken für Frühstück, Mittagessen und Abendessen.

„Was Sie sonst noch brauchen, können Sie in dem Kiosk kaufen. Sie können sich hier in der Kaserne weitgehend frei bewegen. Den militärischen Sicherheitsbereich dürfen Sie natürlich nicht betreten. Sie dürfen auch die Kaserne verlassen, allerdings nur in Begleitung eines Offiziers. Betrachten Sie sich also nicht als Gefangene. Ihre Konsulate werden über Ihre Festsetzung informiert. Sie werden also Besuch erhalten. Es hängt aber von Ihren Vertretungen ab, wann sie jemanden schicken. Wir sind da offen.“

„Und wie sieht das mit dem Prozeß aus ?“ wollte Lilian wissen.

„Der findet statt, sobald die Formalitäten erledigt sind. Das wird aber recht schnell gehen. Fragen Sie mich aber bitte jetzt nicht nach einem Termin. Der steht mit Sicherheit im Moment noch nicht fest. Ich werde Sie aber regelmäßig über alles informieren.“

Dann wandte er sich Ellen zu.

„Der General erwartet Sie heute Abend um halb sieben.“

„Der General ? Was will er von mir ?“

Der Hauptmann lächelte.

„Das weiß ich doch nicht. Aber ist das so schwer zu erraten ?“

„Nein, es ist nicht schwer zu erraten.“

„Hurenschicksal“, dachte sie.

„Sie können jetzt gehen.“

„Was hat denn das schon wieder zu bedeuten ?“ fragte Claire in die Runde nachdem sie das Gebäude verlassen hatten.

„Wovon sprichst du ?“ erwiderte Ellen, „von der Einladung ? Was ist daran ungewöhnlich ? Er ist ein Mann und wir sind für ihn Huren, also jederzeit verfügbar. Und warum er gerade mich für heute Abend bestellt hat, das weiß ich nicht, wahrscheinlich Zufall. Mit einer muß er ja anfangen. Möglicherweise bist morgen Abend du an der Reihe.“

„Das paßt aber jetzt nicht zusammen", wandte Beth ein, „der Hauptmann sagte doch gestern Abend, solche Dinge wie auf dem Kasernenhof werden sich nicht mehr wiederholen. Und außerdem hat der General nach deinem Namen gefragt, nachdem er dich angesehen hatte. Das hatte doch etwas zu bedeuten."

Lilian lächelte.

„Er wird es ja wohl kaum auf dem Kasernenhof mit ihr treiben. Und der Kerl von gestern war ja auch nur ein Feldwebel, er ist aber General. Und es heißt doch schon seit Alters her 'was dem Zeus erlaubt ist, ist nicht dem Ochsen erlaubt'. Das ist doch logisch, oder ?"

„Ja schon, aber das habe ich jetzt nicht gemeint", warf nun Claire ein, „ist euch denn nichts aufgefallen ?"

„Was sollte uns denn aufgefallen sein ?" fragte Mary.

„Der Hauptmann hat uns heute Morgen mit 'Sie' angeredet. Gestern hat er uns geduzt."

„Denk nicht darüber nach", gab ihr Alice zu verstehen, „das hat vermutlich gar nichts zu bedeuten. Vielleicht hat es ihm der General befohlen."

Die Frauen liefen zu ihrer Unterkunft zurück. Im Aufenthaltsraum lagen zahlreiche ältere Zeitschriften aus. Sie begannen darin zu blättern, Mary und Alice setzten sich auf die Terrasse, Beth schaltete den Fernsehapparat ein. Im Grunde langweilten sie sich. Sie hatten aber ohnehin keine große Lust etwas zu unternehmen, selbst wenn die Möglichkeit bestanden hätte. Sie fühlten sich alle müde. Die Strapazen des gestrigen Tages steckten ihnen noch in den Knochen. Nach einiger Zeit kam auch Ellen auf die Terrasse, setzte sich zu Alice und Mary.

„Der General hat mich zu sich bestellt. Das geht mir nicht aus dem Kopf. Was will er wohl von mir ?" meinte Ellen.

Alice grinste.

„Mach dir deswegen keine Gedanken. Was wird er schon von dir wollen ? Für die sind wir doch nur Huren. Denk doch nur an diesen Feldwebel von gestern Abend, diesen Watz."

„Ja, aber der General beendete diese unwürdige Behandlung umgehend, degradierte den Feldwebel sogar vor unseren Augen. Und der Hauptmann entschuldigte sich dann für den Vorfall, behandelte uns korrekt."

„Das hat wenig zu sagen", meinte nun Mary, „dieser Feldwebel war ein primitiver Prolet. Und was sie mit uns getrieben haben, war ein Ausbund von Disziplinlosigkeit. Das hat der General auch so zu dem Hauptmann gesagt. Sie sprachen zwar leise, doch ich habe es gehört. Diese Offiziere halten sich zwar für etwas Besseres, aber deswegen denken sie noch lange nicht besser über uns. Warte es ab, in ein paar Tagen ist der Bau hier ein Bordell. Wir haben dann einen Terminkalender, in dem steht, wann wir wen an uns ranlassen müssen."
„Das glaube ich nicht."
„Glaub was du willst", sagte nun Alice, „du hast es doch vorhin selbst gesagt. Er will seinen Spaß mit uns und mit dir fängt er eben an. Zufall. Und wenn wenn er sich mit einer vergnügt hat, dann läßt er seine Offiziere auch ran."
„Vielleicht probiert er uns alle erst einmal durch", bemerkte Mary belustigt, „wählt dann die Beste für sich aus und überläßt die anderen seinen Offizieren."
„Kann sein", erwiderte Alice, „vielleicht ist es auch ganz anders und du erinnerst ihn an seine erste große Liebe, die ihn verschmäht hat. Dann hast du Glück und der General hat dich für sich allein ausgesucht, will dich nicht anderen teilen. Warum auch ? Schließlich ist er der Boß. Also, sei gescheit, verpfusche die Sache nicht, indem du Zicken machst, auch wenn du damit uns schadest."

Kurz vor halb sieben erschien der Hauptmann.
„Ich habe es Ihnen bisher noch nicht gesagt. Es gibt hier auch ein Schwimmbad. Das dürfen Sie natürlich auch benutzen. Aber züchtige Badekleidung ist Vorschrift, also das, was Sie in der Kleiderkammer bekommen. Sie sollen die Soldaten ja nicht wild machen."
Dann führte er Ellen zum Büro des Generals.
Mit leicht bangem Herzen betrat sie das Zimmer, nachdem auf ihr Klopfen ein 'Herein' als Antwort kam.
„Guten Abend, Ellen", begrüßte er sie, „seien Sie mir nicht böse wenn ich Sie so anrede, aber Ihren Nachnamen weiß ich nicht."
„Ich heiße Braunstein."
„Braunstein ? So heißt doch das Zeug, das entsteht, wenn man zu einer Kaliumpermanganatlösung Wasserstoffsuperoxid hinzugibt."

Ellen blickte ihn leicht scheel an.

„Für meinen Nachnamen kann ich nichts."

„Jedenfalls reagieren die beiden Komponenten heftig miteinander."

„Was will er denn damit sagen ?" dachte Ellen.

Der General grinste.

„Nein, der Name paßt nicht so gut zu Ihnen. Sie sind nicht das Abfall-produkt einer heftigen Leidenschaft, dafür sind Sie auch viel zu hübsch."

„Ich habe mir den Namen nicht ausgesucht", bekräftigte sie.

„Ich mache Ihnen ja auch gar keinen Vorwurf. Ich werde Sie einfach Ellen nennen. Das klingt hübsch. Sie dürfen dafür auch Richard zu mir sagen wenn wir alleine sind. Ansonsten bin ich für Sie natürlich der General Harterstein. Die Form muß schließlich gewahrt bleiben."

Ellen lächelte.

„Da paßt doch wenigstens Ihr Name zu Ihnen", erwiderte sie keck, „Sie sind doch ein harter Mann. Das weiß ich bereits nach einem Tag."

Sie erschrak über ihre eigenen Worte, doch der General lächelte.

„Ein General muß ein harter Mann sein. Sonst taugt er nichts. Aber lassen wir das. Wie war denn Ihr Tag heute ? Sind Sie gut unter-gebracht?"

„Wir können uns nicht beschweren. Wir haben den Tag genutzt um uns von den gestrigen Strapazen auszuruhen. Aber warum haben Sie mich eingeladen ? Doch sicherlich nicht um zu erfahren, wie ich den heutigen Tag verbracht habe. Das hat doch einen triftigen Grund."

„Alles hat seinen Grund."

„Darf ich ihn erfahren ?"

„Er wird Ihnen sicher im Laufe des Abends klar werden."

Ellen lächelte.

„Ihre Antwort war deutlich. Er ist mir bereits jetzt klar."

Sie hätte sich nun am liebsten auf die Zunge gebissen.

Der General lächelte aber.

„Sie gefallen mir. Aber genug der Begrüßung, essen wir erst einmal zu Abend. Mal sehen, was die Köche vorbereitet haben."

Sie begaben sich ins Nebenzimmer.

„Meine Wohnung liegt gleich neben dem Büro", meinte er lächelnd, „das ist praktisch. Das heißt, neben meinem Militärbüro. Ich habe natürlich auch noch ein Büro im Gouverneurspalast. Das suche ich aber nur alle paar Tage auf. Ich fühle mich hier unter den Soldaten wohler als dort unter den Zivilisten. Das sind ja meist auch nur sture Bürokraten. Und ein Großteil der Arbeit läßt sich Dank der modernen Kommunikationsmittel auch von hier aus verrichten."

Nach dem Abendessen führte er sie ins 'Wohnzimmer'. Sie ließen sich bei einem Glas Wein auf einem Sofa nieder, begannen ein Gespräch. Richard erzählte ihr seinen beruflichen Werdegang, allerdings recht nüchtern, er erwähnte nicht seine Heldentaten, hob auch nicht seine Verdienste hervor. Ellen wunderte sich daher etwas darüber, daß er trotz seines doch eher noch jugendlichen Alters, sie schätze ihn auf etwa vierig Jahre, bereits eine so hohe Stellung erreicht hatte. Er fragte sie dann nach ihren persönlichen Verhältnissen, was ihr verständlicherweise natürlich eher peinlich war. Sie drückte sich daher auch sehr dezent und so unverbindlich wie möglich aus, konnte allerdings die Wahrheit über ihre Person nicht vertuschen, zumal ihr völlig klar war, daß Richard wußte, um welchen Typ Frau es sich bei ihr handelte. Der hörte aufmerksam zu. Ellen beobachtete ihn genau, versuchte aus seinen Gesichtszügen und seinen Worten herauszulesen, daß er sie für eine unehrenhafte Frau hielt und er sie daher gering schätzen mußte, auch wenn er es nicht offen zeigte. Sie konnte aber derartiges nicht feststellen. Andererseits näherte er sich ihr immer mehr, begann sie zu berühren, zu streicheln, küßte sie schließlich. Er berührte sie dann auch an intimeren Stellen, entkleidete sie. Ellen war dies im Grunde genommen zuwider, sie fühlte sich mißbraucht, wagte aber nicht sich zu wehren. Sie dachte an die Worte Alice's, tat so als genösse sie seine Zärtlichkeiten. Schließlich beschlief er sie. Ellen fand das einerseits widerwärtig, sie mußte sich allerdings eingestehen, daß sie sich ihm nicht widersetzt hatte, vielmehr vortäuschte, daß sie seine Berührungen genieße und er daher glauben mußte, daß auch sie dieses Spiel wünschte.

„Tat er das, weil ich so eine bin oder obwohl ich so eine bin ?" fragte sie sich schließlich.

Und er wich auch hinterher nicht von ihr, sondern schmiegte sich an sie, wie jemand der körperliche Wärme oder auch Geborgenheit sucht.

„Wir sollten jetzt schlafen gehen", meinte er schließlich.

Ellen begann sich anzukleiden.

„Was hast du vor ?" fragte er.

„Schlafengehen. Das hast du doch befohlen."

Richard lachte.

„Ich habe nichts befohlen, nur einen Vorschlag gemacht. Warum ziehst du dich an ? Willst du etwa in deinen Kleidern schlafen ?"

„Nein, das habe ich nicht vor. Aber ich kann doch nicht nackt zu meinem Bau laufen."

„Wieso willst du zu deinem Bau laufen ? Mein Bett ist groß genug für uns beide."

„Ist das jetzt ein Befehl ?"

„Nein, ein Wunsch. Du darfst natürlich gehen, wenn du magst. Du würdest mich aber enttäuschen, denn dann hättest du im Grunde meine Einladung mißverstanden."

„Was hat denn das jetzt schon wieder zu bedeuten ?" fragte sich Ellen, sagte aber dann.

„Gut, ich bleibe."

„Das ist schön von dir. Sei mir jetzt nicht böse, ich drücke mich aber drastisch aus, das ist so meine Art, wenn ich jetzt nicht sage 'die Hure hat ihre Schuldigkeit getan, die Hure kann gehen'. Du bist für mich weder eine Hure, noch hast du deine Schuldigkeit getan, noch sollst du gehen."

„Nein, ich bin dir nicht böse, ich verstehe."

Sie legten sich dann zu Bett. Er versucht gar nicht mehr sie zu berühren, zumindest nicht an intimen Stellen. Er schlief bald ein. Ellen lag noch einge Zeit wach, dachte nach.

„Zweifelsohne hat er mich eingeladen weil er mit mir schlafen wollte. Daran gibt es nichts zu rütteln. Aber das war nicht der einzige Grund. Vielleicht gehört er zu der Art Männer, die uns für gefallene Engel halten, wie sich Mary ausdrückte und er will mich auf den Pfad der Tugend zurückführen. Nein, er hält mich sicherlich nicht für eine Hure, die man lediglich benutzt um seine Lust zu befriedigen. Nein, er brachte mir trotz allem eine gewisse Achtung entgegen."

Sie lächelte vor sich hin.

„Und er wollte mir klarmachen, daß er der Mann ist, der das tun kann und will. Aber er fragt sich offensichtlich nicht, ob er für mich der Mann ist, den ich mir wünsche, der mich auf den Pfad der Tugend zurückführen soll."

Und dann fiel ihr noch etwas ein. Während er sie vorher mit 'Sie' angeredet hatte, duzte er sie hinterher. Sie duzte ihn nun auch und er nahm keinen Anstoß daran.

Sie schlief dann ein.

Der General war bereits aufgestanden als sie erwachte, saß an seinem Schreibtisch.

„Guten Morgen, frühstücken wir erst einmal. Ich habe noch nichts zu mir genommen."

Sie gingen dann in einen Nebenraum, setzten sich an den bereits gedeckten Tisch. Richard begann ein unverbindliches Gespräch. Auf die Ereignisse des gestrigen Abends ging er nicht ein. Er wirkte liebenswürdig, freundlich, zuvorkommend. Ellen gewann den Eindruck, daß er das gemeinsame Frühstück, das Zusammensein mit ihr, das Gespräch, auch wenn nur über Unbedeutendes geredet wurde, sichtlich genoß.

„Es tut mir leid", sagte er schließlich, „aber jetzt müssen wir uns trennen. Ich muß schließlich meine Amtspflichten erfüllen. Aber heute Abend sehen wir uns wieder, falls du es nicht ablehnst."

„Darf ich denn ablehnen ?"

„Dürfen darfst du schon", entgegnete er zweideutig.

Ellen überlegte nicht lange.

„Es bleibt mir ja nichts anderes übrig als zuzusagen", erwiderte sie keck.

Sie war sich bewußt, daß sie ihn mit diesen Worten provozierte. Doch Richard verzog keine Miene, im Gegenteil, er lächelte.

„Eine andere Antwort hätte mich auch enttäuscht."

Ellen kehrte zu ihrer Unterkunft zurück. Alice erwartete offensichtlich sie bereits.

„Wie wars ?" fragte sie.

„Wie erwartet", entgegnete Ellen mit leichten Grinsen, „heute Abend muß ich wieder antreten."

„Und ? Tust du es aus Freude oder aus Pflichtbewußtseinsgefühl ?"

„Es gibt noch eine dritte Möglichkeit: aus Neugier."

„Aus Neugier ?"

„Ja, ich möchte wissen, was er mit mir vorhat."

„Was er mit dir vorhat ? Das ist doch ganz klar. Oder hat er sich etwa zurückgehalten ?"

„Nein, ganz im Gegenteil. Aber da steckt noch mehr dahinter. Es nur ein dumpfes Gefühl, kein sicheres Wissen. Aber ich möchte erfahren, wie es weitergeht. Und so schlimm war es jetzt auch wieder nicht. Er hat keine ekligen Sachen verlangt. Da bin ich von manchen Drehtagen anderes gewöhnt."

Alice grinste.

„Ich verstehe, eigentlich hat es dir gefallen. Nur die Art, wie er vorgegangen ist hat dich gestört."

Ellen lächelte süffisant.

„Gut, das müssen wir jetzt nicht näher diskutieren", meinte Alice nach kurzem Schweigen, „und was sollen wir heute tun ? Hast du einen Vorschlag ?"

„Wir könnten in die Stadt fahren, uns ein bißchen umschauen. Ich könnte mir ein Kleid kaufen und ein Fläschchen Parfüm. Damit ich heute Abend wie eine Dame aussehe wenn ich zum General gehe und nicht wie ein dahergelaufenes Bauerntrampel."

Alice lachte.

„Willst du ihn etwa verführen ? Ich denke, das ist nicht notwendig."

„Nein, das siehst du falsch. Ich möchte als Frau, als Dame vor ihn treten, nicht als Hure. Ich hoffe, du verstehst das. Vielleicht verstehst du es auch nicht. Das kann ich dir nicht übelnehmen. Aber ich hoffe, er ist ein Mann von Niveau und wird das verstehen."

Alice atmete tief durch, dachte kurz nach.

„Vielleicht, aber das ist deine Sache. Und wie kommen wir hier raus."

„Prinzipiell dürfen wir die Kaserne verlassen, natürlich in Begleitung. Und wenn dies ehrlich gemeint ist, dann muß Hauptmann Barrasoff für eine Begleitung sorgen, wenn wir es verlangen. Wir sind nicht so schwach, wie du vielleicht denkst. Sie haben uns gewisse Rechte zugestanden, freiwillig, und die müssen sie uns gewähren, wenn wir darauf pochen."

„Und wenn sie es nicht tun ?"

„Dann treiben sie ein falsches Spiel mit uns und dann werde ich nicht heute Abend zum General gehen."

„Na schön, wir können es versuchen und den Hauptmann fragen, wenn er heute Morgen kommt."

Der Hauptmann erschien gegen zehn Uhr, versammelte die Frauen, teilte ihnen mit, es gebe keine Neuigkeiten. Sie könnten den Tag genießen wie sie wollten. Ellen brachte ihr Anliegen vor. Boris schluckte kurz.

„Versprochen ist versprochen", sagte er dann, „Sie beide wollen also nach Surabayab, so heißt die Stadt. Ich werde Sie begleiten. Das ist ja schließlich meine Pflicht. Und wie sieht es mit den anderen aus ?"

„Das wissen wir nicht. Wir haben sie nicht gefragt", antwortete Alice.

Lilian, Beth und Mary hatten kein Interesse. Sie wollten schwimmen gehen und in der Sonne liegen. Claire schloß sich ihnen an.

„Ich muß Ihnen ja nicht auf dem Fuß folgen", meinte der Hauptmann, als sie in Surabayab angekommen waren, „schauen Sie sich ganz ungezwungen um, kaufen Sie ein, was Ihnen gefällt. Ich werde unterdessen in dem Cafe dort drüben warten. Drei Stunden sollten genügen. Oder etwa vier ? Halten Sie sich aber bitte an die Verabredung, versuchen Sie nicht zu fliehen. Ich vertraue Ihnen. Bitte enttäuschen Sie mich nicht. Und wenn Sie jemand kontrolliert, dann schicken Sie ihn zu mir."

Er holte einen Notizblock hervor, schrieb einige Worte auf, riß dann den Zettel heraus, gab ihn Alice.

„Das ist der Befehl."

Die drei entfernten sich, bummelten durch das Geschäftsviertel, das nicht allzu ausgedehnt war. Sie betrachteten die Auslagen der Geschäfte, betraten verschiedene Läden, Ellen fand ein hübsches Kleid, auch ein Parfüm, das ihr zusagte, Alice kaufte eine Hose und eine Bluse. Claire hielt sich zurück. Sie hatte keine Interesse daran etwas zu kaufen. Ihr wurde der Bummel bald langweilig, sie trennte sich von den anderen, lief zu dem Cafe, in dem Boris wartete, zurück, nahm an seinem Tisch Platz.

161

„Nun, nichts gefunden?" fragte er.

„Ach", antwortete Claire, „eigentlich habe ich gar keine Lust auf große Einkäufe. Ich habe mich auch nur angeschlossen um einmal für ein paar Stunden aus der Kaserne herauszukommen. Wissen Sie, auch wenn wir gewisse Freiheiten genießen, ich fühle mich dort trotzdem eingesperrt."

„Ich verstehe Sie voll und ganz. Es ist auch für uns eine unangenehme Situation, aber wir müssen uns an die Gesetze halten. Es ist natürlich vollkommen klar, daß dieses spezielle Gesetz eigentlich für Ihren Fall nicht wirklich anwendbar ist. Auch wenn Ihre Tätigkeit in der VRE strafbar ist, so stellt sie doch kein wirkliches Verbrechen dar. Sie haben in unserem Land Schutz gesucht. Legal konnten Sie ja gar nicht einreisen, nicht wegen uns, sondern weil der Grenzschutz der VRE Sie am Grenzübergang verhaftet hätte. Wie Ihr Fall nun hierzulande bewertet wird, liegt nicht in unserem Ermessen. Das ist Sache der Gerichte. Wir können nur das tun, was in unserer Macht liegt um Ihnen den Zwangsaufenthalt in unserem Land so angenehm wie möglich zu machen und Sie natürlich immer wieder ermahnen, nicht zu versuchen zu fliehen. Denn das würde Ihre Lage definitiv verschlimmern. Und machen Sie mir jetzt bitte keine Vorwürfe. Wie sind Sie eigentlich dazu gekommen ihre Tätigkeit ausgerechnet in der VRE auszuüben, in einem Staat, in welchem dies streng verboten ist und mit schwerer Strafe belegt wird? Das hätten Sie doch wissen müssen."

„Nein, das haben wir leider nicht gewußt. Der Produzent sagte uns, es sei alles in Ordnung. Und wir haben uns nicht weiter um die Angelegenheit gekümmert. Jetzt weiß ich natürlich, daß dies ein schwerer Fehler war, aber das Geschehene läßt sich nun mal nicht einfach rückgängig machen."

„Ja, das ist eben so. Aber glauben Sie mir, wir, ich meine jetzt vornehmlich den General, setzen uns schon für Sie ein. Denken Sie jetzt nicht, daß wir Sie für Menschen zweiter Klasse halten, die nicht würdig sind, daß man ihnen hilft. Es gibt natürlich so Existenzen wie dieser Feldwebel, für die Sie Huren sind, mit denen man alles machen kann. Die mögen Ihnen zurecht widerwärtig sein, aber Sie dürfen diese Kerle nicht zum Maßstab nehmen. Die sind nicht relevant."

Er lächelte.

„Ich will ganz ehrlich sein. Ich habe von Ihnen bisher nur den besten

Eindruck gewonnen."

Er schwieg dann, doch Claire schien es, daß er eigentlich noch etwas sagen wollte, es aber offensichtlich nicht wagte. Sie beschloß zum Angriff überzugehen.

„Würden Sie eigentlich so eine wie mich zur Frau nehmen, heiraten ?" fragte sie keck.

Boris schien verlegen zu werden.

„Ihre bisherige Tätigkeit wäre zumindest kein Hinderungsgrund. Es gibt da natürlich gewisse Randbedingungen, die erfüllt werden müßte."

Claire lächelte.

„Daß ich meine bisherige Tätigkeit aufgebe."

„Ja", antwortete er bloß.

„Nun, dann kann ich gleich ja einmal den ersten Schritt tun. Claire ist nur mein Filmname. Mein richtiger Name ist Klara. Nennen Sie mich in Zukunft einfach so."

Ein Strahlen glitt über sein Antlitz. Das schien ihm ein Wink zu sein. Klara hatte ihm von Anfang an gefallen. Allerdings hatte er es bisher nicht gewagt, zu versuchen, näheren Konkt zu ihr knüpfen, schon aus Angst, sie könnte das falsch auffassen. Aber schien sie nicht auch Interesse an ihm zu haben ? Warum wollte Sie mit in die Stadt fahren, wenn sie kein wirkliches Interesse an einem Schaufenster- und Einkaufsbummel hatte, nach kurzer Zeit zurückkehrte und sich zu ihm setzte ? Nur um einmal für ein paar Stunden aus der Kaserne heraus- zukommen ? War es nur Zufall, daß sie jetzt zusammensaßen oder steckte eine Absicht dahinter ? Wie dem auch sei, sagte er sich, manch- mal nehmen eben Entwicklungen unbeabsichtigt einen Verlauf in eine bestimmte Richtung. Er beschloß daher seine Zurückhaltung aufzu- geben, die Probe aufs Exempel zu machen.

„Schön, das Angebot nehme ich gerne an und Sie dürfen dann Boris und Du zu mir sagen, vorläufig allerdings nur, wenn wir unter uns sind. Ist das in Ordnung für dich, Klara."

„Allemal."

„Magst du auch ein Stück Torte ? Ich lade dich ein", fragte er dann.

„Gerne. Und einen Cappuchino, wenn es so etwas hierzulande gibt."

Er winkte der Kellnerin. Es entspann sich ein lockeres Gespräch. Als die beiden anderen kamen, tranken sie noch einen Kaffee zusammen, fuhren dann in die Kaserne zurück.

„Na, du hast es wohl auf den Hauptmann abgesehen", frozzelte Alice, nachdem sich Barrasoff nach der Ankunft im Militärlager von ihnen verabschiedet hatte und sie in Richtung ihrer Unterkunft liefen.

„Warum nicht", erwiderte Klara spöttisch, „Boris ist doch ein netter, gutausseher Mann."

„Hast du gehört ?" Ellen grinste, „sie hat Boris gesagt."

„Guten Abend, du siehst ja heute Abend so fein aus", begrüßte Richard Ellen lachend als sie sein Büro betrat, „das Kleid ist wirklich hübsch. Ich sehe, du hast einen guten Geschmack. Und es steht dir auch gut. Hast du dich wegen mir so zurecht gemacht ?"

„Ja, natürlich", entgegnete sie, „ich kann Ihnen doch nicht wie Putzfrau entgegen treten. Was sollen Sie von mir denken ? Da müßten Sie mich doch für eine Schlampe halten."

„Auf den Mund gefallen bist du jedenfalls nicht. Deine Antwort gefällt mir noch besser als dein Kleid. Komm aber jetzt mit. Das Abendessen ist vorbereitet."

Sie gingen ins Speisezimmer, nahmen am Tisch Platz.

„Eines ist mir wirklich unangenehm", begann er dann, „ich rede dich mit 'du' an und du mich mit 'Sie'. Das klingt doch irgendwie dumm."

„Was ist denn daran unangenehm und wieso klingt das dumm ? Das drückt doch bloß den Unterschied zwischen uns aus. Sie sind General und der Gouverneur und ich bin nur eine kleine Hure."

„Kleine Hure ? Nur weil ich gestern Abend unbedingt mit dir schlafen wollte, halte ich dich doch noch lange nicht für eine Hure. Dann müßtest du mich ja auch für einen Hurenbock halten."

„Vielleicht tue ich das auch", lag ihr auf der Zunge. Sie hielt es aber für unschicklich, dies laut zu sagen, erwiderte statt dessen.

„Für was halten Sie mich denn sonst ? Es ist nicht wegen gestern Abend, sondern wegen meiner Tätigkeit, meines Berufes sozusagen. Das wäre doch ganz natürlich."

Richard lächelte.

„Es ist immer falsch vorschnell zu urteilen. Wir sollten uns erst besser kennenlernen, bevor wir über solche Dinge reden. Ich wollte dir nur sagen, bitte 'duze' auch und nenne mich Richard, wenn wir alleine sind.

In der Öffentlichkeit sollten wir allerdings zumindest vorerst noch eine gewisse Förmlichkeit wahren. Dort werde ich dich auch nicht duzen."
„In der Öffentlichkeit ? Was hat denn das schon wieder zu bedeuten ? Will er sich mit mir etwa in der Öffentlichkeit zeigen ?" dachte sie, sagte dann.
„Abgemacht, Richard."
Der nickte befriedigt, erhob sein Glas.
„Darauf müssen wir trinken."
Er reichte ihr sein Glas, sie ihm ihres. Sie tranken.
„Jetzt fehlt nur noch der Kuß", meinte Ellen dann.
„Das sollte kein Problem sein."
Er erhob sich, beugte sich zu ihr hin. Sie erhob sich auch. Sie küßten sich.
„Ich sollte dir vielleicht einiges über mich erzählen", begann er dann, „mein Vater stammt aus Deutschland. Er mußte das Land wegen einer Frauengeschichte verlassen. Er hatte einen Nebenbuhler im Streit niedergestochen. Er ging zur Fremdenlegion, ließ sich nach Ablauf seiner Dienstzeit hier auf Eutorischja als Söldner anwerben. Es herrschte damals Bürgerkrieg zwischen den religiös – fundamentalischen eingeborenen Eutorianer und den Nachkommen der eingewanderten Chinesen und Europäer. Nach Ende des Krieges und der Teilung der Insel in die VRE und die FRE blieb er im Land, beim Militär, stieg bis zum Oberstleutnant auf. Meine Mutter stammte aus dem Iran, verließ ihre Heimat als dort die Mullahs die Macht ergriffen. Es war eine fast tragische Entscheidung hierher zu kommen, denn nach einem knappen halben Jahr begann der Bürgerkrieg. Als ein Truppe Fundamentalisten die Kleinstadt überfiel, in der sie lebte, geriet sie in deren Gewalt und wurde verschleppt. Auf dem Rückmarsch zu ihrem Stützpunkt wurde die Truppe allerdings von einer Einheit, die mein Vater kommandierte, angegriffen und aufgerieben, die Gefangenen wurden befreit. So lernten sich also meine Eltern kennen und ein fast tragisches Schicksal nahm einen glücklichen Ausgang. Nach Ende seiner Dienstzeit kauften meine Eltern ein kleines Haus an der Nordküste, etwa zweihundert Kilometer von hier entfernt. Für mich als Offizierssohn war eine Militärlaufbahn fast vorgezeichnet. Aber, das Essen haben wir beendet, nehmen wir im Wohnzimmer auf den Sofa

Platz. Dann kannst du ein bißchen von dir erzählen."

„Mein Schicksal ist weniger tragisch", begann Ellen als sie auf den Sofa Platz genommen hatten, „ich bin durch eine Freundin zur Filmerei gekommen. Ich bin nicht prüde, aber velleicht war ich ein bißchen naiv, dachte 'was ist schon dabei ?' Und ich konnte mir dadurch auch mein Geschichtsstudium finanzieren. Der Hammer kam vor einem halben Jahr als ich mich um eine Promotionsstelle bewarb. Meine Filmerei war im Institut offensichtlich bekannt geworden und man erklärte mir ohne Umschweife, meine Lebensweise habe Anstoß erregt und man könne mich daher nicht als Doktorandin aufnehmen. Das hat mich schwer getroffen, denn das war doch pure Heuchelei, da die Professorin, welche die Stelle ausschrieb, ihre Professur ja auch nicht aufgrund ihrer wissenschaftlichen Fähigkeiten erhalten hatte, sondern sich im Bett eines alten Bocks, der als große Koryphäe gilt, erfickt hat."

Richard verzog das Gesicht. Ellen merkte das.

„Entschuldige, wenn ich mich jetzt etwas vulgär ausgedrückt habe, ich bin nun einmal direkt, insbesondere wenn mich aufrege. Sie hatte ein Liebesverhältnis mit dem Herrn, was ihre Karriere gefördert hat. Daran war im Prinzip ja auch nichts Anstößiges. Er war verwitwet und sie war ledig."

Sie begannen nun ein Gespräch über ihre Interessen und Neigungen, stellten dabei fest, daß sie in vielem übereinstimmten. Natürlich kam es zum Austausch von Zärtlichkeiten, die immer intensiver wurden. Schließlich trug er sie ins Schlafzimmer, wo sie sich liebten.

„Du darfst nicht schlecht von mir denken", sagte Richard hinterher, „aber ich sehne mich nach deiner Nähe, brauche sie. Sie verschafft mir Wohlbehagen, Glück. Verzeih mir bitte, wenn ich dich mißbraucht, verletzt habe. Aber ich bin auch nur ein Mensch und kann nicht anders handeln. Aber ich werde alles für dich tun, auch wenn es meinen Tod bedeutet."

Ellen streichelte ihn.

„Rede doch nicht solche Sachen. Wer verlangt schon deinen Tod. Aber wir sollten ehrlich zueinander sein. Du brauchst dich nicht zu entschuldigen. Gestern habe ich mich etwas überrumpelt gefühlt, Doch heute war es anders. Da wollte ich es auch."

„Das ist gut. Komm her, schmiege dich an mich. Laß uns so schlafen."

166

Am nächsten Morgen war Richard, wie bereits am Vortag, beim Frühstück höflich und zuvorkommend, bedauerte schließlich, daß sie sich nun trennen müßten, fragte, ob sie sich am Abend erneut mit ihm treffen möchte. Die Art, wie er fragte, verwunderte sie allerdings, denn es klang nicht wie ein Befehl oder eine Aufforderung, eher so, als überließe er es ihr sich frei zu entscheiden. Sie hatte mittlerweile aber auch Gefallen an dem Mann gefunden, war neugierig zu erfahren wie es nun mit der Beziehung zwischen ihr und dem General weitergehen würde, sagte daher zu. Sie bemerkte dabei ein leichtes Strahlen auf seinem Gesicht.

„Ich denke, wir sollten den heutigen Abend nicht wieder in der Wohnung verbringen", sagte er, als sie am späten Nachmittag sein Büro betrat, „ich lade dich zu einem Theaterbesuch in der Stadt ein. Es wird ein weniger bekanntes Stück von Lessing aufgeführt. Es heißt 'Der junge Gelehrte'."
„Ich kenne es", Ellens Gesicht begann zu strahlen, „es ist eine herrliche Satire. Das ist jetzt wirklich eine Überraschung und schöne Einladung."
Sie fiel ihm um den Hals, küßte ihn, verzog aber dann leicht das Gesicht.
„Kann ich da überhaupt hingehen, so wie ich angezogen bin, in dem Aufzug?"
„Es gibt dort keine Kleidervorschriften. Die Aufführung findet auch in keinem Theater, sondern im Bürgerhaus statt. Und das Ensemble ist eine Laiengruppe. Da ist keine festliche Kleidung erforderlich. Und wenn wir gleich aufbrechen, dann können wir vorher noch einen Spaziergang im Stadtpark unternehmen."
Ellen war einverstanden. Sie schlenderten durch den Park, Richard trug Zivilkleidung, damit sie nicht sonderlich auffielen, wie er sagte. Die meisten Passanten, hielten die beiden auch für ein ganz normales Paar, das seine Abendrunde dreht, nahmen keine Notiz von ihnen. Nur wenige schienen Richard zu erkennen, grüßten daher ehrerbietig, schauten ihnen dann leicht verstohlen nach.
„Verhalten sie sich so", fragte sich Ellen, „weil es ungewöhnlich ist, den General abends im Stadtpark anzutreffen oder weil er mit einer Frau unterwegs ist?"

Nach der Vorstellung, die Ellen recht gut gefiel, suchten sie ein Lokal zum Abendessen auf, unterhielten sich lebhaft, wobei natürlich ihre Eindrücke von der Aufführung im Vordergrund standen. Erst kurz vor Mitternacht fuhren sie zur Kaserne zurück.

„Bleibst du heute Nacht wieder bei mir ?" fragte er als sie das Auto verließen.

„Wenn es dir recht ist."

Sie nahmen dann wie in den Tagen zuvor im Wohnzimmer auf dem Sofa Platz.

„Laß uns den Abend bei einem Glas Wein ausklingen, das erscheint mir schöner als gleich zu Bett zu gehen."

Ellen war einverstanden. Sie setzten ihre Unterhaltung fort. Ellen fiel allerdings auf, daß er gar nicht versuchte sie zu berühren, was sie ein bißchen verwunderte. Schließlich bemerkte Richard eher beiläufig.

„Ich habe heute ein Gästezimmer einrichten lassen. Das kannst du gerne gerne benutzen, wenn du nicht bei mir liegen magst."

Was hatte denn dies schon wieder zu bedeuten ? Sie sann auf eine diplomatische Antwort.

„Nimm es mir nicht übel" sagte sie schließlich, „ich liege gerne bei dir, aber wenn du schon dieses Zimmer hast einrichten lassen, dann möchte ich es gerne auch einmal ausprobieren. Ich hoffe, du bist mir deswegen nicht böse."

Richard lachte.

„Wie könnte ich dir böse sein ? Ich habe das Zimmer einrichten lassen und es dir angeboten. Ich mußte also davon ausgehen, daß du es annimmst. Alles andere wäre ja unsinnig."

Er umarmte und küßte sie.

„Also dann, gute Nacht. Wir sehen uns morgen beim Frühstück."

Ellen lag noch einige Zeit wach, fragte sich, was dies denn schon wieder zu bedeuten habe. War er doch, trotz seinen Freundlichkeit und seiner Behutsamkeit ihren Gefühlen gegenüber in den vergangenen Nächten offensichtlich nur darauf bedacht gewesen mit ihr zu schlafen, so hielt er sich heute zurück. Das konnte natürlich auch bedeuten, daß sie ihm bereits überdrüssig war. Den Eindruck hatte er in ihr allerdings nicht erweckt. Zudem bestand in diesem Fall auch gar kein Grund sie noch weiter einzuladen oder gar ein Gästezimmer für sie einzurichten.

Auch sein Verhalten am Abend sprach nicht für solch eine Vermutung. Hatte sie nicht den Eindruck gehabt, es sei ihm heute gar nicht darum gegangen mit ihr zu schlafen ? Vielmehr schien er heute Abend ein großes Interesse an ihrem Denken, ihren Gefühlen zu haben, was sicherlich auch der Grund für die Einladung zu dieser Theateraufführung und der anschließenden Unterhaltung über das Stück gewesen sein mochte. Anders ausgedrückt: war sie bisher lediglich nur das Objekt zur Befriedigung seiner sexuellen Lüste, so schien es ihr heute Abend, daß er sich für sie als Mensch interessierte. Was bedeutete das aber ? Sie lächelte vor sich hin.

„Vielleicht mußte er sich erst einmal abreagieren, bevor er fähig war mich als Menschen zu betrachten."

Am nächsten Morgen war er freundlich und zuvorkommend, genau so wie am Abend zuvor, wie es ihr erschien, Es war keine Heuchelei in seinem Verhalten.

„Du sagtest, du liebst europäische klassische Musik", meinte Richard als sie beim Frühstück zusammensaßen, „heute Abend findet ein Konzert in Metz, unserer Provinzhauptstadt statt. Es wird von einem berühmten österreichischen Orchester dargeboten."

Ellen blickte ihn erstaunt an.

„Metz, das ist doch eine Stadt in Lothringen ?"

„Ja, das ist richtig. Die Stadt wurde ja vor zweihundert Jahren von lothringischen Auswanderern gegründet. Sie war auch für mehr als ein Jahrhundert wegen der Eisenerz- und Kohlevorkommen in der Umgebung ein Zentrum der Stahlindustrie. Die Vorkommen sind aber mittlerweile erschöpft und es ist nur noch ein Werk übrig, das Spezialstähle herstellt. Das Konzert heute Abend ist übrigens eine Veranstaltung im Rahmen der Jubiläumsfeierlichkeiten. Hast du Interesse daran als meine Begleiterin mitzukommen ?"

„Aber das ist doch sicherlich eine offizielle Angelegenheit."

„Ja, es findet ja auch hinterher ein Empfang und ein Abenddinner statt."

„Und ich darf daran teilnehmen ?"

„Sicher, als meine Begleiterin, sonst hätte ich dich ja nicht gefragt."

„Als was ?"

„Als meine Begleiterin, das sagte ich doch."

Ellen blickte ihn scheel an.

„Ja, und als wen willst du mich vorstellen ?"

„Du bist mein Gast. Außerdem, wir sind niemandem Rechenschaft schuldig. Kommst du mit ?"

„Wenn du es unbedingt möchtest. Aber gib mir nicht die Schuld, wenn es zu einem Skandal kommt. Du weißt, wer ich bin."

„Warum sollte es zu einem Skandal kommen ?"

Ellen ereiferte sich nun etwas.

„Warum ? Der Gouverneur kommt zu einer offiziellen Veranstaltung in Begleitung einer aus dem Nachbarland geflohener Hure, die demnächst auch noch wegen illegalen Grenzübertritts vor Gericht stehen wird."

Richard lächelte.

„Das ist mir vollkommen klar. Aber laß das meine Sorge sein. Kommst du also mit ?"

Ellen atmete tief durch.

„Na schön, aber auf deine Verantwortung."

„Das freut mich. Gut. Dann brauchst du natürlich auch noch die passende Kleidung für heute Abend. Eine Sekretärin wird mit dir in die Stadt fahren. Sie kennt die Geschäfte, in denen du die geeigneten Sachen finden wirst. Such dir aus, was dir gefällt, achte nicht auf den Preis. Die Kosten übernehme ich."

Er schwieg nun kurz.

„Der Punkt wäre nun also geklärt. Das Konzert beginnt um sieben Uhr. Die Fahrt nach Metz dauert eine gute Stunde. Wir sollten uns aber nicht unter Druck setzen, uns Zeit lassen, werden daher bereits um halb fünf abfahren."

Er drückte dann einen Klingelknopf, eine Frau mittleren Alters erschien, bat Ellen mit ihr zu kommen.

Nach Rückkehr in ihr Quartier suchte Ellen Alice auf, erzählte ihr die Geschichte.

„Was hältst du von der Sache ?" fragte sie schließlich.

Alice wiegte den Kopf.

„Konzert, Empfang, Abenddinner ! Eine offizielle Veranstaltung, an der zahlreiche Prominente, wie wir sie nennen würden, teilnehmen. Und er kommt mit dir als Begleiterin. Sei mir nicht böse, aber ich soll ja kein

Blatt vor den Mund nehmen. In Deutschland würde man das als Brüskierung bezeichnen, ja fast schon als Provokation."

„Ja, und er weiß genau, was er tut. Mir scheint, er will damit seine Macht demonstrieren. Und ich bin sein Werkzeug. Ach, hätte ich nur nicht zugesagt ! Aber jetzt kann ich keinen Rückzieher mehr machen. Ich will es auch gar nicht."

Mit etwas bangem Herzen betrat Ellen an der Seite Richards das Stadttheater, in welchem das Konzert stattfand. Man grüßte den Gouverneur und auch sie freundlich aber ehrerbietig, tuschelte allerdings wohl ein bißchen über das Paar. Es wurden ab und zu einige Worte gewechselt, zu längeren Gesprächen kam es nicht, da sie gleich Ihre Ehrenloge aufsuchten, in der sie allein waren. Das Konzert gefiel ihr außerordentlich. Hinterher beim Empfang stellte Richard sie einigen Personen namentlich vor, nannte sie eine nette Bekannte, die sich zur Zeit als Gast in seiner Umgebung aufhalte und der er mit dem Konzertbesuch eine Freude bereiten wollte. Und offenbar wagte es niemand Fragen zu stellen. Ellen kam während des Empfangs und auch hinterher beim Abenddinner mit etlichen Anwesenden ins Gespräch, man unterhielt sich über verschiedene Themen, meist natürlich über die Konzertaufführung. Ellen merkte, daß zwar manche ihr gegenüber reserviert blieben, die meisten ihr eine gewisse Sympathie entgegenbrachten, was natürlich auch daran liegen mochte, daß sie freundlich und zuvorkommend war, sich gepflegt unterhielt und auch ausdrückte, auch nie versuchte ihre Gesprächspartner zu belehren, selbst wenn sie bei gewissen Themen anderer Meinung war oder deren Ansichten für falsch hielt. Nähere Auskünfte über ihre Person oder ihre Beziehung zum Gouverneur erteilte sie nicht. Es fragte sie auch niemand danach. Gegen Mitternacht löste sich die Gesellschaft dann nach und nach auf.

„Wir werden nicht in die Kaserne zurückfahren, sondern im Governeurspalast übernachten", meinte Richard beiläufig als sie das Stadttheater verließen, „es ist alles vorbereitet. Und du wirst auch dein eigenes Schlafzimmer haben, falls du es möchtest."

Sie saßen dann noch bei einem Glas Wein zusammen um den Abend ausklingen zu lassen.

„Du hast einen sehr guten Eindruck hinterlassen", meinte er lächend,

„man hält dich für intelligent, gebildet, freundlich, zuvorkommend und so weiter."

„Und keiner wußte, wer ich wirklich bin ?" erwiderte sie.

„Spielt das denn eine Rolle ? Jeder sollte doch den anderen so beurteilen wie er ihn erlebt und nicht danach, was er über ihn von dritter Seite erfahren hat, wie andere ihn schildern. Das schafft doch nur Vorurteile und man sollte Menschen stets ohne Vorurteile betrachten."

Ellen lächelte.

„Das hast du zwar jetzt schön gesagt, aber es geht doch ein bißchen an der Realität vorbei. Die haben mich heute Abend auf dem Empfang und beim Dinner erlebt. Das ist nur eine Seite von mir. Einen meiner Filme haben sie nicht gsehen. Dann würden sie vermutlich anders über mich denken, mich in ein bestimmtes Schema pressen, wodurch festgelegt wird, wie sie über mich zu befinden haben. Das heißt doch, gewisse Eigenschaften, die man einem Menschen zuschreibt, legen fest, wie man ihn beurteilt. Und es gibt da Eigenschaften, die man als dominierend ansieht, während andere bei einer Beurteilung nur eine geringe Rolle spielen. Ich meine damit, gewisse negative Eigenschaften zählen meist mehr als alle positiven Eigenschaften zusammen. Eine Hure ist eben eine Hure, ein unflätiges Weib, das keine Bildung hat, kein Benehmen, kein kultivierter Mensch ist."

Richard atmete tief durch.

„Ich glaube, du schwelgst jetzt ein bißchen in deinen eigenen Vorurteilen. Viele haben dich heute Abend kennengelernt und einen positiven Eindruck von dir gewonnen. Glaubst du etwa, sie ändern ihre Meinung über dich, wenn sie von deiner bisherigen Tätigkeit erfahren ?"

„Ich befürchte es. Es klebt eben ein Makel an mir."

„Ich weiß, es gibt viele, die ihre vorgefaßte Meinung nicht ändern wollen. Aber du kannst etwas dagegen tun."

„Und was ?"

„Dich so benehmen wie du heute Abend warst. Dann wird der Makel verschwinden."

Ellen antwortete nicht.

„Wenn das so einfach wäre", dachte sie.

„Aber jetzt haben wir lange genug geredet. Wir sollten zu Bett gehen.

Möchtest du in dein eigenes Schlafzimmer?"

„Nein, ich möchte bei dir liegen."

Sie begaben sich ins Schlafzimmer, legten ihre Kleidung ab, zogen die bereit liegende Nachtwäsche an. Ellen wunderte sich darüber.

„Du bist davon ausgegangen, daß ich bei dir schlafen werde", meinte sich lächelnd.

„Wieso?" fragte Richard.

„Es lag doch Nachtwäsche für mich bereit."

Richard lachte nun.

„Das hat nichts zu bedeuten. Es liegt auch Nachtwäsche im anderen Schlafzimmer für dich bereit. Als guter Soldat muß man immer alle Möglichkeiten berücksichtigen."

Sie legten sich zu Bett. Er zog sie an sich, streichelte sanft ihren Kopf und ihre Wangen, küßte sie dann zärtlich.

„Komm, schmieg dich an mich, wenn du so schlafen kannst."

Ellen lag noch einige Zeit wach, während Richard bald einschlief.

„Was treibt er nur für ein Spiel?" fragte sie sich erneut, „was bezweckt er. Vor drei Tagen befahl er mich zu sich um mit mir zu schlafen. Das war sein vornehmliches Ziel. Er machte auch keinerlei Anstalten dies zu vertuschen. Ich war für ihn eine Hure, die ihm zu Willen sein mußte. Er sah das nicht als Vergewaltigung an, sondern als Bezahlung dafür, daß er uns menschlich behandelte, auch wenn er es nicht so sagte, aber er steuerte doch geradlinig darauf zu. Er hätte uns ja auch in einen muffigen Bau stecken können. Auf meine Gefühle nahm er dabei keine Rücksicht. Er ging davon aus, daß ich das so akzeptiere. Vorgestern war er schon anders. Er ging behutsamer vor und nahm mich erst, als er den Eindruck gewonnen hatte, daß es auch mein Wille ist. Er bemerkte sicherlich nicht, daß ich meine Bereitschaft nur heuchelte, auch wenn ich es dann doch einigermaßen genoß. Aber das kann ich ihm nicht zum Vorwurf machen. Gestern Abend rührte er mich nicht an, überließ es mir sogar, in einem anderen Zimmer zu schlafen. Und heute ist er nur zärtlich, läßt mich ansonsten in Ruhe. Da steckt doch eine Absicht dahinter. Wenn ich nur wüßte welche."

„Wir werden uns jetzt für einige Tage nicht treffen können", sagte Richard als sie am Morgen beim Frühstück zusammensaßen, „ich muß wegen etlicher Besprechungen nach Zhongdu, in die Hauptstadt reisen, Staatsgeschäfte eben, du verstehst. Dorthin kann ich dich leider nicht mitnehmen. Wir könnten uns ohnehin kaum sehen, da sich die Sitzungen meist bis spät in die Nacht hinein ziehen. Ein Fahrer wird dich zurück zur Kaserne bringen."

Er grinste.

„Keine Sorge, ich bleibe dir treu. Du mußt aber auch mir treu bleiben."

Sie umarmten und küßten sich zum Abschied.

Nach ihrer Rückkehr aus Metz suchte Ellen Alice auf.

„Nun, wie wars ?" fragte diese.

„Nun, der Abend lief nicht so ab, wie ich mir das vorgestellt hatte. Ich werde aber den Verdacht nicht los, er lief so ab wie Richard es plante."

„Was meinst du damit ?"

„Nun, ich dachte, ich würde mich in einer völlig fremden Welt wiederfinden, in der ich als Eindringling betrachtet werden würde, fürchtete, ich werde auf Distanz, Skepsis oder gar Ablehnung stoßen. Aber gerade das Gegenteil war der Fall. Richard stellte mich als Bekannte vor, die gegenwärtig sein Gast sei und der er mit der Einladung zu der Veranstaltung eine Freude bereiten wollte. Eine weitere Erklärung gab er nicht ab. Man schien das zu akzeptieren, niemand stellte Fragen, weder an ihn noch an mich. Und es herrschte eine sehr lockere Atmosphäre. Einige blieben zwar distanziert, aber die meisten, die ich kennenlernte, pflegten einen Umgang mit mir als würden wir uns schon lange kennen, gaben mir das Gefühl ich gehöre dazu. Du verstehst was ich meine."

„Ja, sicher, man hat dich so akzeptiert, wie man dich erlebt hat."

„Aber was wird sein, wenn sie erfahren, wer ich wirklich bin ? Und sie werden es erfahren. Mögen sie gestern Abend auch keine Fragen gestellt haben. Das war vermutlich nur eine Rücksichtnahme aus Höflichkeit. Man hätte ja Unangenehmes erfahren können, was die heitere Stimmung des Abends verdorben hätte. Aber man stellt sicher Nachforschungen über mich an. Und wie werden sie sich dann verhalten ? Etwa so wie Richard ? Der weiß über mich Bescheid. Wir können uns über alles unterhalten, aber meine Vergangenheit spricht er nie an. Und ich habe aber auch nicht den Eindruck, daß es ihm peinlich

174

wäre darüber zu reden. Vielmehr scheint das alles für ihn gar keine Rolle zu spielen. Ob das die anderen genauso sehen ?"

Alice lachte nun.

„Es sind doch zwei Sachverhalte, die du jetzt ansprichst. Zum ersten, wie Richard über dich denkt, zum zweiten, wie die anderen über dich denken ? Wer sind denn die 'anderen' ? Deinen Worten nach zu urteilen, sind sie die 'Prominenz', die Angehörigen der gesellschaftlichen Ober-schicht, der Führungsschicht dieses Landes. Warum interessiert dich deren Meinung über dich ? Doch nur, weil du davon ausgehst mit diesen Leuten in Zukunft öfters zusammenzutreffen. Und das kann doch nur an Richards Seite sein, als seine Geliebte, seine Gefährtin, seine Gemahlin. Denkst du schon so weit, denkst du an eine feste Bindung zu ihm ?"

Ellen lächelte ebenfalls.

„Schießt du da nicht ein bißchen über das Ziel hinaus ?"

„Ich kenne dich mittlerweile recht gut. Wäre es anders, dann hättest du mir erzählt, du hättest gestern einen netten Abend verbracht, aber das Ganze als eine einmalige Angelegenheit dargestellt. Dann könnte es dir allerdings vollkommen gleichgültig sein, was die 'anderen', die du ohnehin nie mehr sehen würdest, in ein paar Tagen von dir denken. Und was Richards Verhalten dir gegenüber anbelangt, so fällt mir ein, was irgendein Prophet einmal zu einer Sünderin sagte: 'ich verurteile dich nicht. Und wenn ich dich nicht verurteile, dann dürfen die anderen dich auch nicht verurteilen. Gehe also hin in Frieden und sündige hinfort nicht mehr. Dann werden deine Seele und dein Leib wieder rein.' Du mußt hier zwei Dinge beachten. Der Prophet stellt sich als Authorität dar. Sein Wort und sein Urteil gelten. Und die anderen haben sich danach zu richten. Zum zweiten: er fordert nicht Reue zu bekunden oder Buße zu tun. Das sind öffentliche Bekundungen und oft nur geheuchelt. Nein, er fordert sie auf in Zukunft nicht mehr zu sündigen. Und sie weiß genau, was er als Sünde versteht. Da kann sie keine Ausreden für sich finden."

Ellen atmete tief durch.

„Vielleicht hast du recht. Aber da war noch etwas anderes, was mich verwirrt hat. Als wir uns verabschiedeten sagte er zu mir 'bleib mir treu'. Ich habe darüber nachgedacht, bin zu einem bestimmten Schluß

gekommen. Jetzt möchte ich aber doch wissen, wie du das siehst."
Alice dachte eine Weile nach.
„Ich weiß nicht so recht. Männer denken ja auch ganz anders. Weißt du, am ersten Abend hat er dich einfach genommen, ohne Rücksicht auf deine Gefühle. Man könnte sogar sagen, er hat dich vergewaltigt. Und nach wenigen Tagen verhält er sich dir gegenüber völlig anders, zärtlich, zurückhaltend, unterläßt alles, was dich verletzen könnte. Und ich habe nicht den Eindruck, daß er seine Tat vom ersten Abend bereut und nun versucht, diese Untat wieder gut zu machen und hofft, daß du dies anerkennst und ihm verzeihst. Nein, ich denke, er wollte dir damit zeigen, wie er zu dir steht, man könnte es so ausdrücken: 'Ich bin Richard, dein Mann. Du sollst nicht andere Männer haben neben mir.' Er wollte dir damit zeigen, daß dein Vorleben Vergangenheit ist und er dir eine Zukunft an seiner Seite anbietet. Unter einer Bedingung natürlich. Ich muß sie dir nicht unbedingt nennen."
„Und wenn ich nicht auf sie eingehe?"
„Ich denke nicht, er wird dich zu etwas zwingen. Und wenn du dich nicht an die Bedingung hältst, dann bist du für ihn eben eine Hure. Und dann gibt es keine Zukunft. Also, noch einmal deutlich: Er hat dir zu verstehen gegeben, unter welcher Bedingung er dich als Lebensge-fährtin haben möchte. Und es ist deine Entscheidung, ob du es willst."
Ellen atmete tief durch.
„Ich glaube, du hast recht. Ich habe ja jetzt einige Tage Zeit zum Nachdenken."

Gespräche mit Hauptmann Barrasoff
Hauptmann Barrasoff erschien im Quartier der Frauen öfter als es eigentlich notwendig war um seine Pflichten zu erfüllen, meist mehr-mals am Tag. In der Regel teilte er nichts Neues mit, kam offensichtlich lediglich, um mit ihnen für einige Zeit zusammen zu sein. Das konnte eigentlich nur bedeuten, daß er ein Auge auf eine von ihnen geworfen hatte und sie fragten sich natürlich, wer es sein könnte. Der Verdacht fiel bald auf Claire, die er auch stets 'Klara' nannte. Sie lächelte zwar zunächst nur süffisant, aber als sie am dritten Abend mit ihm in die Stadt fuhr und über Nacht wegblieb, zweifelte keine von ihnen mehr,

daß sie die Auserwählte war.

Insbesondere bei seinen Besuchen am Nachmittag konnten sie ihn in längere Gespräche verwickeln, im wesentlichen natürlich um näheres über die politischen Verhältnisse in den beiden Staaten auf der Insel zu erfahren, auch im Hinblick darauf, was sie eventuell vor Gericht erwarten könnte. Und Boris gab ohne Scheu jede gewünschte Auskunft, soweit sein Wissen reichte. Am Dienstag nachmittag sprach ihn dann Alice auf die in der VRE verhafteten Team-Mitglieder an.

„Also, wie die Gerichte dort entscheiden werden, das kann ich natürlich nicht sagen, aber ihr dürft nicht denken, daß sie so einfach ins Gefängnis einliefert werden und sich dort ausruhen können. Für die Männer bedeutet dies mit Sicherheit Zwangsarbeit in einem Bergwerk, für die Frauen in einer Fabrik, allerdings nur für die häßlichen. Die hübschen und wohlgestalteten kommen vermutlich in einen 'Paradies-garten'.“

„Paradiesgarten?“ wunderte sich Lilian, „was ist denn das?“

Boris grinste.

„In jeder Ideologie oder Religion, welche den Menschen strenge Verhaltensregeln auferlegt, gibt es Schlupflöcher, welche es Privili-gierten, also meist den Angehörigen der Führungsschicht, erlauben diese Vorschriften völlig legal zu umgehen.“

Ellen lächelte.

„Man kennt das ja. Es heißt dann, diese Leute verfügten über ein höheres Bewußtsein als die breite Masse, stünden also auf einer höheren geistigen Stufe, hätten daher auch andere Bedürfnisse und selbstverständlich das Recht, diese zu befriedigen.“

„So ist es“, meinte Boris, „es hieß ja schon im Altertum 'was dem Zeus erlaubt ist, ist nicht dem Ochsen erlaubt'. Nun, es ist in der Tat so. Die Bewohner der 'Verastiristischen Republik Eutorischja', also der VRE, sind wirklich strengen Vorschriften unterworfen. Alles, was Spaß macht, ist so ziemlich verboten. Nicht nur, daß sie zweimal täglich, am Heiligen Wochentag, der unserem Sonntag entspricht, sogar dreimal, die Heilige Messe besuchen müssen. Es gibt auch strenge Fasten- und Gebetsvorschriften. Alkoholgenuß ist selbstverständlich nicht erlaubt. Tanzveranstaltungen gibt natürlich auch nicht. In der Öffentlichkeit herrscht eine strenge Geschlechtertrennung. Die geht so weit, daß

Männer und Frauen nicht in den gleichen Läden einkaufen dürfen."

„Wie funktioniert das denn ?" fragte Beth, „man hat uns doch gesagt, daß sich Frauen nur in Begleitung von Männern in der Öffentlichkeit bewegen dürfen."

Boris lächelte.

„Das ist alles geregelt. Es muß nicht der eigene Mann sein, ja es muß nicht einmal ein richtiger Mann sein, es genügt ein Eunuch. Und so wie es in verschiedenen Diktaturen Blockwarte gibt, so gibt es dort Block-eunuchen, welche die Frauen, in der Regel ist es eine Gruppe, in der Öffentlichkeit begleiten. Den Laden dürfen sie natürlich nicht betreten. Sie müssen draußen warten."

„Dann werden sie aber oft lange warten müssen", warf Claire lächelnd ein.

„Das ist eben ihr Schicksal. Doch nun weiter im Text. In den Kinos laufen nur Filme aus einheimischer Produktion. Die sind aber alle nach dem gleichen Schema gedreht, glorifizieren diejenigen, welche für ihren Glauben sterben, im Heiligen Krieg oder als Märtyrer. Liebes-filme wie ihr sie aus Europa oder Amerika kennt, die gibt es nicht. Warum auch ? Liebe ist ja völlig unbekannt. Ehen werden dort von den Eltern arrangiert. Eine freie Partnerwahl gibt es nicht. Und die beiden müssen zusammen bleiben, ob sie sich nun mögen oder nicht, denn eine Ehescheidung ist nicht möglich, es sei denn, die Frau verweigert den Beischlaf. Dann darf der Mann sie verstoßen."

Er grinste.

„Dann beginnt aber für den Mann eine harte Zeit, denn er darf erst drei Jahre später wieder heiraten. Es besteht eine strenge Monogamie und jeglicher Geschlechtsverkehr außerhalb der Ehe wird streng bestraft, oft sogar mit Entmannung oder, wie man sich ausdrückt, mit Eunuchi-sierung."

„Das ist aber hart", stellte Alice fest.

„Das ist so ähnlich wie in Rußland unter Stalin. Dort wurden, wie ich hörte, einfach Leute verhaftet, wenn man Zwangsarbeiter brauchte. Und dort werden eben Männer eunuchisiert, wenn man Blockeunuchen braucht."

„Aber ich verstehe eines nicht", fragte nun Ellen, „warum muß ein Mann drei Jahre warten, bis er sich eine neue Frau nehmen darf ?"

178

„Das hat alles eine gewisse Logik. Also, Frauen sind ihren Männern untertan, müssen ihnen stets zu Willen sein, wenn sie es verlangen. Und eine Verweigerung des Beischlafs berechtigt den Mann seine Frau zu verstoßen."

„Das hast du bereits gesagt", warf Beth ein.

„Ja, das ist ja auch genau der Punkt. Sagt denn der Mann die Wahrheit, wenn er behauptet die Frau verweigere ihm den Beischlaf? Vielleicht will er sie aus einem ganz anderen Grund loswerden und benutzt diese Anschuldigung als Vorwand."

„Man könnte doch die Frau fragen", bemerkte Ellen.

„Vor Gericht zählt das Wort einer Frau nichts gegen das Wort eines Mannes. Deshalb hat man diese Regelung eingeführt. Beschuldigt er seine Frau also fälschlich, dann wird er sie zwar los, sitzt dann aber drei Jahre auf dem Trockenen, denn außerehelicher Geschlechtsverkehr wird streng bestraft, wie ich schon sagte. Also wird er sich überlegen, ob er sie fälschlich beschuldigt."

„Eine seltsame Logik", stellte Mary nun fest.

„Ja, schon, aber das Prinzip scheint wirksam zu sein. Es kommt nicht so häufig vor, daß ein Mann seine Frau verstößt. Und es ist ja auch so, daß die Frauen in der VRE nicht völlig rechtlos sind und man einfach willkürlich mit ihnen umspringen kann. Aber es muß eben nach außen hin die Dominanz des Mannes unangetastet bleiben. Eine Ausnahme gibt es natürlich und da ist man sehr genau in der Untersuchung und streng im Urteil, nämlich bei Mißhandlungen. Ein Mann darf zwar seine Frau in begründeten Fällen züchtigen, wenn sie sich ihm nicht unterordet oder ihre ehelichen Pflichten nicht erfüllt, doch nur in begrenztem Maß. Zeigt eine Frau aber nun schwere Mißhandlungsspuren oder Verletzungen, dann darf sie eine Scheidung verlangen und man wird ihr vor Gericht auch Glauben schenken, selbst wenn der Mann Gegenteiliges behauptet, insbesondere wenn er als gewalttätig bekannt ist. Man ist da natürlich sehr gründlich in der Untersuchung, denn eine Frau könnte ja ihren Mann fälschlich beschuldigen und die Verletzungen und Mißhandlungsspuren gar nicht von ihm verursacht worden sein."

„Und wie ist das eigentlich bei Frauen?" wollte nun Claire wissen, „haben die eigentlich auch ein Recht auf Beischlaf? Was geschieht, wenn der Mann ihn ihr verweigert oder er gar nicht in der Lage ist ihn auszuüben. Darf eine Frau dann ihren Mann verstoßen ?"

„Nein, das ist nicht erlaubt. Sie muß dies eben schicksalhaft hinnehmen."

„Wir haben jetzt einiges verstanden", warf nun Lilian ein, „aber was hat es mit den Paradiesgärten auf sich ?"

„Das Volk muß sich den strengen Regeln und den religiösen Führern völlig unterwerfen. Und natürlich gelten die Regeln auch für die Führer, zumindest im Prinzip. Und die nehmen jede Lebensfreude. Wer möchte denn in so einem Staat leben und vor allen Dingen, wer möchte einen solchen Staat stützen, ihn tragen, sich für ihn einsetzen ? Jeder Staat braucht nicht nur eine Führungsschicht, sondern auch im Fußvolk eine genügend große Gruppe, welche die Anordnungen der Führungsschicht umsetzt und sie gegenüber dem restlichen Fußvolk vertritt und auch durchsetzt. Und das funktioniert doch nur, wenn man diesen Staatstragenden gewisse Vergünstigungen gewährt. Und es wird ja auch gelehrt, wer die religiösen Vorschriften streng befolgt und den religiösen Führern gehorcht, der ist ein guter Gläubiger, ihm winkt nach dem Tod das Paradies, ein Leben ohne Mühe und Krankheit. Dort ist auch der Genuß von Wein erlaubt. Und die Männer werden von hübschen und wohlgestalteten Liebesdienerinnen verwöhnt, auch von mehreren zugleich wenn sie es mögen. Im Paradies gibt es keine Ehen mehr und daher auch keinen Ehebruch."

Boris grinste.

„Das muß das Volk natürlich glauben, denn Beweise für die Existenz des Paradieses gibt es ja nicht. Aber alle am Glauben zu halten, das ist schwierig. Darum ist man auf die Idee mit den Paradiesgärten gekommen. Dort können die Gläubigen schon bereits einen Vorgeschmack von dem erhalten, was sie im Paradies erwartet. Das kann man ihnen als Belohnung gewähren, weil sie sich bisher als besonders Gläubige hervorgetan haben oder um sie auch im Glauben zu stärken, weil sie ansonsten das Paradies verlieren, dessen Wonnen sie ja nun bereits kosten konnten. Natürlich entscheiden die Priester darüber, wer würdig ist und daher in den Genuß der Wonnen der Paradiesgärten kommen darf. Ein Besuch dauert drei Tage, manchen wird er einmal oder zweimal im Leben gewährt, anderen, die ein besonders gottgefälliges Leben führen, vor allen denen aus der Priesterschaft und der relgiösen Führungsschicht wird er öfters gewährt. Das reicht so von einmal im Jahr bis zu einmal im Monat."

„Ja, ist ja allerhand", bemerkte nun Claire, „und wie ist das eigentlich mit den gläubigen Frauen ? Erhalten sie im Paradies Jünglinge, die sie verwöhnen, als Gespielen ?"

Boris schüttelte den Kopf.

„Nein, so ist es nicht. Auch dort herrscht eine gewisse Geschlechter- trennung. Frauen haben ihr eigenes Paradies, in dem es keine Männer gibt. Das ist ihre Belohnung."

„Inwiefern ?" wunderte sich Ellen.

„Nun, zum einen haben gläubige Frauen ja keusch zu sein, wobei natürlich die Hingabe an den Ehemann keine Verletzung der Keuschheit darstellt. Und auch ihrem Paradies gibt es keine Ehen und keine Ehemänner. Sie sind also von der Last der Hingabe an ihre Ehemänner befreit. Und Lustjünglinge erhalten sie nicht, da sie ja dann nicht mehr keusch bleiben könnten. Ihr seht also, unter diesen Bedingungen, können sie unbeschwert und frei von der Pflicht der Hingabe an einen Mann leben. Sie erhalten dort auch Wein zu trinken."

„Und wie verhält es sich mit der Liebe zwischen Frauen ?" fragte Claire, „ist das gestattet ?"

„Das ist nicht so ganz klar geregelt. Es heißt lediglich, daß dort die Frauen ohne Scheu voreinander leben können. Das kann man nun so auslegen wie man will. Es heißt aber auch, daß der Erzengel Michael, welcher das Frauenparadies bewacht und die Frauen vor dem Eindringen des Teufels und seiner Gesellen schützt, sie bei ihrem Eintritt ins Paradies darüber belehrt, was ihnen erlaubt und was ihnen verboten ist."

Der Konsul

Zwei Tage später erschien Hauptmann Barrasoff am späten Vormittag in Begleitung eines etwa fünfzigjährigen beleibten Mannes, stellte ihn als Herrn Ignaz Buschloch, den deutschen Konsul in Zhongu, vor.

„Er möchte sich über Ihr Befinden erkundigen. Ich werde mich daher zurückziehen, damit Sie sich frei unterhalten können", sagte er mit leichtem Grinsen, „das würdet ihr zwar auch in meinem Beisein tun, aber der Herr Konsul würde es sicherlich nicht glauben."

„Ein frecher Geselle", knurrte der Konsul als Boris außer Hörweite war, „aber was will man schon von einem erwarten, der Barrasoff heißt."

„Ach, nehmen Sie das nicht so ernst, Herr Buschloch", meinte nun Alice, „wir pflegen hier einen recht ungezwungenen Umgang miteinander."

Der Konsul zog die Augenbrauen hoch.

„So ist das also."

„Nein, nicht so wie Sie sich das jetzt denken. Wir sind schließlich anständige Huren", sie lächelte ihn an, „ich meine natürlich Damen."

„Da habe ich aber anderes gehört. Aber lassen wir das", erwiderte er leicht unwirsch, „deswegen bin auch nicht gekommen, sondern weil es mir aufgetragen wurde. Nun ja, ich bin ja nur ein Konsul, normalerweise für Touristen zuständig. Der Botschafter hat mir allerdings auferlegt mich um Sie zu kümmern. Er will sich mit solchen Kinkerlitzchen nicht abgeben. Mal sehen, wie sich die Sache entwickelt. Vielleicht haben Sie auch mehr Glück als Sie verdienen."

„Was heißt hier Kinkerlitzchen?" empörte sich Alice, „sind wir nichts wert? Sind wir nur Dreck? Wir sind Staatsbürgerinnen wie alle anderen auch. Wir haben die gleichen Rechte."

„Regen Sie sich doch bitte nicht auf", erwiderte der Konsul, „und entschuldigen Sie bitte, wenn ich mich etwas im Ton vergriffen und Sie beleidigt habe. Das war ganz und gar nicht meine Absicht. Ich werde mich nach besten Kräften für Sie einsetzen. Dessen können Sie sicher sein. Aber zunächst einmal zu den Formalitäten. Auf meiner Liste steht, drei von Ihnen, Alice L., Ellen B. und Lilian M. sind deutsche Staatsbürgerinnen. Wer von Ihnen ist das?"

Die Drei meldeten sich.

„Dann steht hier eine Elzbieta Z., polnische Staatsbürgerin."

Beth meldete sich.

„Dann habe ich hier eine Marie P., tschechische Staatsbürgerin."

Mary meldete sich.

„Und schließlich eine Klara G., ungarische Staatsbürgerin."

Claire meldete sich.

„Verstehen Sie mich überhaupt?" fragte er dann.

„Wir sprechen alle drei recht gut Deutsch", antwortete Claire.

Ignaz atmete auf.

„Das erleichtert meine Aufgabe sehr. Denn ich vertrete Sie drei ebenfalls. Ihre Botschaften haben dies in Absprache mit der deutschen Botschaft an mich übertragen."

Er holte nun drei Schriftstücke aus seiner Mappe hervor, reichte sie den Dreien.

„Hier sind die Beglaubigungsschreiben."

Die drei überflogen das ihnen jeweils überreichte Schriftstück, gaben die Dokumente dann an den Konseul zurück.

„Und nun zu Ihrem Fall", fuhr der Konsul fort, „wie uns von den hiesigen Behörden mitgeteilt wurde, hat man Sie in der Nähe der Grenze zur VRE, der Veratiristischen Republik Eutorischja, aufge-griffen, verhaftet und arrestiert. Es läuft nun gegen Sie ein Verfahren wegen illegalen Grenzübertritts und des Verdachtes auf gewerbsmäßige Unzucht."

„Ich denke aber, das wird eine längere Unterhaltung", unterbrach ihn Alice, „das müssen wir nicht Stehen erledigen. Kommen Sie bitte mit auf die Terrasse. Möchten Sie Kaffee?"

„Also, so richtig verhaftet fühlen wir uns jetzt nicht", begann Lilian nachdem sie Platz genommen hatten, „wir sind nicht eingesperrt, können uns hier auf dem Kasernengelände frei bewegen, dürfen es auch, allerdings nur in Begleitung eines Militärangehörigen, verlassen. Uns wurde lediglich auferlegt, bis zur Gerichtsverhandlung im Rahmen der uns zugestandenen Bewegungsfreiheit uns hier am Ort aufzuhalten und keinen Fluchtversuch zu unternehmen. Gestern zum Beispiel bin ich in Begleitung eines jungen Leutnants in die Stadt gefahren, war dort beim Friseur, habe mir ein Kleid gekauft und den Leutnant anschließend zu einem Kaffee eingeladen. Er hat auch sofort zugesagt und als ich ihn fragte, ob er deswegen nicht mit Schwierigkeiten rechnen müsse, antwortete er, nein, das sei nicht verboten."

„Wir wissen natürlich nicht", sagte jetzt Mary, „wie schwerwiegend uns dieser illegale Grenzübertritt ausgelegt wird, aber wegen gewerbs-mäßiger Unzucht kann man uns nicht belangen. Diesbezüglich haben wir uns hier in diesem Land nichts zuschulden kommen lassen."

„Zugegeben", unterbrach sie nun Ellen, „was Mary eben als 'gewerbsmäßige Unzucht' bezeichnt hat, war der Grund, weshalb wir aus der VRE geflohen sind. Wir gehörten nämlich einem Team an, das dort Pornofilme gedreht hat, was in der VRE strengstens verboten ist. Aber darüber hat man uns im Unklaren gelassen. Wir glaubten, das sei alles geregelt. Und das war es vermutlich auch, aber dann wurden wir offenbar Opfer einer politischen Intrige."

„Einer politischen Intrige ?"

„Genaues wissen wir natürlich nicht", fuhr Ellen fort, „aber es wurde uns während der Flucht von jemandem, der offensichtlich Bescheid weiß, mitgeteilt, daß der Besitzer des Anwesens, es lag übrigens in der Touristenzone, wo ohnehin die Regeln etwas lockerer sind, gute Verbindungen zur Regierung hat und von da aus die Sache schon anfangs in Ordnung war. Aber aufgrund irgendwelcher Machenschaften, von denen wir nichts genaues wissen, aber vermutlich im Bereich Korruption anzusiedeln sind, wurde er während unseres Aufenthaltes verhaftet. Und damit waren wir sozusagen geliefert. Dank eines uns freundlich gesinnten Menschen wurden wir rechtzeitig über die geplante Polizeirazzia informiert und konnten über die Grenze fliehen. Wenige Stunden später wurden wir von einer Militärstreife aufgegriffen und hierhier gebracht. Das ist alles."

„Ach, damit hängt das zusammen", der Konsul runzelte die Stirn, „das war uns bisher gar nicht klar. Sie müssen wissen, es gab in der Tat in der letzten Woche in der VRE eine Großrazzia, die zu einer Verhaftung von etwa achtzig Personen geführt hat. Und dies wurde von der dortigen Regierung ganz groß angeprangert. Es hieß, ausländische Provokateure hätten im Auftrag einer westlichen Großmacht, die dem Teufel dient, bewußt und vorsätzlich versucht, Sitte und Moral in der VRE zu zerstören und die Gläubigen zu verderben. Knapp die Hälfte der Verhafteten sind Darsteller, der Rest sind Regisseure, Regieassistenten, Kameraleute, Beleuchter, Maskenbildnerinnen und so weiter. Ihnen drohen nun lange Gefängnisstrafen. Und wir können nichts für sie tun, da wir keinen Kontakt zu ihnen aufnehmen dürfen. Und Sie sind also diejenigen, die entkommen konnten."

Er lachte.

„Die Verhaftungen haben natürlich gerade in Europa großes Aufsehen erregt. Es sind daher zahlreiche Journalisten angereist. Fast alle halten sich Zhongdu auf, da in der 'Verastiristischen Republik Eutorischja' ihre Arbeitsmöglichkeiten sehr eingeschränkt sind. Und es ist natürlich auch bekannt geworden, daß einige Frauen aus dem Team hierher fliehen konnten. Und es wurde mittlerweile sogar bekannt, undichte Stellen gibt es überall, daß der Gouverneur der Nordprovinz, General Harterstein, sich mit einer von ihnen bereits mehrfach getroffen und sogar die Nächte mit ihr verbracht hat. Er gibt das auch ganz unumwunden zu, nannte aber keinen Namen, sagte auch sonst keine Details. Auf eine entsprechende Frage eines Journalisten antwortete er, das sei seine Privatsache und gehe die Öffentlichkeit nichts an. Der Journalist wandte dagegen ein, angesichts der Umstände, seiner Position im Staat und der Tatsache, daß die Frau nach hiesigen Begriffen als Hure gelte, habe die Öffentlichkeit ein Recht auf Information. Der Gouverneur lächelte bloß, sagte, irgendwelche delikaten Details aus dem Privatleben auszuplaudern sei eine in Europa und Amerika in gewissen Kreisen, die ich hier einmal als dekadent bezeichnen möchte, beliebt. Menschen von Bildung und Kultur tun so etwas aber nicht. Auch wenn Sie diese Frau als Hure bezeichnen, dieses Wort kommt in unseren Gesetzen gar nicht vor, so hat sie trotzdem ein Recht darauf, daß ihre menschliche Würde gewahrt bleibt und nicht in den Dreck gezogen wird. Wer ist denn die – darf man sagen Glückliche ?"

Ellen lächelte.

„Aber das ist doch jetzt wirklich komisch. Da wird einerseits in der VRE ein Team verhaftet, das Filme dreht, die dort als äußerst anstößig und sittenverderbend gelten, einigen der Darstellerinnen gelingt die Flucht in die FRE und eine von ihnen hat bereits eine besondere Beziehung zum Gouverneur der Nordprovinz, der gleichzeitig auch Militärbefehlshaber der Provimz ist. Andererseits wird Ihnen mitgeteilt, daß eine Gruppe Frauen illegal über die Grenze zur VRE ins Land kam und sie nun im Hauptquartier der Streitkräfte in der Nordprovinz sozusagen festgehalten werden. Und Sie kommen nicht auf die Idee anzunehmen, daß es sich hierbei um die gleichen Personen handeln könnte ?"

„Nein, eine derart weitreichende Schlußfolgerung wurde nicht gezogen."

„Na schön, das ist Ihre Sache. Aber wissen Sie, wenn der General soviel Anstand und Benehmen besitzt und keinen Namen nennt, dann können Sie von uns nicht erwarten, daß wir dies tun. Oder sollen wir uns auf das Niveau irgendwelcher Prominentenflittchen begeben, die sich mit so etwas brüsten ? Was glauben Sie eigentlich wer wir sind ? Billige, primitive Nutten ?"

„Nein, nein, natürlich nicht", wehrte der Konsul ab, „ereifern Sie sich doch bitte nicht gleich wieder. Das ist doch gar nicht notwendig. Es war eine Frage aus reiner Neugier. Ich hätte es doch auch gar nicht an die große Glocke gehängt."

Als ob sie sich verabredet hätten, blickten die Frauen den Konsul nun scheel an, auf ihren Gesichtern stand geschrieben 'dir glauben wir nicht'.

Unbeirrt fuhr dieser dann lächelnd fort.

„Aber stellen Sie sich einmal die Wirkung vor, welche diese Affäre auf die westlichen Diplomaten und Journalisten hatte. In jedem westlichen Land hätte das doch einen bodenlosen Skandal entfacht: ein Mann in einem der höchsten Staatsämter unterhält ein Liebesverhältnis mit einer illegal ins Land gekommenen ..., Sie wissen schon, was ich meine."

„Sagen Sie ruhig 'Hure'", unterbrach ihn Ellen, „das stört uns gar nicht."

„Aber hierzulande", fuhr Iganaz unbeirrt fort, „nimmt das die Herrschaftselite, wenn ich sie einmal so nennen darf, so einfach hin. Aber die ausländischen Diplomaten sind äußerst irritiert. Der General sagte auch, er wolle niemanden vorverurteilen. Jeder sei so lange unschuldig, solange seine Schuld nicht bewiesen ist. Aber das sind doch alles uralte Floskeln. Er sagte, es sei an dem Gericht festzustellen, ob Sie eine Straftat begangen haben. Aber das glaube ich nicht. Nicht das Gericht wird entscheiden, sondern er. Und das Gericht darf nur seine Entscheidung als das seinige verkünden. Sie verstehen, was ich meine ?"

„Wir sind ja nicht blöde", warf nun Mary ein, „Sie unterstellen ihm also, er befiehlt dem Gericht, was es als seine eigene Entscheidung zu verkünden hat. Und Sie denken, das Urteil steht jetzt schon fest. Wird es günstig für uns sein."

„Das kann ich Ihnen doch jetzt nicht sagen. Stellen Sie sich bitte einmal vor, was das für Folgen haben könnte, wenn ich mich irre."

„Wir würden das nicht so tragisch nehmen", meinte Alice leicht grinsend, „irren ist diplomatisch – verzeihen Sie, ich wollte natürlich sagen 'menschlich'."

„Sie haben mich völlig aus dem Konzept gebracht", er schien leicht genervt, „weshalb bin ich eigentlich zu Ihnen gekommen ? Ach ja, ich wollte mich natürlich nach Ihrem Befinden erkundigen, ob Sie hier menschenwürdig untergebracht sind. Wissen Sie, nachdem Ihre Verhaftung bekannt wurde", er bemerkte den mißbilligenden Blick Ellens, „ich meine Ihre Festsetzung, die dringende Bitte sich hier aufzuhalten oder wie Sie es nennen möchten, kamen natürlich die Botschafter der betroffenen Staaten zu einer Beratung der Lage und der zu treffenden Maßnahmen zusammen. Wir wußten doch damals noch nicht daß Sie ..."

„... Huren sind", unterbrach ihn Lilian.

„Was hat das denn damit zu tun ?" knurrte er unwirsch, „ich wollte sagen, wir kannten die Hintergründe nicht, gingen aber davon aus, daß Sie, ich nenne es einmal so, Sie müssen sich doch auch in unsere Lage versetzen, Willkürmaßen zum Opfer gefallen waren. Unser Botschafter schlug deshalb vor, eine scharfe Protestnote wegen dieser, wie er sich ausdrückte, offensichtlich willkürlichen Verhaftung einzureichen."

„Wie kam er eigentlich dazu, von einer willkürlichen Verhaftung zu sprechen, wenn er die Hintergründe gar nicht kannte ?" wandte Beth ein.

„Nun, dann schauen Sie sich einmal die Berichte der diversen Menschenrechtsorganisation an. Danach handelt es sich bei der FRE nicht um einen Rechtsstaat im Sinne der westlichen Demokratien. Also mußte die Verhaftung willkürlich sein."

„Stimmen die Berichte der diversen Menschenrechtsorganisationen eigentlich mit den Berichten der nichtdiversen Menschenrechtsorganisationen überein ?" fragte nun Ellen leicht spitz.

„Sie verwirren mich. Was wollen Sie denn damit schon wieder sagen ? Lassen Sie mich bitte fortfahren. Allerdings sprach sich der ungarische Kollege gegen vorschnelle Aktionen aus. Und so wurde beschlossen, bei der Regierung wegen einer Besuchserlaubnis anzufragen. Diese verwies uns allerdings auf den Gouverneur der Nordprovinz mit dem Argument, es handele sich um einen Fall für die niedere Rechtsprechung und diese falle in den Verantwortungsbereich des

187

Gouverneurs. Sie können sich sicher nicht vorstellen, wie erleichtert wir über diese Mitteilung waren."

„Warum ?" unterbrach ihn Mary.

„Nun, wenn es sich um einen Fall für die niedere Rechtsprechung handelte, dann konnte es kein schweres Delikt sein. Das sehen Sie doch ein ?"

Er wartete keine Antwort ab, fuhr fort.

„Wir wandten uns an den Gouverneur und der erwies sich auch gleich als äußerst kooperativ. Und ich erhielt bereits nach einer halben Stunde eine allgemeine Besuchserlaubnis. Ich kann Sie also jederzeit zwischen sechs Uhr morgens und zwanzig Uhr abends besuchen."

„Ach, da steht uns ja etwas bevor", dachte Claire, sagte dann, „also, Sie können wirklich beruhigt sein, wir werden gut behandelt, nicht geschlagen, nicht vergewaltigt, sind gut und menschenwürdig untergebracht, langweilen uns lediglich ab und zu etwas. Aber das rechtfertigt wohl keine scharfe Protestnote."

„Und eine Sache wünschen wir schon gar nicht", fiel Alice nun ein, „unsere Lage ist zwar schon etwas unagenehm, aber sehr gut erträglich. Wir können das auch nicht dem Militär oder den Behörden hier ankreiden. Wir haben gegen hiesige Gesetze verstoßen, aber das geschah aus einer gewissen Notlage heraus. Und das sieht man hier wohl genauso. Zumindest sehen es diejenigen so, mit denen wir Umgang haben. Und wir haben überhaupt kein Interesse daran irgendjemanden unnötig zu verärgern. Das sehen Sie doch ein ?"

„Wie Sie es wünschen. Dann kann ich Ihnen nur mitteilen, daß es auf jeden Fall eine Gerichtsverhandlung geben wird. Der Termin steht allerdings noch nicht fest. Ich werde Sie informieren, wenn ich Näheres weiß. Ich werde Sie überhaupt über alles informieren, was mir zur Kenntnis gelangt und für Sie relevant sein könnte. Ich werde Ihnen auf jeden Fall einen Anwalt besorgen. Und ich werde auch bei der Gerichtsverhandlung als Beobachter anwesend sein. Die entsprechende Genehmigung besitze ich bereits. Kann ich sonst noch etwas tun ? Etwa Angehörige benachrichtigen ?"

„Nicht nötig", erwiderte Ellen, „wir haben unsere Mobiltelefone. Und mit fianzieller Unterstützung können wir wohl nicht rechnen."

Buschloch zog die Stirn kraus.

„Nein, das ist nicht vorgesehen."

Ellen lachte,

„Nehmen Sie das nicht krumm. Das war auch nur ein Scherz. Wir sind nicht mittellos, haben noch einiges an Bargeld und außerdem unsere Kreditkarten."

„Na, dann ist ja alles in Ordnung und ich kann mich für heute verabschieden. Ich werde Sie bei Gelegenheit wieder besuchen."

„Das ist nett von Ihnen", bemerkte nun Beth, „aber eine Bitte haben wir. Auch wenn es Ihnen erlaubt ist, besuchen Sie uns nicht schon um sechs Uhr morgens, neun Uhr ist früh genug."

„Ach, eines hätte ich fast vergessen. Aber vielleicht wissen Sie das auch schon. Der Botschafter der 'Verastiristische Republik Eutorischja' hat der hiesigen Regierung einen offiziellen Auslieferungsantrag überreicht. Er wurde allerdings abgelehnt."

Der Konsul erhob sich, wandte sich der Tür zu.

„Haben Sie nicht noch etwas vergessen ?" rief ihm Mary nach.

„Was sollte ich vergessen haben ?"

„Sie sollten doch feststellen, ob wir menschenwürdig untergebracht sind und auch so behandelt werden."

„Ja, natürlich, deswegen bin ich ja auch zu Ihnen gekommen."

„Ja, aber wie ist das nun ? Genügt Ihr Eindruck oder brauchen Sie eine schriftliche Bestätigung von uns ?"

Er fühlte sich nun offensichtlich auf den Arm genommen, antwortete daher leicht unwirsch.

„Nein, mein Wort genügt."

„Blödes Hurenvolk", brummte er vor sich hin als er den Bau verließ.

„Ich bin keineswegs dumm, auch wenn ich eine Hure bin" begann Ellen am nächsten Nachmittag als sie wieder mit Boris unterhielten, „aber aus den Erzählungen des Konsuls werde ich nicht schlau. Ich bin doch hier praktisch eine Gefangene, auch wenn man das offiziell nicht so sagt und mich erwartet ein Prozeß wegen illegaler Einreise. Mittlerweile wissen ganz offensichtlich auch alle relevanten Leute, was ich für eine Person bin: ein liederliches Weib, das sein Geld mit gewerbsmäßiger Unzucht verdient. Und der General bekennt sich ganz offen zu einer näheren Bekanntschaft mit mir, auch wenn er meinen Namen nicht nennt. Und wenn er auch hinsichtlich Details schweigt, so ist doch allen klar, was sich zwischen uns abspielt. Ich verbringe doch schließlich meine Nächte mit ihm. In jedem europäischen Land wäre das doch ein bodenloser Skandal: ein führender Politiker und General unterhält ein Verhältnis mit mit einer straffälligen Hure. Der Mann müßte doch zurücktreten und außerdem öffentlich Reue und Bußfertigkeit zeigen, wenn er nicht für alle Zeiten erledigt sein will. Und hier ? General Harterstein erklärt mit einem Lächeln, das alles sei seine Privat-angelegenheit und das gehe die anderen nichts an. Gut, ein paar ausländische Journalisten mögen sich darüber aufregen, aber wie steht es mit der Öffentlichkeit in diesem Land, was sagt die Regierung ? Hat denn bisher noch niemand seinen Rücktritt gefordert ?"

„Nein, das hat bisher niemand getan", erwiderte Boris, „auch der Presse war diese Sache bisher nur eine Randnotiz wert. Und der Präsident erklärte auf eine entsprechende Frage eines Journalisten, dies sei in der Tat eine Privatangelegenheit des Generals Harterstein und keine Staatsangelegenheit. Daher mische er sich auch nicht ein."

Boris kratzte sich hinterm Ohr.

„Der General gilt in unserem Land als großer Held. Er nahm vor zehn Jahren, damals war er noch Hauptmann, an der internationalen Straf-expedition gegen Drakhonien teil, zu der wir auch ein kleines Kontin-gent beisteuerten Er war Stoßtruppführer, erwarb große Verdienste, erhielt höchste Auszeichnungen. Es ist auch seine leutselige Art. Er redet ungezwungen mit den Leuten auf der Straße und auch mit den einfachen Soldaten. Aber er haßt Disziplinlosigkeit und Willkür, er haßt Unterdrückung und Erniedrigung anderer, der Schwachen. Leute, die sich an Schwächeren abreagietren sind doch selbst schwache Typen, nein, was sage ich, sie sind nicht einfach schwache Typen, sondern schwache und niederträchtige Kreaturen. Das habt ihr ja in seiner Reaktion gegenüber dem Feldwebel gesehen. Die Menschen in unserem Land verehren ihn und sagen, er weiß sicher, was er tut. Und was Ellen betrifft, ich bin sicher, daß er in ihr etwas Besonderes sieht, trotz der Tätigkeit, die sie ausübt. Er ist nicht der Typ, der sich irgendwelchen Illusionen hingibt, Träumen nachhängt. Er hat seine Gründe sie zu sehen wie er sie sieht. Da bin ich mir vollkommen sicher."

Das Gerichtsurteil

Am späten Sonntagnachmittag suchte Hauptmann Barrasoff die Frauen auf.

„Hallo Mädels", rief er ihnen jovial zu, „ich habe eine gute Nachricht für euch. Das Warten hat ein Ende. Morgen findet euer Prozeß statt, im 'Kleinen Gerichtssaal' in Surabayab."

„Was ist denn daran eine gute Nachricht?" fragte Lilian.

„Ihr erhaltet Klarheit über eure Zukunft."

„Unsere Zukunft irgendwo in einer Gefängniszelle?"

„Ach, so schlimm wird es nicht werden. Schon die Tatsache daß die Verhandlung im 'Kleinen Gerichtssaal' stattfindet zeigt doch, daß man der Angelegenheit keine große Bedeutung beimißt."

„Das hat aber hinsichtlich der Strafe, die uns erwartet, gar nichts zu sagen", wandte Beth ein, „unter Stalin wurden Menschen in Schnellverhandlungen zu frünfundzwanzig Jahren Straflager verurteilt."

„In unserem Land herrscht aber kein Stalin. Sehen Sie doch nicht immer alles gleich von der negativen Seite. Denken Sie positiv. Also, ich hole euch dann morgen früh um neun Uhr ab. Kopf hoch, es wird schon gut gehen."

Bisher hatten sie alle trotz der Unsicherheit ihrer Lage doch mehr oder weniger in den Tag hineingelebt, das Leben genossen, soweit es unter den gegebenen Umständen eben möglich war. Jetzt, wo die Entscheidung bevorstand, kam bei ihnen verständlicherweise eine gewisse Nervosität auf. Sie alle verbrachten eine unruhige Nacht, waren noch müde als Boris sie am Morgen abholte.

Der Konsul begrüßte sie vor dem Gerichtssaal, stellte ihnen seinen Begleiter vor, einen Herrn Boh Ling, ihr Verteidiger.

„Kein Angst, meine Damen", meinte dieser, „niemand will Ihnen den Kopf abreißen. Es tut mir leid, daß ich mit Ihnen bisher keinen Kontakt aufgenommen habe. Ich hatte einen Besuch für Dienstag, also morgen, eingeplant. Aber die Ereignisse haben mich überrollt. Ich erfuhr erst gestern Abend, daß die Verhandlung bereits heute stattfindet. Bleiben Sie also gelassen, antworten Sie ruhig und höflich auf Fragen. Das hinterläßt einen guten Eindruck, kann für Sie von Vorteil sein."

Nach kurzer Wartezeit im Verhandlungssaal erschienen der Richter, der

Staatsanwalt und ein Gerichtsschreiber, welcher das Protokoll führen sollte. Nachdem die Herren Platz genommen hatten, verlas der Staatsanwalt die Anklageschrift. Der Richter fragte dann den Verteidiger, ob er etwas in der Angelegenheit zu sagen hätte.

„Ich möchte keine große Rede halten", sprach Herr Boh Ling, „auch kein langes Plädoyer. Ich möchte nur noch einmal betonen, daß meine Mandantinnen ohne böse Absichten in die FRE gekommen sind, lediglich um einer Verhaftung in der VRE zu entgehen, die ihnen aufgrund einer Verkettung unglücklicher Umstände drohte, für die sie keine direkte Verantwortung tragen."

Der Richter bat nun den Staatsanwalt und den Verteidiger zu einer Beratung. Sie verließen den Gerichtssaal, kehrten bereits nach etwa zehn Minuten wieder zurück. Der Richter bat nun alle Anwesenden sich zu erheben.

„Im Namen des Gesetzes", begann er, „die Prüfung der Umstände hat ergeben, daß die Aussagen der Angeklagten, die sie zu Protokoll gegeben haben, glaubwürdig sind und sie in unserem Staat keine gewerbsmäßige Unzucht betrieben haben. Damit haben sie auch nicht gegen unsere diesbezüglichen Gesetze verstoßen. Es ist zwar erwiesen, daß sie solches auf dem Gebiet anderer Staaten getan haben, aber dies zu verfolgen, falls es dies dort strafbar ist, das ist nicht die Aufgabe unserer Justiz. Dieser Anklagepunkt wird also fallengelassen. Es bleibt also der Anklagepunkt, daß sie illegal in unser Staatsgebiet eingedrungen sind. Hier muß man allerdings verschiedene Fälle unterscheiden. Zum ersten, mit dem Zweck, die politische und gesellschaftliche Ordnung zu stören, Revolutionen und Umstürze vorzubereiten, Terrorakte auszuführen und so weiter. Zweitens, illegales Eindringen in unser Staatsgebiet mit dem Zweck kriminelle Handlungen zu begehen. Drittens, illegales Eindringen in unser Staatsgebiet mit dem Zweck politische Verfolgung vorzutäuschen um den Genuß staatlicher Fürsorge und ein Aufenthaltsrecht in unserer Republik zu erschleichen. Viertens illegales Eindringen in unser Staatsgebiet ohne Absicht sonstige gesetzeswidrige Taten in unserer Republik zu begehen. Für die Fälle eins und zwei liegen keinerlei Hinweise vor, Fall drei läßt sich auch ausschließen, da die Angeklagten über gültige Papiere und auch über ausreichende finazielle Mittel verfügen, keinen Antrag auf Asyl gestellt haben und erklärten baldmöglichst in ihre Heimatländer zurückkehren zu wollen. Bleibt also Fall vier, zumal sie auch erklärten aus der 'Verastiristischen Republik Eutorischja' geflohen zu sein, weil ihnen dort eine Verhaftung wegen gewerblicher Unzucht drohte. Das ist aber nun keine Straftat, die gemäß des Rechtshilfeabkommens mit der 'Verastiristischen Republik Eutorischja' zu jenen gehört, die eine Auslieferung erfordern. Nach Ansicht des Gerichtes handelt es sich hierbei lediglich um einen minderschweren Fall eines Eindringens in das Staatsgebiet der 'Freien Republik Eutorischja', der aber nicht ungeahndet bleiben darf, um nicht einen Präzedenzfall für weitere derartige Untenehmungen zu schaffen. Nach Ansicht des Gerichtes sollte die Tat aber nicht als Straftat, sondern lediglich als schwerwiegende Ordnungswidrigkeit behandelt werden. Die Angeklagten werden daher zu einer sechsmonatigen Arbeitsverpflichtung verurteilt. Nach dem Gesetz gelten sie nicht als vorbestraft, auch eine Unterbringung in einer geschlossenen Strafanstalt ist nicht erforderlich. Für ihre Arbeit erhalten sie die Hälfte des gesetzlich vorgeschriebenen Lohns ausbezahlt, der andere Teil ist an die Staatskasse abzuführen. Dessen ungeachtet bleibt es dem Arbeitgeber überlassen zusätzliche Prämien zu zahlen. Damit ist die Verhandlung geschlossen."

„Nun, das ist ja für Sie günstiger ausgegangen als ich es erwartet habe", sprach sie der Konsul an als sie den Verhandlungssaal verließen, „aber ich denke, es gibt trotzdem einiges zu bereden. Das sollten wir aber nicht hier im Stehen tun. Ich lade Sie ein."
Sie suchten ein Cafe in der Nähe auf. Boh Ling begann, nachdem sie Platz genommen und ihre Bestellungen aufgegeben hatten.
„Ich möchte Sie zu dem glimpflichen Ausgang des Verfahrens beglückwüschen. Das ist alles besser gelaufen als ich erwartet hatte. Sie hatten wohl einen Schutzengel."
Er lächelte.
„Ich vermute aber eher, es war schon ein Schutzgott. Aber lassen wir das. Ich möchte Ihnen nun einiges erklären, was mir bei der Beratung mit dem Staatsanwalt und dem Richter mitgeteilt wurde und nicht, beziehungsweise nicht direkt in der Urteilsverkündung gesagt wurde. Zunächst zu dieser kurzfristigen Ankündigung der Verhandlung. Sie

wurden ja auch erst gestern Abend darüber informiert. Das wurde mir gegenüber nun damit begründet, daß man jedes Aufsehen vermeiden wollte. Wie Sie wissen, halten sich gegenwärtig zahlreiche Journalisten in der Hauptstadt auf. Und ein Großteil von ihnen wäre sicherlich zur Verhandlung hierher gereist, wenn sie es rechtzeitig erfahren hätten. Und Sie wissen ja selbst, wie sie abgelaufen ist. Sie dauerte nicht einmal eine dreiviertel Stunde Was glauben Sie wohl, was die Journalisten darüber gedacht hätten ?"

„Daß es sich um eine Komödie handelte", warf Ellen ein.

„Ja, so ähnlich", stimmte ihr Boh Ling zu, „deshalb wollte man ja auch keine Zuschauer. Aber das hätte sich nicht vermeiden lassen, man hätte sie nicht ausschließen können, denn es handelte sich um ein öffentliches Verfahren. Der andere Punkt ist, daß Sie nicht als vorbestraft gelten, wie der Richter im Urteilsspruch betonte."

„Und was bedeutet das konkret ?" wollte Claire wissen.

„Also das bedeutet, daß Sie nach Ablauf Ihrer Dienstzeit nicht automatisch, das heißt sofort abgeschoben, das heißt, möglicherweise in Handschellen, in ein Flugzeug verfrachtet und in Ihr Heimatland transportiert werden, wie das bei Vorbestraften der Fall ist. Man wird Ihnen Zeit geben, Ihren Heimflug zu organisieren und Ihre Heimreise freiwillig anzutreten."

„Das Konsulat wird Ihnen natürlich jede Hilfe zukommen lassen, die Sie benötigen", unterbrach ihn Konsul Buschloch.

„Gegebenenfalls auch den Flug bezahlen ?" fragte Lilian.

„Das kann ich jetzt nicht sagen."

Ellen blickte ihn grinsend an.

„Sie können also gar nicht garantieren, daß uns alle Hilfe gewährt wird, die wir eventuell benötigen. Das heißt, Sie machen nur leere Versprechungen."

Buschloch blickte sie böse an, doch bevor er antworten konnte, ergriff Boh Ling das Wort.

„Unterbrechen Sie mich bitte nicht. Ich bin noch nicht fertig. Also, einfach abgeschoben werden Sie auf keinen Fall. Unter Umständen könnte Ihnen sogar ein Aufenthaltstitel in Aussicht gestellt werden. Man wird Sie aber sicherlich über Details informieren."

Buschloch sah nun die Gelegenheit sich für Ellens freche Bemerkung zu revanchieren.

„Der General wird doch sein Betthäschen nicht so mir nichts dir nichts aus dem Land werfen. Es sei denn, er ist ihr überdrüssig."

Ellen blickte ihn giftig an. Sie wartete auf eine Nachricht von Richard. Er mußte doch bereits aus Zhongdu zurückgekehrt sein. Er hatte sich aber bisher nicht gemeldet. Sie schwieg allerdings.

„Bitte, Herr Konsul", meinte nun Boh Ling, ihn leicht grantig anblickend, „unterbrechen Sie mich bitte nicht ständig mit Bemerkungen, die hier völlig irrelevant und auch unangebracht sind."

Er wandte sich dann wieder den Frauen zu.

„Also, meine Damen, der Richter betonte ja in seinem Urteil, wie ich schon sagte, daß sie nicht als vorbestraft gelten, weil Ihr illegaler Grenzübertritt nicht als Straftat, sondern lediglich als Ordnungswidrigkeit bewertet wurde. Ich muß schon sagen, das hat mich sehr überrascht, denn einen illegalen Grenzübertritt als Ordnungswidrigkeit zu bewerten, ist meiner Erfahrung nach vollkommen ungwöhnlich. Mir ist kein solcher Fall bekannt. Ich muß in den Gerichtsakten nachsehen, ob es überhaupt jemals solch einen Fall gegeben hat. Es handelt sich also um eine symbolische Strafe, was sich ja auch darin ausdrückt, daß sie nach Verbüßung nicht automatisch abgeschoben werden."

„Ja", unterbrach ihn der Konsul, „Sie müssen sich also lediglich für ein halbes Jahr hier aufhalten und einer Arbeit nachgehen, für die sie auch in einem gewissen Umfang entlohnt werden. Sie werden auch nicht arrestiert, was immer das genau heißen mag. Wie nun Ihr weiterer Aufenthalt hier organisiert wird, das weiß ich nicht, das wird Ihnen aber sicherlich zeitnah mitgeteilt."

Hauptmann Barrasoff kam nun zu ihrem Tisch.

„Ach, hier sind Sie also ? Guten Tag, Herr Konsul ! Guten Tag, Herr Anwalt ! Ich habe Sie bereits gesucht, weil ich die Damen in die Kaserne zurückbringen muß."

„Sofort ?" fragte Ellen.

„Nein, natürlich nicht. Es eilt nicht. Sie dürfen Ihre Besprechung schon beenden. Lassen Sie sich ruhig Zeit. Ich will Sie auch nicht stören. Ich werde an einem Nebentisch Platz nehmen. Sagen Sie mir bitte Bescheid, wenn Sie fertig sind."

„Gibt es noch etwas zu besprechen ?" fragte nun Lilian den Konsul.

„Ja, ich möchte noch einmal zusammenfassen: das Urteil ist milde ausgefallen. Ich werde daher auch nicht empfehlen weitere diplomatische Schritte zu unternehmen. Nehmen Sie mir das nicht übel. Eine Protestnote könnte Verärgerung hervorrufen und Ihnen eher schaden, Ihre Situation verschlechtern anstatt zu verbessern. Ich werde Sie natürlich weiterhin betreuen und zu Ihrer Verfügung stehen. Sie können sich jederzeit an mich wenden, falls es Probleme gibt. Haben Sie noch etwas Herr Anwalt."

„Nur eine Kleinigkeit. Ihr bisheriger Aufenthalt wird Ihnen natürlich angerechnet, obwohl Sie bisher keiner Arbeit nachgegangen sind."

„Na ja, zwei Wochen sind jetzt auch nicht die Welt", meinte Mary lakonisch.

„Sagen Sie das nicht", erwiderte der Konsul, „es ist ein Entgegenkommen. Man hätte ja auch kleinlich sein können."

Buschloch und Boh Ling verabschiedeten sich.

„Müssen wir eigentlich sofort zurück in die Kaserne?" fragte Alice als Boris nach dem Weggang des Konsuls und des Anwaltes zu ihrem Tisch kam.

„Ihr müßt fast gar nichts", antwortete der, „aber ihr müßt irgendwo schlafen. Oder wollt ihr lieber ein Hotelzimmer nehmen. Dann müßt ihr mir allerdings eure Adresse hinterlassen, damit ich euch jederzeit erreichen kann. Ihr müßt doch über euren weiteren Aufenthalt informiert werden."

„Nein, das meinte ich jetzt nicht", entgegnete Alice, „bis zum Abend ist es noch lange hin. Es ist erst Mittag. Wir würden gerne noch eine Weile durch die Stadt und den Park schlendern und auch bei einem Glas Sekt und einem Imbiß ein bißchen feiern. Sie sind eingeladen, falls Sie überhaupt mitkommen dürfen."

Boris lachte.

„Ich muß euch betreuen, in allen Lebenslagen. Das gehört dann also sozusagen zu meinen Dienstpflichten. Ich komme mit."

Sie verbrachten einige angenehme Stunden, kehrten erst am späten Nachmittag in die Kaserne zurück.

Ellen fand eine Nachricht von Richard vor. Er bat sie um sieben Uhr zu ihm zu kommen. Ihr Herz schlug zu nächst höher.

„Er hat mich also doch nicht vergessen."
Aber gleich darauf wurde sie betrübt.
„Vielleicht will er mir auch nur sagen, daß alles zu Ende ist."
Hauptmann Barrasoff erschien dann nochmals gegen halb sieben.
„Na, Sie wollen wohl Ihre Klara abholen?" frozzelte Beth.
„Nein, deswegen bin ich eigentlich nicht gekommen. Ich wollte euch
lediglich mitteilen, daß ihr euch morgen früh um neun Uhr beim
Kasernenkommandanten melden sollt. Aber Klara nehme ich gerne mit,
wenn sie mag."
Sie mochte.

Mit gemischten Gefühlen begab sich Ellen zum General. Der empfing
sie freundlich, umarmte, küßte sie.
„Schön dich wiederzusehen. Ich hatte solche Sehnsucht nach dir."
„Was ist geschen?" fragte Ellen, „warum hast du dich nicht gemeldet?
Ich war doch die ganze Zeit hier."
„Ach, es war nichts Schlimmes, eher eine Formsache. Aber ich bin
eben auch nicht allmächtig. Komm, setzen wir uns im Wohnzimmer bei
einem Glas Wein zusammen, dann erzähle ich dir alles."
„Die Sache ist die", begann er als sie Platz genommen hatten, „unsere
Bekanntschaft ließ sich nicht geheim halten. Und nach dem Konzertbesuch und dem Empfang hat sich natürlich jeder gefragt, wer meine
Begleiterin ist und man hat es natürlich herausgefunden. Das hat in der
Hauptstadt, insbesondere unter den Ausländern einigen Wirbel erzeugt,
aber das weißt du sicher von Konsul. Ich erklärte das natürlich zu
meiner Privatsache und der Präsident hat mir auch öffentlich
zugestimmt. Er bestellte mich aber zu sich, erklärte mir, er mißbillige
zwar nicht mein Verhalten, es sei in der Tat meine Privatsache, doch
müsse ich auch meine Position im Staat berücksichtigen, zumal der
Prozeß hinsichtlich eines illegalen Grenzübertritts noch ausstehe. Und
er bat mich, den Kontakt mit dir bis zur Verhandlung auszusetzen. Er
sagte, hinterher könne ich dann tun was ich wolle und wenn das Urteil
günstig ausfällt, habe er keine Einwände gegen eine Verbindung, das
gebe er mir sogar schriftlich."
„Und, ist es günstig ausgefallen, in seinem Sinne?"
„Ich habe ihn am Mittag informiert. Ich glaube, er hat am Anfang etwas

die Nase gerümpft. Ich sagte ihm dann, wenn unsere Verbindung nicht in Ordnung für ihn ist, dann müßte ich leider meine Ämter zur Verfügung stellen. Er sagte dann 'die Ämter zur Verfügung stellen wegen solch einer Lappalie ? Nein, das sei schon in Ordnung'. Du siehst, jetzt steht nichts mehr zwischen uns."

„Hättest du wirklich wegen mir deine Ämter zur Verfügung gestellt ?"

„Ich spreche keine leeren Drohungen aus. Was hätte ich schon verloren ? Ein bißchen Macht."

„Und wenn ich mich dann hinterher deiner unwürdig erwiesen hätte ?"

„Dann hätte ich eben in den Augen mancher eine falsche Entscheidung getroffen. Aber hätte sie wirklich schwerwiegende Folgen gehabt ? Weißt du, ich habe in zwei Kriegen gekämpft, mußte Entscheidungen über Leben und Tod treffen. Die waren schwerwiegender. Aber lassen wir das jetzt. genießen wir lieber den schönen Abend. Wie wärs mit einem Bummel durch den Stadtpark und einem Abendessen in einem kleinen Restaurant ?"

Ellen fiel ihm um den Hals.

„Tun wir das."

Bei Kasernenkommandant

Der Kasernenkommandant begrüßte die Frauen recht freundlich als sie am nächsten Morgen pünktlich sein Büro betraten. Er bat sie sich zu setzen, bot ihnen Kaffee an.

„Mein Name ist Oberst Carlo Calanzoni; ich werde während Ihrer Dienstzeit sozusagen Ihr oberster Chef sein, falls Sie es vorziehen, hier in der Kaserne zu arbeiten. Aber keine Angst, Sie werden mich nicht so häufig sehen, ich werde nur die Order geben, Ihre Betreuung nimmt weiterhin Hauptmann Barrasoff wahr. Er hat seine Aufgabe bisher doch zu Ihrer vollsten Zufriedenheit erfüllt. Oder gibt es Klagen ?"

„Nein, die gibt es nicht, Herr Oberst", antwortete Claire, „aber was bedeuetet 'wenn Sie es vorziehen hier in der Kaserne zu arbeiten' ?"

„Nun ja, das Gerichtsurteil besagt lediglich, daß Sie eine halbjährige Dienstpflicht ableisten müssen und in dieser Zeit nicht arrestiert werden. Der General legt das großzügig aus. Das heißt, Sie sind weder verpflichtet hier in der Kaserne zu arbeiten noch hier zu wohnen. Dazu muß ich Ihnen allerdings einige Erklärungen abgeben. Also, wenn Sie hier in der Kaserne arbeiten und wohnen, dann erhalten Sie das gleiche Gehalt, das eine normale Mitarbeiterin unseren Besoldungsregeln entsprechend für eine gleichwertige Tätigkeit bekommt. Sie erhalten gemäß dem Gerichtsurteil nur die Hälfte ausbezahlt. Sie erhalten fernerhin drei freie Mahlzeiten am Tag. Das ist allerdings eine Vergünstigung, die Ihnen der General gewährt. Üblicherweise haben Bedienstete nur Anspruch auf ein freies Mittagessen. Ferner können Sie in Ihrer bisherigen Unterkunft, die meiner Kenntnis nach, ja einigermaßen komfortabel ausgestattet ist, kostenlos wohnen. Ihnen werden hier Arbeitsstellen zugewiesen. Aber keine Angst, Sie müssen keine niederen Arbeiten oder Schmutzarbeiten erledigen. Sie können natürlich die zugewiesene Tätigkeit ablehnen, wenn Sie eine Arbeitsstelle außerhalb bevorzugen. Dann müssen Sie sich selbst um einen Arbeitsplatz kümmern. Und es kann Wochen dauern bis Sie eine Stelle antreten können. Diese Zwischenzeit wird Ihnen aber nicht auf Ihre Dienstzeit angerechnet, das heißt, Sie müssen dann entsprechend länger im Land bleiben. Sie werden dann auch mit Sicherheit außerhalb der Kaserne wohnen, müssen Ihre Wohnung auch selbst bezahlen. Auch müssen Sie bedenken, daß Ihr Arbeitgeber Ihre Lage ausnutzt und Ihnen ein Gehalt zahlt, das niedriger ist, als es für die entsprechende Tätigkeit hierzulande üblich ist. Und Sie bekommen natürlich auch in diesem Fall nur die Hälfte ihres Lohnes ausbezahlt. Und Sie müssen sich dann auch dreimal wöchentlich auf der für Ihre Stadt oder Ihren Wohnbezirk zuständigen Polizeidienststelle melden. Falls Sie hier arbeiten möchten, aber außerhalb wohnen, dann kommt natürlich nur Surabayab in Frage. Auch in dem Fall müssen Sie Ihre Wohnung selbst bezahlen und Sie erhalten auch nur ein kostenloses Mittagessen. Außerdem sollten Sie bedenken, daß die Stadt fünf Kilometer entfernt ist und die Busverbindungen morgens schlecht sind. Nur nach Feierabend bis Mitternacht gibt es stündliche Fahrten", er schmunzelte, „für unsere Soldaten, die wollen ja nach Dienstschluß auch hier raus. Gut, sie mögen das als sanften Zwang ansehen, aber es bringt Ihnen keinen Vorteil außerhalb der Kaserne zu wohnen und zu arbeiten, eher Nachteile. Haben Sie Fragen hierzu? Sie haben bis zum Nachmittag Zeit sich zu überlegen, ob Sie außerhalb arbeiten möchten. Teilen Sie es bitte Herrn Hauptmann Barrasoff mit, wenn er Sie gegen Abend aufsucht. Wegen der Wohnung hat es keine Eile. Sie können sich jederzeit eine Wohnung außerhalb suchen, wenn es Ihnen hier nicht mehr gefällt. Haben Sie sonst noch Fragen ?"

„Ja, wie ist es mit dem Ausgang geregelt ?" fragte Claire, „bisher durften wir die Kaserne nur mit einem Begleiter verlassen."

Der Oberst schmunzelte.

„Sie dürfen natürlich auch weiterhin die Kaserne mit einem Begleiter verlassen, wenn Sie das wünschen. Aber das haben einige von Ihnen bereits geregelt. Ansonsten können Sie natürlich die Kaserne in Ihrer Freizeit auch alleine verlassen. Spätestens morgen erhalten Sie ihre Ausweise. Und im übrigen können Sie während der Wochenenden auch Reisen unternehmen und auswärts übernachten. Sie besitzen völlige Bewegungsfreiheit in der gesamten Republik. Sie sind ja nicht arrestiert."

Er lächelte.

„Sie dürfen natürlich auch während der Woche außerhalb der Kaserne übenachten, müssen nur morgens pünktlich an Ihrem Arbeitsplatz erscheinen. Falls Sie sonst keine Fragen hierzu haben, komme ich zu Ihren Arbeitsplatzzuweisungen."

Keine der Frauen hatte Fragen.

„Also", fuhr der Oberst fort, „Ellen B. wird der allgemeinen Standortverwaltung zugeordnet, Alice L. der Abteilung Proviantbeschaffung der Standortverwaltung, Elzbieta Z. dem Rechnungswesen der Standortverwaltung, Lilian M. der Buchhaltung der Kleiderkammer, Marie P. und Klara G. der Buchhaltung der Kantine. Näheres wird Ihnen dann Hauptmann Barrasoff mitteilen. Und haben Sie keine Angst bezüglich Ihrer Vorgesetzten und Mitarbeiter. Sie sind alle nette Menschen. Niemand wird Sie schickanieren oder drangsalieren. Falls es dennoch vorkommen sollte, dann melden Sie das Hauptmann Barrasoff. Er wird das regeln. Und in eventuell schwierigen und hartnäckigen Fällen wird er sich an den General wenden. Und der kann sehr unfreundlich werden, wenn man seine Befehle mißachtet. Haben Sie sonst noch Fragen ?"

Die Frauen schüttelten den Kopf.

„Gut, dann können Sie gehen. Genießen Sie den letzten freien Tag, denn ab morgen müssen Sie arbeiten."

Die Frauen verabschiedeten sich, verließen den Raum.

„Diese Lilian ist wirklich eine süße Maus", sagte sich der Oberst als er wieder alleine war, „ich glaube ich werde mich doch mehr um sie kümmern als ich eigentlich vorhatte."

„Was haltet ihr von der Sache ?" fragte Alice in die Runde, als sie nach Rückkehr in ihre Unterkunft auf der Terrasse zusammensaßen.

„Insgesamt hätten wir es schlechter treffen können", antwortete Beth, „wir sind zwar hier Quasi-Gefangene, zwar nicht in einer Zelle eingesperrt, sondern in einem großen Lager, das sich FRE nennt und sie sind natürlich bestrebt uns hier in der Kaserne zu behalten, aus welchen Gründen auch immer, auch wenn sie uns offiziell die Wahl lassen wegzugehen. Aber dies bringt uns in der Tat keine Vorteile und wohl auch keine größeren Freiheiten. Wir sollten natürlich anerkennen, daß sie bestrebt sind uns den Aufenthalt hier so angenehm wie möglich zu machen. Und die vor uns liegenden fünfeinhalb Monate gehen vorüber. Ich jedenfalls werde hierbleiben. Und ich denke", sie lächelte dabei süffisant, „Ellen, Claire und Alice haben gute Gründe ebenfalls hier zu bleiben."

„Wie kommst du auf mich ?" fragte Alice nun leicht gereizt.

„Du wartest doch auf deinen Achmed. Und hier findet er dich am ehesten."

Alice zuckte mit den Schultern.

„Ach, der hat mich doch vermutlich längst vergessen."

„Das glaube ich jetzt nicht", erwiderte Ellen, „es gibt durchaus Gründe, warum Männer, die uns positiv gegenüberstehen, sich im Moment noch etwas zurückhalten."

„Wie meinst du das ?"

„Das weißt du doch selbst. Er hat uns gewarnt und zur Flucht verholfen und dabei einiges riskiert. Und ich denke, er bekommt auch jetzt noch Schwierigkeiten, ich meine in der VRE, wenn man ihn mit unserer Flucht in Verbindung bringt. Er hat also gute Gründe zu warten bis Gras über die Sache gewachsen ist. Und ich denke, in ein paar Wochen kann er dann argumentieren, er habe dich in der Touristenregion in der VRE kennengelernt ohne etwas von deiner Tätigkeit zu wissen und dich eben jetzt in der FRE zufällig wieder getroffen. Und er wird das schon so hindeichseln, daß ihm keiner einen Strick daraus drehen kann. Er ist schließlich gerissen. Also, gib die Hoffnung nicht auf, gedulde dich ein bißchen. Er wird sich melden, da bin ich mir vollkommen sicher."

„Da ist noch etwas, das mir beim Gespräch mit dem Oberst aufgefallen ist", bemerkte nun Claire, „ich glaube, er hat sich da ein bißchen verplappert. Er sagte im Zusammenhang mit seinen Ausführungen über unsere zukünftigen Kolleginnen und Kollegen über den General 'und der kann sehr unfreundlich werden, wenn man seine Befehle mißachtet'. Daraus ist doch zu schließen, daß er angeordnet hat, freundlich und zuvorkommend zu uns zu sein."

„Du meinst damit", erwiderte Lilian, „sie werden katzenfreundlich zu uns sein, vordergründig nett und liebenswürdig sein, hinter unserem Rücken aber schlecht über uns reden und über uns herziehen."

„Gut, das müssen wir im Auge behalten", wandte Mary ein, „aber ich sehe das nicht so dramatisch. Der Oberst hat sich da wohl etwas zu drastisch ausgedrückt. Ich nehme nicht an, daß der General einen strengen Befehl gegeben hat, das wäre auch unsinnig und dumm. Er hat wohl vielmehr die Leiter der Abteilungen, in denen wir arbeiten werden, dazu ermahnt, sich unvoreingenommen und fair uns gegenüber zu verhalten und das auch so ihren Untergebenen mitzuteilen. Da ist doch nichts Falsches daran. Es ist natürlich auch unsere Aufgabe, eventuelle Vorurteile abzubauen und ein unverkrampftes Verhältnis zu unseren neuen Kolleginnen und Kollegen aufzubauen. Und ich denke, das wird uns auch gelingen."

Marie und Roland

Sie traten ihre Arbeitsstellen am nächsten Morgen an. In der Tat bemerkten sie anfangs eine gewisse Scheu, welche ihnen ihre neuen Kolleginnen und Kollegen entgegenbrachten, aber die verlor sich recht schnell, wie Mary vorausgesagt hatte.

Das Leben nahm nun seinen Gang, wie man es ausdrücken könnte, Treffen zwischen Ellen und Richard, sowie zwischen Klara, sie bestand nun darauf, daß die anderen sie so nannten, und Boris wurden zur Regel. Oberst Calanzoni suchte sie öfters auf als notwendig auf und es wurde allen rasch klar, daß er nicht kam um sich nach ihrem Befinden zu erkundigen oder um irgendwelche Mitteilungen zu machen, sondern um Lilian zu sehen. Schließlich lud er sie zu einem Theaterbesuch ein. Ihre Treffen wurden dann auch bald zur Regelmäßigkeit. Eine nähere Freundschaft entwickelte sich auch zwischen Beth und ihrem direkten Vorgesetzten, dem Leiter des Rechnungswesens.

An einem warmen und sonnigen Nachmittag schlenderte Mary durch Surabayab, unternahm sozusagen einen Schaufensterbummel, suchte schließlich ein Straßencafe auf. Es war gut besucht, sie erblickte aber noch einen freien Tisch. Ein noch recht jung wirkender Mann, der wohl die gleiche Absicht hatte, erreichte ihn allerdings Augenblicke früher. Mary schaute nun leicht enttäuscht, wollte wieder gehen. Der Mann sprach sie an.

„Habe ich Ihnen Ihren Platz weggenommen ? Nein, das wollte ich nicht. Ich werde selbstverständlich den Tisch Ihnen überlassen."

Mary lächelte.

„Ist das Ihre Art Bekanntschaften anzuknüpfen ? Das war doch Absicht. Sie sind mir doch schon einige Zeit gefolgt. Denken Sie nicht, daß ich das nicht bemerkt habe."

„Ja, zugegeben", sagte er nun fast entschuldigend, „Sie sind mir aufgefallen. Sie wirken sympathisch, Sie gefallen mir. Aber ich will Sie wirklich nicht belästigen. Wenn Sie es wünschen, dann verschwinde ich auf Nimmerwiedersehen."

„Und wenn ich es nicht wünsche ?"

„Der Tisch ist groß genug für uns beide."

„Also, da gibt es kein Problem. Nehmen wir Platz."

Sie setzten sich.

„Ich lade Sie natürlich ein", sagte der Mann nun, „ich heiße übrigens Roland."

„Das ist aber nicht notwendig. Ich heiße Marie."

„Tun Sie mir bitte den Gefallen."

Es entspann recht schnell eine nette Unterhaltung. Sie verstanden sich auf Anhieb prächtig, waren bald beim 'Du' angelangt. Nach etwa zwei Stunden meinte Roland.

„Es tut mir leid, aber ich muß jetzt gehen. Ich habe noch eine

Verabredung."

„Mit einer Frau ?"

„Ja, sozusagen, mit meiner Mutter. Ich habe versprochen, sie heute Abend ins Theater zu begleiten. Sie ist nicht mehr so gut auf den Beinen, will nicht alleine ausgehen."

Er schwieg kurz.

„Ich möchte dich gerne wiedersehen", sagte Roland dann, „und wie sieht es mit dir aus ?"

„Gerne", erwiderte Marie, „aber ich will ehrlich zu dir sein. Ich will in dir keine falschen Vorstellungen von mir erwecken, sonst wirst du enttäuscht sein, wenn du die Wahrheit über mich erfährst."

Roland schaute sie entsetzt an.

„Wer bist du denn ? Eine Verbrecherin ? Eine Hexe ?"

Marie schüttelte den Kopf, lächelte.

„Nein, so schlimm bin ich jetzt auch wieder nicht. Ich bin eine jener Frauen, die vor ein paar Wochen illegal aus der VRE über die Grenze gekommen sind um dort einer Verhaftung wegen gewerblicher Unzucht zu entgehen. Ich gehörte einem Team an, das dort unzüchtige Filme gedreht hat, du verstehst, was ich meine ? Nach hiesigem Sprachgebrauch bin ich also eine Hure."

Roland lächelte.

„Ich erinnere mich, ich las in einer Zeitung eine kurze Notiz darüber. So sehen also Huren aus ? Ich hatte sie mir bisher ganz anderes vorgestellt."

„Ja, wie denn ?"

„Ordinär und vulgär."

Marie lächelte.

„Ich bin keine Straßenhure. Ich habe Pornofilme gedreht. Das ist ein bißchen etwas anderes. Aber für den Ruf in der Gesellschaft spielt das keine Rolle."

„Aber für das Verhältnis zweier Menschen schon."

„Was meinst du damit ?"

„Ich will dir ja nicht zu nahe treten. Aber du sagtest du willst ehrlich zu mir sein. Und daher will ich auch ehrlich zu dir sein. Wir haben jetzt zwei Stunden zusammengesessen und uns unterhalten. Du bist intelligent, wirkst gebildet, hast dich stets gewählt ausgedrückt, hast ein

204

gutes Benehmen und scheinst mir auch Anstand zu besitzen. Und nun bezeichnest du dich als Hure, als etwas Niedriges. Und ich frage mich, bist du das wirklich oder folgst du nur Vorurteilen."
„Das verstehe ich jetzt nicht so richtig."
„Ich kann dich nach zwei Stunden nur so beurteilen, wie du dich mir gegenüber verhalten hast. Und ich habe bisher keinen Anlaß schlecht über dich zu denken. Nein, du bist für mich kein Mensch vor dem man Abscheu empfindet, den man von sich stößt. Warum sollten wir also keine Freundschaft miteinander schließen, uns nicht wiedersehen."
Er stützte den Kopf in die Hände, die Ellbogen auf den Tisch, betrachtete sie eine Weile.
„Weißt du", fuhr er dann fort, „nachdem wir so eine halbe Stunde zusammengesessen und uns unterhalten hatten, sagte ich mir, du könntest für mich die Frau meines Lebens sein, wenn wir zusammenkommen können. Und jetzt sage ich mir, du bist die Frau meines Lebens, wenn wir zusammenkommen."
„Ja, und können wir zusammenkommen, jetzt wo du weißt, wer ich bin ?"
„Warum nicht ? Wir können es auf jeden Fall versuchen. Spricht von deiner Seite aus etwas dagegen ?"
„Ich wüßte nicht was ?"
„Also gut, sehen wir uns wieder ? Und wann ? Von mir aus übermorgen Abend um halb sieben. Hier ?"
„Ja, einverstanden."

<u>Treffen zwischen Achmed und Richard</u>
Zweieinhalb Wochen nach der Gerichtsverhandlung saß Richard vormittags in seinem Büro im Gouverneurspalast, sichtete Berichte, die Post, als es an der Tür klopfte. Auf sein 'Herein' trat Achmed ein.
„Guten Morgen, Achmed, wie geht es dir, was gibt es denn ?" fragte Richard jovial, „setz dich erst einmal. Möchtest du Kaffee oder lieber Tee."
„Kaffee", antwortete Achmed, ließ sich nieder.
Richard drückte den Klingelknopf. Die Sekretärin trat ein. Er gab eine entsprechende Anweisung.

„Nun, was gibt es ?" wiederholte er.

„Nun ja, ich habe gehört, ein paar Damen, die aufgrund gewisser kleinerer Verfehlungen aus der VRE fliehen mußten, haben bei dir Zuflucht gefunnden."

Richard lachte.

„So, so, du hast also gehört. Das kannst du doch einem erzählen, der die Hose mit der Kneifzange anzieht. Jeder, der ein bißchen Grips im Kopf hat, der kann sich doch an den Fingern einer Hand abzählen, daß du hinter der Flucht steckst. Natürlich hast du offiziell mit der Sache gar nichts zu tun, bist völlig unschuldig. Aber wir sind hier unter uns, werden nicht abgehört. Es war ein schöner Zug von dir. Die Frauen sind wirklich nett. Es wäre eine Schande, wenn sie in einem Paradiesgarten dienen müßten."

„Du sprichst wirklich von den Pornomiezen ?"

„Ach, benutze doch nicht so vulgäre Ausdrücke. Du denkst in Wirklichkeit doch auch anderes über sie. Und es kursiert auch das Gerücht, daß du mit einer von ihnen, einer gewissen Alice, bekannt bist. Vermutlich hast du es wegen ihr getan. Ich gebe dir daher den guten Rat, in Zukunft etwas vorsichtig zu sein, wenn du dich in der VRE aufhältst."

Achmed schüttelte den Kopf.

„Was heißt hier befreundet ? Ich kannte sie flüchtig, hatte nichts mit ihr."

Richard grinste.

„Offensichtlich sind auch Huren manchmal wählerisch, haben Geschmack, nehmen nicht jeden."

Achmed grinste ebenfalls.

„Da scheint aber diese Ellen auch nicht wählerisch zu sein, keinen Geschmack zu haben. Oder hast du ihr dabei die Pistole auf die Brust gesetzt ?"

Richard lachte.

„Also gut, es steht eins zu eins."

Richard und Achmed kannten sich seit zehn Jahren. Richard gehörte damals dem kleinen Kontingent an, mit dem sich die FRE an der internationalen Strafexpedition gegen Drakhonien beteiligte, dessen

Diktator ein rohstoffreiches Nachbarland ohne Anlaß überfallen und annektiert hatte. Achmed gehörte dem ägyptischen Kontingent an. Beide waren Stoßtruppführer, unternahmen einige gemeinsame Aktionen, wurden ausgezeichnet. Richard war vollkommen überrascht, als Achmed zwei Jahre später plötzlich in der FRE auftauchte.

„Das Leben in der Armee war mir auf Dauer zu einseitig", erklärte er, „ich fühlte mich eingeengt. Ich muß frei sein um mich entfalten zu können."

„Und was machst du hier?"

Achmed zuckte mit den Schultern.

„Geschäfte, was sich so ergibt."

Und es schien sich einiges zu ergeben, auch wenn niemand so richtig wußte, welcher Art die Geschäfte wirklich waren. Er pflegte gute Beziehungen zu den 'Oberen', sowohl in der VRE als auch in der FRE. Und er wußte stets über alles Bescheid. Die Geheimdienste argwöhnten anfangs, daß er ein doppeltes Spiel trieb, beiden Seiten als Agent diente. Nachweisen konnte man ihm allerdings nichts, ja man fand nicht einmal den leisesten Hinweis darauf, daß er ein Doppelagent sein könnte. Richard hatte einen solchen Verdacht von vornherein für absurd gehalten. Er kannte Achmed als aufrichtigen, anständigen Menschen, dessen Wort man vertrauen konnte. Er war für ihn kein zwielichtiger Typ, der hinter dem Rücken anderer agierte. Aber trotz der innigen Freundschaft, die ihn mit Achmed verband, ging sein Vertrauen in ihn doch nicht so weit, daß er ihm vertrauliche oder gar geheime Dinge mitteilte. Andererseits schätze er es, daß Achmed bei gelegentlichen Konflikten zwischen der FRE und der VRE, meist handelte es sich um kleine Grenzzwischenfälle, stets als ehrlicher Vermittler auftrat und wesentlich zu einer Beruhigung der Lage beitrug, wenn eine Eskalation drohte. Es bleibt noch zu erwähnen, daß Achmed sowohl in der FRE als auch in der VRE, natürlich in der Touristenregion, einen Wohnsitz besaß und zwischen beiden Appartments hin und her pendelte.

Die FRE besaß nur eine recht kleine Streitmacht, etwa fünfzigtausend Mann, Heer, Marine und Luftwaffe zusammengenommen. Und die Teilnahme an der Internationalen Strafexpedition gegen Drakhonien war der erste militärische Konflikt, an dem sich die Streitkräfte seit Ende des Bürgerkrieges beteiligten. Die Auszeichnungen, die Richard erhalten hatte, galten daher als etwas Besonderes, ja, er wurde sogar eine Art Nationalheld, stieg auch rasch in der militärischen Hierarchie auf und bereits nach kurzer Zeit war er für Ausbildung und Ausrüstung der Steitkräfte verantwortlich und es war wesentlich sein Verdienst, daß die Armee der FRE weltweit als modern ausgerüstet und schlagkräftig galt. Vor zwei Jahren leistete das von ihm kommandierte FRE – Kontingent einen wesentlichen Beitrag zur Befreiung Enriakus von der Besetzung durch Transputrien und der Wiederherstellung rechtsstaatlicher Verhältnisse. Dies steigerte natürlich sein ohnehin bereits hohes Ansehen im Volk. Und so erschien es fast zwangsläufig, daß man ihm das Amt übertrug, als die Regierung vor einem Jahr beschloß die Ämter des Zivilgouverneurs und des Militärgouverneurs in der Nordprovinz zusmmenzulegen, wodurch er dort eine fast unbeschränkte Macht erhielt.

Die Freundschaft mit Achmed pflegte unterdessen weiter wie bisher und Achmed war so ziemlich der einzige, den er jederzeit und ohne Voranmeldung empfing.

„Es geht also um diese Alice", setzte Richard dann das Gespräch fort, „du magst sie, bist in sie verliebt."

„Ja, sie ist mir sympathisch", gestand Achmed ein, „aber es gibt da ein kleines Problem. Sie ist eben eine Hure."

„Ach, stell dich doch nicht so an. Keine Frau ist perfekt. Und wegen ihr bist du doch auch zu mir gekommen. Du willst wissen, was nun mit ihr geschieht. Man dir keine Sorgen um sie. Die Weiber sind gut unter. Das ist doch alles nicht so schlimm. Es sollte ja auch nur eine Warnung sein, ihnen zeigen wohin ihre Lebenweise führen kann. Vielleicht kommen sie zur Besinnung und bessern sich."

„Ja, das hoffe ich auch. Aber was geschieht nach ihrer Entlassung ? Werden sie dann des Landes verwiesen. Mir gefällt es hier. Ich will nicht nach Europa gehen."

„Das mußt du auch nicht. Sie werden nicht automatisch ausgewiesen. Das hat der Richter nicht angeordnet."

Achmed runzelte die Stirn.

„Das ist aber nicht üblich. Normalerweise werden Straftäter nach Verbüßung ihrer Strafe ausgewiesen."

„Das ist richtig, aber in diesem Fall wurde der illegale Grenzübertritt nicht als Straftat, sondern als Ordnungswidrigkeit gewertet."

„Das ist aber jetzt etwas ganz Neues."

„Ja, sicher, ich habe hier eben meinen Einfluß geltend gemacht", er lächelte, „auch wegen Ellen. Und da konnte das Gericht die anderen nicht anders behandeln."

„Das heißt, du hast die Justiz beeinflußt."

„Das kann man jetzt nicht so sehen. Ich bin schon für eine unabhängige Justiz, solange die Richter Urteile fällen, die mir nicht gegen den Strich gehen. Man kann den Liberalismus auch übertreiben. Es ist doch so. Ich trage die Verantwortung für das Wohlergehen der Provinz. Aber für was trägt denn ein Richter die Verantwortung? Doch nicht einmal für seine eigenen Urteile?"

Achmed schaute ihn groß an.

„Was willst du damit sagen?"

„Ja, ist denn hierzulande schon einmal ein Richter zur Rechenschaft gezogen worden, weil er einen Verbrecher aus purer Milde freigesprochen hat und der dann wieder Straftaten beging? Oder weil er ein Fehlurteil fällte und ein Unschuldiger jahrelang im Gefängnis saß?"

Achmed schüttelte den Kopf.

„Mir ist kein einziger derartiger Fall bekannt."

„Na siehst du, deswegen muß man den Kerlen auf die Finger schauen und einschreiten, wenn es zum Wohle des Staates notwendig ist."

Achmed grinste.

„Und es in diesem Fall ist es offensichtlich zum Wohle des Staates notwendig, daß eine kleine Hure nicht ausgewiesen wird."

Auch Richard grinste.

„Nein, das darfst du jetzt nicht so sehen. Man darf sich nicht immer strikt an die Regeln halten, man muß maßhalten. Manchmal ist eine Entscheidung schlecht, auch wenn sie formal den Gesetzen entspricht. Als alte Stoßtruppführer kennen wir das ja. Da mußten wir ja auch vor Ort der Lage entsprechend Entscheidungen treffen. Hätten wir uns streng an die Befehle gehalten, dann wären wir schon lange tot."

Achmed fand den Vergleich zwar ziemlich schief, schwieg aber, da ihm klar war, was wirklich hinter der Sache steckte.

„Siehst du, so ist es", fuhr Richard fort, „deine Alice wird schon nicht des Landes verwiesen. Sie kann natürlich freiwillig gehen. Ich werde sie nicht daran hindern, halten kann ich sie nicht. Das ist deine Sache. Und falls du es noch nicht weißt. Sie ist keine Gefangene. Du kannst sie also jederzeit treffen und Umgang mit ihr haben. Nur mit nach drüben nehmen darfst du sie nicht. Aber ich gehe einmal davon aus, daß sie das ohnehin nicht will."

Achmed überlegte, sagte aber nichts. Richard fuhr daher fort.

„Also, die Initiative mußt schon du übernehmen, zumal sie ja auch gar nicht weiß, wie und wo sie dich erreichen kann. Moment."

Er wandte sich seinem Computer zu, schrieb dann etwas auf einen Zettel, reicht ihn Achmed.

„Sie arbeitet in der Abteilung Proviantbeschaffung in der Standortverwaltung. Hier ist ihre Telefonnummer. Mehr kann ich nicht für dich tun. Ich bin ja schließlich kein Heiratsvermittler."

„Wer spricht den hier von Heiraten?" erwiderte Achmed, „ich bin mir ja gar nicht sicher, ob ich sie überhaupt wiedersehen will?"

„Und warum bist du dann zu mir gekommen? Du wolltest doch erfahren, was aus ihr geworden ist."

„Ja, schon, aber das eine hat mit dem anderen nichts zu tun."

„Ach, druckse doch nicht so herum, sag, was Sache ist."

„Es ist wegen ihrer bisherigen Tätigkeit."

Richard lachte.

„Und wo ist das Problem? Denkst du etwa, sie ist jetzt da unten abgenutzt. Bestimmt nicht. Ellen ist es auf jeden Fall nicht und da wird es auch bei Alice nicht der Fall sein. Da bin ich mir ganz sicher."

Achmed brummelte etwas vor sich hin, was Richard nicht verstand. Der fuhr dann fort.

„Du darfst das nicht so eng sehen. Wir können schließlich nicht erwarten eine Jungfrau zu bekommen. Und ob eine Frau von einem Mann hundertmal genommen wurde oder von hundert Männern jeweils einmal, das läuft doch auf dasselbe hinaus."

„Das sagst du so flapsig daher. Ich sehe das aber nicht ganz so. Und wenn man sich dann noch anschaut, was sie manchmal für Sachen treiben."

„Ach, da mußt du jetzt schon gar keinen Punkt daraus machen. Die duschen sich hinterher, spülen ihren Mund aus, putzen sich die Zähne und dann sind sie wieder rein. Du hast dich doch in der Touristenregion in der VRE, damals als sie noch aktiv war, mehrfach mit ihr getroffen. War da etwas Abstoßendes an ihr ? Hat sie etwa nach Sperma gestunken ?"

„Nein, natürlich nicht."

„Na, also, entweder du magst sie, willst sie näher kennenlernen, vielleicht sogar eine längerfristige Bindung mit ihr eingehen, dann mußt du sie nehmen wie sie ist, ihr Vorleben akzeptieren, denn eine andere Alice bekommst du nicht. Wenn du dich aber an ihrer Vergangenheit störst, dann laß die Sache, nimm gar keinen Kontakt zu ihr auf. Das wird nämlich nichts. Denn wenn du dich jetzt an ihrer Vergangenheit störst, dann wirst du dich immer daran stören. Das kannst du vielleicht einige Zeit unterdrücken, aber nicht auf Dauer. Irgendwann bricht das durch und du siehst in ihr nur noch die Hure, auch wenn sie dir treu war, dich nie mit einem anderen betrogen hat. Überlege dir also gut, was du tust."

Achmed atmete tief durch.

„Gut, ich werde darüber nachdenken."

Er verabschiedete sich dann, suchte ein Cafe auf, dachte lange nach.

„Richard hat eine andere Mentalität. Er sieht das alles so locker, ich kann das nicht, kann nicht so einfach über alles hinwegsehen", sagte er sich, „aber in einem Punkt hat er recht. Ihre Vergangenheit läßt sich nicht rückgängig machen, nicht auslöschen. Ich muß sie so akzeptieren, wie sie ist. Als ich sie kennenlernte, noch nichts über sie wußte, fand ich sie auf Anhieb sympathisch, verliebte mich sogar in sie. Und jetzt, wo ich das alles weiß, denke ich anders über sie als vorher. Aber sie ist kein anderer Mensch geworden. Vorher war sie mir sympathisch, warum sollte ich sie jetzt verabscheuen ?"

Er sann noch lange hin und her, beschloß schließlich sie anzurufen.

Er merkte sofort am freudigen Klang seiner Stimme, daß sie sich über seinen Anruf ungemein freute und ohne zögern zusagte als er sie zu einem Treffen einlug.

„Ich hole dich dann morgen Abend um halb sieben am Kasernentor ab."

Achmed und Alice

Sie fuhren dann nach Surabayab, unternahmen erst einmal einen längeren Spaziergang durch den Stadtpark.

„Ich freue mich ungemein", begann Alice, „daß du mich nicht vergessen hast. Ich verstehe aber auch, daß du dich nicht eher melden konntest, du mußtest ja zu deinem eigenen Schutz vermeiden, daß man dich in einen Zusammenhang mit unserer Flucht bringen könnte. Ich möchte dir nun erst einmal von ganzem Herzen im Namen aller für deine Hilfe danken. Du hast uns selbstlos vor einem schlimmen Schicksal bewahrt und dich dabei selbst in Gefahr gebracht. Das kann man dir nicht hoch genug anrechnen. Du bist ein wirklich guter Mensch. So jemanden wie dich findet man selten auf der Welt. Denn für wen hast du dich denn eingesetzt: für ein paar Huren, die es im Grunde genommen gar nicht wert waren."

Achmed wurde ganz verlegen ob dieser Worte.

„Wer kann schon beurteilen, ob ein anderer Mensch etwas wert ist oder nicht ? Das kann nur Gott. Wir hatten uns ein paarmal getroffen und ich fand dich sympathisch. Und ich wollte dir helfen. An die Folgen dachte ich gar nicht. Erst bei unserer Rast nach Überqueren der Grenze wurde mir bewußt, auf was ich mich da eingelassen hatte. Aber bereut habe ich es nicht. Ich sage damit aber nun nicht, daß ich deinen Lebenswandel und deine Tätigkeit billige, aber niemand hat das Recht, dich deswegen jahrelang einzusperren."

„Es ist schön, daß du das so sagst, aber ich möchte doch eines klarstellen. Du darfst meinen Lebenswandel und meine Tätigkeit nicht in einen Topf werfen. Nun ja, meine Tätigkeit fällt in der VRE und auch hierzulande in die Kategorie 'gewerbsmäßige Unzucht', ist also Hurerei. Auch wenn man mich deswegen als Hure beschimpft, führe ich noch lange nicht ein Hurenleben."

„Wie meinst du das ?"

„Was ich in meinen Filmen mache, das ist meine Arbeit, nicht meine Art, nicht mein wirkliches Ich."

„Also das verstehe ich jetzt überhaupt nicht."

Alice lächelte.

„Wie soll ich es denn richtig ausdrücken ?"

Sie überlegte kurz, meinte dann.

„Also wenn ein Mann in einem Film einen Helden spielt, dann ist er im täglichen Leben noch lange kein Held. Und wenn ich im Film Hurerei betreibe, dann bin ich deswegen noch lange keine Hure."
Achmed schüttelte den Kopf.
„Der Vergleich hinkt aber jetzt stark."
„Du magst das so sehen. Ich nehme es dir auch gar nicht übel, es ist ja auch schwer zu verstehen. Aber um das einmal klar auszudrücken. Ich gehöre nicht zu den Weibern, die auf Männerbekanntschaften aus sind und dann auch gleich mit jedem ins Bett gehen, den sie bekommen können und vielleicht auch noch Geld dafür nehmen."
„Aber für deine Filme hast du doch auch Geld bekommen."
„Ja, sicher, aber genau zu sein, wir haben beide Geld bekommen. Und es kam dabei ja auch gar nicht darauf an Lust zu empfinden, sondern zu suggerieren, daß wir Lust empfinden um diejenigen, die sich die Filme anschauen würden, zu befriedigen oder anzuregen. Manchmal habe ich schon Lust dabei empfunden, aber meist war es Routine. Diese Filme werden ja auch nach einem bestimmten Schema gedreht und vieles, was da gezeigt wird und was ich auch getan habe, würde ich bei einem intimen Zusammensein mit einem Mann, den ich liebe, gar nicht tun, da es mit Liebe und gegenseitiger Hingabe gar nichts zu tun hat."
Achmed streichelte sie sanft.
„Können wir nicht über etwas anderes reden?"
Das taten sie dann auch. Sie schlenderten noch eine Weile durch den Park, suchten dann ein Restaurant zum Abendessen auf.
„Du sollst mich nicht in ein bestimmtes Schema pressen", begann Alice, als sie zusammensaßen und auf das Essen warteten, „ich will mich auch nicht für meine Tätigkeit rechtfertigen. Ich wollte dir nur sagen: das, was ich in den Filmen gezeigt habe, ist nicht mein Leben, nicht mein wahres Ich."
Achmed blickte sie leicht säuerlich an.
„Vermutlich langweile ich dich mir meinem Gerede", fuhr Alice fort, „aber mir ist es wichtig, daß du verstehst, wer ich wirklich bin. Ansonsten macht es keinen Sinn, daß wir uns treffen."
Sie schwieg einen Augenblick. Achmed schaute sie fragend an, sagte aber nichts.
„Ich wünsche mir schon Liebe, Zärtlichkeit, Geborgenheit und eine

echte Partnerschaft. Und eine echte Partnerschaft bedeutet für mich eine gegenseitige Hingabe."

Sie lächelte.

„In Liebe miteinander zu schlafen ist ein Gemeinschaftserlebnis, hat nichts mit Triebbefriedigung oder dem, was in den Filmen gezeigt wird zu tun. Hingabe an einen Partner bedeutet aber auch, daß es nur einen Partner gibt, denn das Vorhandensein eines anderen würde die Gemeinschaft zerstören. Manche mögen das anders sehen. Ich kenne durchaus einige Kolleginnen und Kollegen, wenn ich sie einmal so nennen darf, die einer Beziehung leben, in welcher der Partner oder die Partnerin das hinnimmt. Das ist aber deren Sache. Ich bin da anderer Ansicht, ich halte auch das für einen Treuebruch. Ich hatte allerdings bisher nie einen Lebensgefährten, gegenüber dem ich mich zur Treue verpflichtet fühlte, deshalb verursachte mir meine Tätigkeit auch nie Gewissensbisse. Wenn ich aber einmal einen finde, dann werde ich diese Tätigkeit mit Sicherheit nicht mehr ausüben. Vielleicht gebe ich sie auch schon früher auf, weil ich kein Interesse mehr daran habe. Aber laß es uns für heute genug sein. Du sollst nur wissen, daß ich keine leichte Beute bin. Ich werde erst mir dir schlafen, wenn ich sicher bin, daß du mich als Frau und Mensch achtest."

Ihre letzten Worte trafen Achmed wie ein Keulenschlag. Er dachte an die Unterhaltung mit Richard. Er hatte sich da Alice gegenüber als überlegen gefühlt. Nun mußte er aber feststellen, daß die Verhältnisse umgekehrt lagen. Nicht er, sondern sie stellte die Bedinungen. Er überlegte. Es hatte wirklich keinen Sinn, die Diskussion heute Abend fortzuführen. Er mußte mit sich selbst ins Reine kommen, denn sie hatte das alles so gesagt auch auf die Gefahr hin, ihn zu verärgern. Es gab nun zwei Möglichkeiten, die Verbindung zu ihr aufrecht zu erhalten oder sie in aller Höflichkeit zu beenden. Achmed entschied sich nach kurzem Nachdenken für das Erstere. Hierbei spielte natürlich auch die Überlegung eine Rolle, daß er die Beziehung ja jederzeit beenden konnte wenn sie ihm Probleme bereiten sollte. Er spürte allerdings in den nächsten Wochen immer deutlicher, daß seine Entscheidung richtig gewesen war. Das Verhältnis zwischen beiden wurde immer vertrauter und es bahnte sich eine langfristige Bindung an. Er zog die Konsequenzen, gab seine Geschäfte in der VRE auf, das Verhältnis zu der 'Obrigkeit' hatte sich ohnehin abgekühlt nachdem seine Beziehung zu einer der geflohenen Huren ruchbar geworden war. Er verkaufte auch seine Wohnung in der Touristenzone, ließ sich in Surabayab nieder.

Die Entscheidung

Die Monate verstrichen. Die Freundschaften vertieften sich, aber es würde zu weit führen, dies nun in allen Einzelheiten darzulegen. Boris teilte ihnen eines Abends mit, daß Sie sich am nächsten Morgen beim Kasernenkommandanten einzufinden hätten.

Oberst Calanzoni emfing sie freundlich, bat sie Platz zu nehmen, bot ihnen Kaffee an.

„Wir müssen nur noch auf den Herrn Konsul warten", sagte er dann, „er soll bei der Besprechung sein, damit nicht hinterher wieder falsche Informationen verbreitet werden."

„Haben wir denn welche verbreitet ?" fragte Beth.

Der Kommandant lächelte.

„Das ist kein Vorwurf gegen Sie. Sie haben nichts dergleichen getan. Aber es gab schon Leute, welche bwußt die falschen Schlüsse aus den Vorgängen hier gezogen haben um in der Welt Stimmung gegen uns zu machen. Wir wollen nun unter allen Umständen vermeiden, daß sich solches wiederholt. Deswegen haben wir den Herrn Konsul als Zeugen hierher gebeten."

Der Konsul erschien nach etwa einer Viertelstunde, entschuldigte sich für die Verspätung. Nachdem er Platz genommen hatte und mit Kaffee versorgt war, begann der Kommandant.

„Ich darf Ihnen eine positive Mittelung machen, welche Sie aber wohl nicht überraschen wird, da Sie sicherlich die Tage gezählt haben. Ihre Pflichtdienstzeit läuft heute um Mitternacht ab. Dann sind Sie wieder richtig frei, wenn ich das einmal so nennen darf. Es ist aber nicht so, daß Sie nun wie ein entlassener Sträfling einfach auf die Straße gesetzt werden. Das ist nicht unser Stil. Und es gibt auch Überlegungen, wie wir weiter mit Ihnen verfahren."

Der Konsul runzelte die Stirn.

„Entschuldigen Sie, Herr Oberst, aber was bedeuten Ihre Worte ? Ich denke, die Damen sind jetzt frei."

„Das sind sie auch, Herr Konsul. Lassen Sie mich bitte erläutern, wie es mit ihnen aus unserer Sicht nun weitergehem soll. Und um nicht mißverstanden zu werden, habe ich, wie bereits gesagt, Sie, Herr Konsul, als Gesprächszeugen hierher gebeten. Also, Sie erhalten vorläufig ein zeitlich nicht befristetes beschränktes Aufenthaltsrecht in unserem Staat. 'Beschränkt' bedeutet, es ist mit der Vorgabe verbunden, daß Sie Ihren bisherigen Wohnsitz und Ihre Arbeitsstelle beibehalten. Sie erhalten allerdings ab morgen den vollen Lohn. Zusätzlich wird Ihnen ein Touristenvisum für zwei Monate gewährt."

Der Konsul runzelte die Stirn.

„Wie soll ich das verstehen ?"

„Klingt kompliziert, ist aber ganz einfach. Also, wenn Sie hier in der Kaserne wohnen bleiben und Ihre bisherigen Arbeitsstellen beibehalten möchten, dann dürfen Sie unbeschränkt in der FRE bleiben. Sie dürfen die Kaserne natürlich in Ihrer Freizeit oder im Urlaub jederzeit verlassen und im Land frei herumreisen und selbstverständlich auch draußen übernachten. Sie müssen nur in der Kaserne Ihren Wohnsitz behalten und auch auf Ihrem Arbeitsplatz erscheinen."

„Und wozu soll das gut sein ?" fragte Claire dazwischen.

Der Kommandant lächelte.

„Der Reihe nach, meine Dame. Wenn Sie es aber nun vorziehen in Ihr Heimatland zurückzukehren, dann dürfen Sie jederzeit Ihren Arbeitsplatz aufgeben, die Kaserne verlassen und sich irgndwo ein Hotelzimmer zu nehmen. Und Sie haben dann zwei Monate Zeit Ihre Ausreise zu organisieren. Sollten Sie allerdings", er grinste, „aus welchen Gründen auch immer, ein Interesse daran haben auf Dauer in der FRE zu bleiben, dann können Sie eine allgemeine Aufenthaltserlaubnis beantragen. Und sobald diese bewilligt ist, ersetzt sie die beschränkte Aufenthaltserlaubnis, das heißt, Sie können sich dann eine Wohnung nehmen und eine Arbeitsstelle wählen wo immer es Ihnen gefällt. Sie können allerdings auch hier bleiben, wenn Sie möchten. Sie haben da völlige Freiheit."

„Ja, haben wir denn überhaupt eine Chance eine allgemeine Aufenthaltserlaubnis zu erhalten ?" wollte Alice wissen.

„Warum nicht ? Sie gelten nicht als vorbestraft, haben, was Ihre Arbeit und Ihr Verhalten betrifft, eine außerordentlich positive Beurteilung erhalten. Und einige von Ihnen haben ja auch gewisse Gründe privater Art, längerfristig im Land zu bleiben. Kurzum, wenn der Governeur eine allgemeine Aufenthaltserlaubnis befürwortet, dann werden Sie auch eine erhalten."

Er grinste.

„Und ich bin sicher, daß er das tun wird."